漂泊の十七文字

魂の一行詩

角川春樹

思潮社

漂泊の十七文字——魂の一行詩

角川春樹

装画　藤井武
装幀　思潮社装幀室

漂泊の十七文字——魂の一行詩

宣言

私はながく俳句を詠んできた。また、多くの句集、俳論を著してきた。現在、私は父・源義が昭和三十三年に創刊した俳誌「河」を先年亡き母から引き継ぎ、その「主宰」をしている。そして私は今、新たに次なるこの運動を提唱し、展開することを決意した。

――「魂の一行詩」――である。

魂の一行詩とは、日本文化の根源にある、「いのち」と「たましひ」を詠う現代抒情詩のことである。古来から山川草木、人間も含めあらゆる自然の中に見出してきた〝魂〟というものを詠うことである。

一行詩の根本は、文字どおり一行の詩でなければならない。

俳句にとって季語が最重要な課題であるが、季語に甘えた、あるいはもたれかかった作品は詩ではない。芭蕉にも蛇笏にも季語のない一行詩は存在するのだ。私にも季語のない一行詩がある。

老人がヴァイオリンを弾く橋の上　『海鼠の日』

泣きながら大和の兵が立ってゐる　『JAPAN』

ただ、詩といっても五七五の定型に変わりはない。五七五で充分に小説や映画に劣らない世界が詠めるからである。

また、秀れた俳句は秀れた一行詩でもある。

したがって、俳句を否定しているわけではない。本意は「俳句的俳句」、「物」に託す「ものの説」、事柄に託す「こと説」、あるいは技術論ばかりの小さな「盆栽俳句」にまみれている俳壇と訣別することである。

今、私は「俳句」という子規以来の言葉の呪縛から解き放たれ、独立した。私の美意識は俳句よりも「魂の一行詩」を選択したのだ。

一行詩は「いのち」も「魂」もつぎ込む価値のある器。自らの生き方、生きざまを描くものである。つまり魂に訴えていくものなのである。訴える力さえあるならば、また、心と魂（頭ではなく）で詠めば、定型という枠を自ら破壊するエネルギーをもった一行詩が生まれるであろう。

〃魂の一行詩〃という名称を提唱するのも、俳壇外のより多くの人にアピールするためである。詩眼を持つ若い世代にも門を開きたいと思う。

この運動は短詩型の「異種格闘技戦」であるから、詩、短歌、俳句、川柳、それぞれ出身のかたがたにも是非、「魂の一行詩」のステージに上がられることを望む。
この運動は文学運動である。
自分の人生を詩そのものとして生きる私の魂を賭けた運動である。
百年前の正岡子規以来の俳句革新運動である——そのことをここで宣言する。

亀鳴くやのつぴきならぬ一行詩　角川春樹

I

1　闘魚と今も

コースターに走り書きして春逝かす　　堀本裕樹

同時作に、

春愁をたったひとつのピンで止む
もうなにもないロッカーの暮春かな

があり、どの句も「春」の思いが強い佳吟。

先月号から「当月集」を「銀河集」と改めて、一年間のうち六回巻頭をとった場合、無審査同人として七句欄に昇格することにした。堀本裕樹の場合、すでに連続して巻頭をとっているが、今月号の二位の鎌田俊とは一点差で、一行詩人としてのプロの自覚も持っていて、将来の詩壇に大きな業績を残すかもしれない。

「春逝かす」の句は、俳句で言う身辺詠。俳句は自然諷詠、川柳は人間諷詠と大きく二つに分けたのは川柳作家の故・時実新子だ。私は「魂の一行詩」として、この二つを大きく包み込む必要を感じている。堀本裕樹は鎌田俊と並んで「乾いた抒情」を詠むことのできる数少ない作家と思っている。「春逝かす」の句は、上五中七の「コースターに走り書きして」が、短歌で言う序句の役割を果たし、結句の「春逝かす」という季語で勝負が決まった。「河」では、新しい風潮として口語俳句や散文詩が量産されているが、一番大事なポイントは季語である。堀本裕樹の「春逝かす」の成功は、単純にして平凡な上五中七に対しての、季語の恩寵以外の何物でもない。

夏至の日や乗り継ぐだけの駅にをり　　鎌田俊

同時作に、

億万の乳房ゆれゐる炎天下
いのちある者はかよはず蟻の道

があり、両句とも佳吟。「炎天下」の句は、俳人なら誰でも思い浮かべる西東三鬼の次の代表句がある。

おそるべき君等の乳房夏来る　　西東三鬼

「夏至の日」の句は、六月二十日、二十一日と「はいとり紙句会」で吉野に行った時の嘱目吟《しょくもくぎん》。

例句としては、

夏至今日と思ひつつ書を閉ぢにけり　　高浜虚子
禁煙す夏至の夕べのなど永き　　臼田亜浪
夏至といふ日の足どりのさびしき日　　宮津昭彦

などがあるが、例句も鎌田俊の句も「夏至の日」という身近な出来事が身辺詠として成功した。また、鎌田俊の句は歳時記の例句に比較して、現代の都会に生きる人間のペーソスを詠った「人間諷詠」として、より魅力のある作品といえよう。

キャベツ切つて切つて時効となるはなし　　北村峰子

癌を宣告された日より、作者の日常は一変した。今、生きていること自体が奇跡と言ってよく、それは北村峰子自身が認識していることだ。峰子の奇跡は、「魂の一行詩」が持つ大きな力である。峰子は一行詩によって生かされ、私との往復書簡である河作品抄批評が、漂流する「いのち」の灯台となっている。今や癌と共生する峰子にとって、癌を完治する日が時効であるならば、その日が来ることはない。

上五中七にかけての「キャベツ切つて切つて」が切ない。細くキャベツを切るという日常が生きている証であると同時に、切っても切っても時効は来ないという現実が、まるで賽の河原の小石を積むような儚さだ。しかし、一方でキャベツという存在が峰子の場合、「いのち」の糧となっているように思われる。「河」六月号の北村峰子の次の一句がそれを証明している。

生きむとすキャベツの芯のやはらかき

浮いてこい哀しみもまた生きる糧　　髙田自然

同時作に、

虎が雨夫婦茶椀は定位置に

身のほどに気づく卯の花腐しかな

今虹の橋を渡るは吾が魂ぞ

があり、どの句も心に染みる。「浮いて来い」とは、人形・金魚・船・水鳥などをビニールやゴム、セルロイドなどで形づくり、水に浮かせて遊ぶ子供の玩具。例句として、

浮人形なに物の怪《け》の憑《つ》くらむか　角川源義

江戸ッ子の九代目継がず浮人形　福島勲

永き昼過ぎむとしつつ浮人形　角川春樹

角川源義の「浮人形」は、肝臓癌で亡くなった昭和五十年の作。恩師・釈迢空の次の歌をモチーフにしている。

奇妙なる人形ひとつ　時々に踊り出る如し。わが心より　釈迢空

父・源義を失った母・照子は、その哀しみを生きる糧として「俳句」という一行詩に全情熱を傾けた。髙田自然氏の「浮いてこい」の句は、源義の晩年と照子の生き様を思い出させた。明らかに哀しみも生きる糧となり得るのだ。子供の玩具である「浮いて来い」は、一行詩の象徴としての季語と私は受け取った。北村峰子とは別な意味での、身辺詠の切実な一行詩。秀吟である。

同時作に、

父の日の寄せてはかへす波がしら　原与志樹

雲となる百戸の谿の揚げひばり
言ひ訳をこらへて亀に鳴かれけり
生きすぎて父の日を持てあましをり

があり「父の日」の句が良い。昨年から、私は父の日に娘の慶子からプレゼントを贈られるようになった。それまで単なる季語でしかなかった「父の日」は、父としての自分自身を考える日になった。私の昨年の作は、

父の日の日暮は父と呼ばれたし　角川春樹
父の日の父に空席ひとつある　〃

であり、今年の作は、

葛飾にゐて父の日の暮れゆけり　角川春樹

である。「母の日」ほど一般的ではない「父の日」は、多くの人にとって他人事《ひとごと》である。原与志樹氏の作品は、数多くある「父の日」の中でも、とりわけ私を感動させた。それは中七下五の「寄せてはかへす波がしら」という単純で平凡な措辞が、「父の日」という上五の季語によって、大きな意味を持つ一行詩の秀吟となったからである。人間もまた自然の一部にすぎないが、同時に自然を在らしめる存在も人間である。「寄せてはかへす波がしら」は、自然そのものであると同時に、人間の日常的な営みの象徴でもある。釈迢空の言う無内容の一行詩。

逃水や緑の男が亡命す　梅津早苗

同時作に、

　またの世は青き銀河の渡し守

　白蛾の夜舌にピアスの少女の目

　衣更へてボブディランの風の中

がある。ボブディランの「風に吹かれて」は五木寛之のエッセイの書名にもなったが、なんといっても「青き銀河」の句が良い。「次の世」でも「別の世」でもなく、上五は充分に考え抜かれた措辞。一方、「逃水」の季語は、「緑の男が亡命す」という中七下五があって選択されている。読者の中には付きすぎという意見もあろう。例えば、「陽炎」だ。しかし、「亡命」という言葉に対して「逃亡」の意味を込めて「逃水」の季語を考えたのであろう。かつて著名なアメリカの作家が旧ソ連の作家ソルジェニツィンに対して、

「彼は亡命者ではなく、逃亡者だ」

と言い放った。少し言いすぎの感もないではないが、ソ連の崩壊前に逮捕・流刑を覚悟の上でソルジェニツィンは帰国した。それでは「緑の男」とは何であるのか。答えは、非常口のマークとなっている緑色の人の形である。私が千葉拘置所の囚徒であったころ、次の句を雑誌「俳句」に発表した。

　真夏日や逃げても逃げても非常口　　角川春樹

　私は拘置所の中で、何度も非常口から逃亡することを夢想したのである。事実、非常口から脱走したイラン人の囚徒が、その時いたのである。梅津早苗の作品は、逃げ水の彼方に亡命し

得た緑の男（非常口）という寓話である。次の私の最近作も、詩的寓話である。

八月十五日皇帝ペンギン亡命す

身体を神殿としてシャワー浴ぶ　　宮京子

同時作に、

羅を着て真つ白な骨になる

遺されてほつたらかされゐて涼し

なめくぢり自我引き自分史の途上

がある。宮京子と言えば、二年前の次の作品を思い出す。

水中の桃浮きあがる軽き目眩《めまい》

下五の「軽き目眩」の措辞が見事である。「シャワー浴ぶ」の句は、今月の「半獣神」の中で、一番の作品。宮京子の代表作である。例句としては、

シャワー浴び何すとはなく夜を待つ　　角川春樹

があるが、私の作品より宮京子の方が数倍上だ。神道の最も大事な基本は、人間即神、神即人間、という事実である。次の私の一句は、その秘事を詠んだ作品。

神は人ひとは神なり夕桜　　角川春樹

人間の身体は神の容れ物である。人間の身体を器として霊があり、霊を器として霊の霊があり、霊の霊を器として霊の霊の霊がある。最後の段階の霊は神である。獄中句集『海鼠の日』

の次の一句は、そのことを詠んだ作品。

海鼠よ海鼠霊《たま》の奥にも霊があり　角川春樹

宮京子の「シャワー浴ぶ」の句は、前述の宗教的な意味を離れて、純粋に人間の肉体の美しさを讃えた一句。神殿は天皇が祭主を務める宮中三殿の一つではなく、ギリシア神殿を想像させる。従って、肉体を持つ神としてゼウスとレトの子のアポロンやヴィーナスが想定される。特に私は美しい肉体のアポロンが頭に浮かんだ。つまりアポロンのような肉体を持つ若者がシャワーを浴びている姿が、この句から目に飛び込んできた。輝くばかりの美しい肉体。それはまさしく身体を神殿とした生命讃歌である。エロスの代表句。

緑陰や天皇陛下の忘れ物　松下由美

同時作に、

母の日や銀河旅する母がゐる

女体より吐き出されたる海月かな

血のにじむバンテージ捲く寺山忌

鯖寿司や記憶の父を捨てられず

があり、どの句も良い。なかでも「緑陰」の句は、天皇を持ってきて俄然面白くなった。緑陰の下に、天皇は何を忘れて来たのだろう。それも今上天皇ではなく、昭和天皇がイメージされる。忘れ物が何であるか具体的に示さないことによって、読者の想像でさまざまに膨らむ。

私は天皇の忘れ物が帽子であると想像した。

天皇と呼ばれる男夏帽子　角川春樹

この指に誰もとまらず水温む　若宮和代

同時作に、

夏至の夜や傾け使ふインク壺

万緑や銀の磁石の指す未来

万緑を揺らして雨の来たりけり

があり、特に「夏至の夜」の句が面白く、六月の東京中央支部の句会で特選にとった。一方、「水温む」の句は、四月十八日に行なわれた第十八回「しゃん句会」で特選をとった。「河」七月号に堀本裕樹が主宰選評として次のような句会報を掲載している。

「水温む」の季語が非常に効いている。下五の「水温む」への転換が巧みである。いかに季語が重要であるか。季語を自由に駆使することが一行詩では大切である。自分の指に誰も止まらない寂寥感が伝わってくる一行詩。

私のその時の選評に付け加えることはない。短いながらも、的確に私は論評しているからだ。さらに論ずるとすれば、一句全体が視野に飛び込む立ち姿が良い。子供の遊戯に誰の目にも止まらなかった光景が、自分の記憶の奥から炙《あぶ》り出されてきた。子供は時に残酷で残忍だ。子供が純粋であるというのは虚妄である。子供の虐《いじ》めは今に始まったことではない。「水温む」の句は、若宮和代の回想ではなく「虚」であったとしても、充分なリアリティを伴って読者の心に伝わってくる。「水温む」という大自然の推移が、過去の象徴として的確に使われている。佳吟。

リラ冷の扉を押せばルオーの絵　藤森和子

同時作に、

時の日やケトルの笛の鳴り止まず

アカシアの午後のけだるくありにけり

があり、特にアカシアの句が良い。藤森和子の句は、二年前の、河作品抄批評で次の句をとりあげた。ここに再録する。

山腹に午報の返る雪解かな

句意は明瞭で、雪解けになった山腹の村に午報が谺している光景。この句、日本の風景でありながら、スイスを舞台にした写生画に思えてくる。午報を鳴らすのは、小さな村の教会だ。遠くアルプスには残雪がきらめいて、なんとも懐かしく癒される景だ。

今回、同じ作者の作品に接して、同じ感慨を抱いた。作者が居住するのは長野県諏訪市。だが、「リラ冷」の句も、「時の日」も、「アカシア」の作品も、その世界は日本の田園ではなく、ヨーロッパの小都市のイメージだ。特に「リラ冷」の句は、ヨーロッパの郊外であれば玄関に飾られたルオーの復製画、美術館であればルオーの小品が思い浮かぶ。「映像の復元力」の効いた、それでいて新鮮な一行詩。「リラ冷」の季語が効き、一行詩そのものが絵画の世界。いわばルオーの絵が画中画となっている。

太宰忌やみな狂ひたる置時計　杉林秀穂

同時作に、

尾を切るを巧みな赤い蜥蜴《とかげ》かな

があり、この句も良い。しかし、太宰忌の句は遥かに良い。中七下五の「みな狂ひたる置時計」の措辞がユニークだからだ。太宰忌や桜桃忌の句で、このような異世界を詠んだ句は存在しないからである。私の獄中句集『海鼠の日』の中に、次の句がある。

春寒や獄の時計の狂ひたる　角川春樹

刑務所という次元は、この世にある異世界である。同様に、太宰治の命日である六月十三日にみな狂った置時計の世界とは、例えば不思議の国のアリスの次元である。この次元は、人間の夢の中にしか存在しない狂気の世界だが、現代の恐怖とは狂気と現実との境が明確でなくなり、現代の都会に住む四人に一人は精神を病んでいる、という現実にある。狂気が現実に越境する恐怖を描いた、神経がひりひりするような一行詩。季語が的確。

来るはずのないバスを待つ寺山忌　青柳冨美子

同時作に、

はつなつの抱いてさみしき腕《かいな》かな

青時雨夕べ残りしカレーの香

があり、両句とも良い。バスとは、不思議な乗り物だ。「河」の作品には、青柳冨美子の別の作品を含めて佳句が多い。例にあげると、

赤い魚食べて真冬のバスに乗る　倉林治子

人の日や誰も乗らない赤いバス　青柳冨美子

降る雪や今年最後のバスが出る　菅城昌三

乗るはずのバスが出て行く枇杷《びわ》の花　三田村伸子

私の一行詩集『角川家の戦後』の中にも、次の句がある。

ゆく年のバスはもう行つてしまつた　角川春樹

しかし、青柳冨美子の「寺山忌」は、私の次の句を思い出させた。

方舟に乗れず寺山修司死す　角川春樹

青柳冨美子のバスは、寺山修司が監督した映画「さらば箱舟」のような存在ではないのか。ノアの方舟に乗れなかった人々のように、来るはずのない方舟を待っている、ということだ。

太宰治とは違った意味で寺山はおのが狂気を鎮めていた。来るはずのないバスを待っているのは、作者であると同時に寺山修司その人である。まだ例句が少ない寺山忌にあって、充分俳句歳時記に収録されるだけの力を持った一行詩。

父の日や真つ赤なガラス玉を吹く　浅井君枝

六月の東京中央支部の句会で特選にとった。句意は明瞭だ。父の日に薄暗いガラス工房で職人が真っ赤なガラス玉を吹いている景だ。母の日が「晴」であるのに対して、父の日は「褻《け》」である。映画「男たちの大和」の主人公・内田貢が目撃した光景では、戦艦大和が沈没する時、まだ十代の年少兵はことごとく「お母さん」と叫んだが、誰一人「お父さん」とは叫ばなかったという。少年にとっては、母のほうが父よりも身近な存在だが、娘にとっての父は鬱陶しいか憧憬を抱くか、そのいずれかであろう。浅井君枝の句は、一句全体が私の視野にとび込んできた。色彩感もさることながら、中七下五の措辞に強い印象を受けた。それは理屈を越えて、腑《ふ》分けできない類の感情であった。黙々と職人が真っ赤なガラス玉を吹く景は、後期印象派の油絵を連想する。その油絵を前にして、絵そのものから強い風が吹きつけてくる。赤という色、幼児が最初に認識し記憶する色だ。また、真っ赤なガラス玉は魂の象徴である。その絵画のような景に対して、「父の日」の季語は、不思議なほど動かない。勿論、「母の日」では成立しない。浅井君枝のこの一句を前にして、なぜ私が心を揺さぶられたのか、また今もこの句から目が離せないのか、正確には説明できない。それは感覚で受けとめるしか方法がないのだ。説明しきれない魅力を放つ一行詩も、当然、詩であるが故に存在する。

もの書きがもの書かぬ日の柏餅　大多和伴彦

同時作に、

虎が雨陰毛強《こわ》き娼婦抱く

があり、この句は吉行淳之介の小説の世界。大多和伴彦は文筆家であり、学生時代から若手の俳人として注目されていた。その作者がものを書くことができないでいるある一日、柏餅を食べているという句意だが、なんとも言えないペーソスが漂い、身につまされた一句。文筆家が多い「はいとり紙句会」で多くの人の共感を得た。「柏餅」の季語が、この句の場合の「いのち」となって働いている。

花みづき蹴りたい背中ありにけり　のだめぐみ

同時作に、

をとつひの朝焼けいろの五月かな
紫蘇の香の空切りとつて母の日は
寺山忌自分を罠にはめるなり

があり、特に「五月」の句が良い。「紫蘇の香」の句も下五「母の日は」の据え方はなかなかのもの。のだめぐみも大多和伴彦と同じ「はいとり紙句会」のメンバー。「花みづき」の句は、吉野の吟行会での特選句。中七下五の「蹴りたい背中ありにけり」が面白い。中七の「蹴りたい背中」は、私が獄中で読んだ綿矢りさの芥川賞受賞のタイトルである。このことは、例えば私の初期の次の代表句は、澤地久枝のノンフィクションの書名が同じであったことと同様であり、書名が時代と共に忘れさられていっても、一行詩としての作品は残る。映画のタイトルや曲名についても言えること。

火はわが胸中にあり寒椿　角川春樹

のだめぐみの「花みづき」の作は、肉親に対しての句とは思えない。多分、恋人の背中を見ている内に、無性に、そして衝動的に突然蹴ってみたいという感情にかられたのであろう。それも、憎しみや怒りではなく、むしろその正反対の情動であろう。それは「花みづき」という季語が、ある種の感傷を伴うからである。恋の句として佳吟。

青嵐記憶の海と似てゐたり　小林文子

同時作に、

生き生きと煮崩れしたる苺喰ふ
万緑やいつでも出せるパスポート
暮るるまでみんな仲良くはじき豆

がある。なかでは「はじき豆」の句が面白い。しかし、圧倒的に「青嵐」の句が良い。この句も、浅井君枝の「父の日」同様に絵画の世界。油絵の中には構図として荒れた海を描くことがある。その絵の中には、これまたよくあることだが荒海に翻弄される船が描かれている。作者がその絵画を見た時、自分の記憶にある光景、既ちデジャヴを感じたのだ。その潜在意識にある光景は、過去の似たような体験かあるいは同じような構図の絵、または現実の体験ではなく、夢の中の光景かもしれない。想像を拡げれば、ある種の集団無意識か前世の経験の可能性すらある。私の体験を述べると、二十一歳の時に夢に現れた湖を私はボートで漕いでいた。遠くの教会から夕刻を知らせる鐘の音が聞こえる。ボートは湖から川へ下っていく。その夢の続きは十五年後、川から海にボートは下っていく。その川も海も私の経験にはなく、見知らぬ世界だった。そのボートが美しい海岸へ出て、沖に向かい始める夢の続きを見たのは、さらに十年後。私が現実にそれに似た海を見たのは、私が四十六歳の時だった。一九九一年七月十三日にバルセロナ港を出航したサンタマリア号で、地中海、大西洋と渡ってコロンブスが上陸したサンサルバドル島がそれであった。しかし、サンサルバドル島には湖はなかった。単に記憶の海と似ていただけだった。

小林文子の「青嵐」の句は、人間の潜在意識に働きかける奇妙な、それでいて魅力のある一行詩。

置いていった闘魚と今も暮している　　朝賀みど里

今月の河作品の中で一番の秀吟。五月二十七日に行なわれた第五回「はちまん句会」の特選句。口語で新仮名で散文の一行詩。作者が男であろうが、女であろうがどちらでも成立するドラマ性を持った一行詩。内容は当然別れた男女の後の物語。口語の、散文の一行詩の場合、季語が見事に決まることが条件であり、朝賀みど里の句は成功した好例。「闘魚」の季語がいい。「闘魚」は、熱帯魚のベタのこと。雄は尾鰭が長く色が美しいが、一つの水槽に入れると激しく争う。同棲していた二人がどのような別れ方をしたか推測したくなる季語。その「闘魚」と今も暮している、というのだ。季語の成功によって記憶される朝賀みど里の代表句。本日（七月一日）の東京中央支部の句会で、朝賀みど里は次の作品で、選者の佐川広治と私を驚かせた。この句も秀吟だが、次の河作品抄批評で述べることにする。

　どくだみ匂ふベトナムの地図拡げゐて

母の日や鍵の開かないドアがあり　　岡田滋

同時作に、

　ボルジアの毒を得たりや半夏生

　革命の虚実を問へり夜の新樹

があるが、「母の日」の句が遥かに良い。母の日に母を訪ねると、かつて渡されていた合鍵を使ってもドアが開かない、の句意。この句のドラマ性は、鍵の開かないドアの存在から始まる。なぜ、ドアが開かないかといえば、すでにその家ないし部屋に母はいないからである。それでは、なぜ、母はいないのか。この句は「虚」ではなく、作者にとっての「実」である。肉親の喪失を詠った切実な一句。紛れもない佳吟である。

薫風や一人で開く化粧箱　　岩下やよい

同時作に、

生きぬきし母に母あり母の日よ

ウヰスキーボトルを空けて火取虫

がある。作者は鹿児島在住の三十六歳。まだ一行詩を始めたばかりの新人。「薫風」の句は、中七下五の「一人で開く化粧箱」の措辞が実に新鮮。作者の寂寥感と言ってしまえば言いすぎだが、心理的な痛みとして読者に伝わってくる。「薫風」の季語の使い方が巧みである。

ホステスの口より蝶を放ちけり　　大友稚鶴

同時作に、

薔薇の雨不倫相手が溶け始む

炎天下家刺し壊す鉄の爪

がある。もちろん、「実」ではなく「虚」の世界。「蝶」が何かの象徴ではあるが、それが何であるか、作者以外正確には解らない。解らないながらも、充分推測は可能だ。例えば、飾られた言葉。その中には美しい嘘も入るだろう。しかし、そういった解釈よりも文字どおりホステスが口から蝶を放った、という詩的イメージが美しい。

ひやさうめん紙の重さの齢《よわい》かな　中元英雄

同時作に、

夏草や特攻基地の貯水塔

学徒兵螢になりて還りけり

がある。作者の住む鹿児島には、知覧、加世田の特攻基地がある。私は二年前、両特攻基地を訪ね、その晩、特攻で戦死した兵の霊によって眠ることができず、一行詩が次々と彼らから降りて来て、三日間、その声を書き続けた。それが句集『JAPAN』である。

赤とんぼ特攻基地に誰もゐず　角川春樹
晩夏光短き遺書のあるばかり　〃
螢にも神にもなれず蟬時雨　〃
峯雲や死にゆく兵が敬礼す　〃
夏青空子犬を抱いて笑ひ合ふ　〃
沙羅《さら》の花月光を弾く学徒兵　〃

この原稿を書いている今も、その時の景が浮かび上がる。「ひやさうめん」の句は、作者の「今の今」の感慨である。作者は七十一歳。戦争が終わり、定年を迎え、夏青空の下で、今、冷そうめんを食べている。かつて、句集『いのちの緒』を執筆している時に、次の句のような感慨を持った。その時は、肺結核に罹患し、しかも刑事裁判中でいつ収監されてもおかしくない状態だった。にもかかわらず、精神は平静だった。

空澄みて紙いちまいの重さあり

中元英雄の「ひやさうめん」の句は、中七下五の「紙の重さの齢かな」の見事な措辞によって、他の例句を圧倒している。正に「永遠の今」を詠う「いのち」の一行詩。

冷さうめん紙いちまいのいのちあり　角川春樹

夜すすぎの娼婦の黒き下着かな　岡部幸子

同時作に、

桜桃忌情死と墨で書いてみる

押し通す意地へ西日の濃かりけり

がある。二年前の河作品抄批評で二度、岡部幸子の句を取りあげた。

はつなつの大きな甕を買ひにけり

蛇よぎる柱時計が二時を打つ

「夜すすぎ」とは、昼の間、夏の暑さで汗まみれになった衣類を、夜風が立ちはじめ涼しくなったころから、その夜のうちに洗濯することを指す。例句としては、

夜《よ》濯《すす》ぎのしぼりし水の美しく　中村汀女

夜濯にありあふものをまとひけり　森川暁水

夜濯ぎのひとりの音をたつるなり　清崎敏郎

などがある。たまたま、第七回の「はちまん句会」の兼題で、例句を見てもたいした句もなく、かなり呻吟しながらの投句であったので、岡部幸子の「夜すすぎ」の句に感心してしまった。私の句は次のとおりである。

夜濯ぎのホステスに憑《つ》く水子かな　角川春樹
銀行員夜濯ぎの手を鞣《なめ》しけり　〃
夜濯ぎの女身に狐憑きにけり　〃
夜濯ぎの淋しい乳房でありにける　〃

岡部幸子の「夜すすぎ」の季語に対して、中七下五の「娼婦の黒き下着かな」の措辞が鮮やか。娼婦の下着が黒というのも色彩感ばかりでなく、黒い下着を身につける心の有様までが推測されて舌を捲いた。

つばくろや棒高跳びの少女跳ぶ　伊藤実那

岡部幸子の「夜すすぎ」の「暗」に対して、伊藤実那の句は一転して「明」である。「つばくろ」の季語が明るく、燕の飛び交う五月の青空が見え、その青空の下を棒高跳びの少女の跳ぶ姿が見える。「映像の復元力」の効いた作品。この句、健康なエロスの讃歌であり、句全体に躍動感のある爽やかな一行詩。好感が持てる。

水色の便せんひらく薄暑かな　山田絹子

山田絹子の「薄暑」の句は、六月二日の東京中央支部の例会で、全選者から特選並びに秀逸をとった。一般選では誰もとらなかったが、私はこの句に感心した。
山田絹子の句は、過去に何度か河作品抄批評で取りあげた。

鶯や雨やはらかに平林寺
花嫁の白きヴェールや小鳥来る
伊東屋に買ふぽち袋一葉忌
あたたかし湯屋ののれんのもえぎ色

山田絹子の作品として今回の「薄暑」の句は、過去のどの句よりも良い。まず「薄暑」の季語の使い方が実に見事。薄暑の色彩感覚を「水色」と捉えたのは手柄である。それも五月の青空ではなく、具体的な手触りである便せんを登場させた。そして動詞の「ひらく」である。これによって作者の心の有様まで読者に伝わってくる。
最後に、銀河集、半獣神、河作品から今月号の佳吟と作者名を列挙する。

恐るべき子供たちこそ明易し　福原悠貴
昼深く蜘蛛かなしびの糸を吐く　田井三重子
竹皮を脱ぎコロンボも老いにけり　滝平いわみ

うしろ手に扉を閉めて五月尽　大森健司

蝌蚪泳ぐ閻魔の弟子になるために　坂内佳禰

夏館寝椅子にあをき腕《かいな》垂れ　石橋翠

青い山脈酸素ボンベを付けて来る　愛知けん

ワタクシといふ毒だみを干してゐる　窪田美里

胃の中に鮫の棲みつく油照り　西尾五山

兄さんごめんなさい日の丸に黴　林風子

父の日やトランクにある錆びし鍵　市川悦子

スコッチに暖とりをれば雷鳥来　木下ひでを

衣更へ魔女が悪女になつてをり　仕合尚子

のびやかに平均台の素足かな　三田村伸子

昼の月ソフトクリームの溶けだして　倉林治子

噴水や濡れ紙ほどの昼の月　関口英子

新しきギターを購ひて大夕焼　谷山博志

雲の峯ゴンドラこつん到着す　阿部美恵子

大西日雲を焦がして落ちゆけり　諏佐和子

（平成十九年「河」八月号）

＊「しゃん句会」「はいとり紙句会」「はちまん句会」はともに角川春樹による小規模な鍛練句会のこと。東京中央支部、全国展開する「河」の東京中央支部月例句会。河作品、「河」の一般会員作品欄。半獣神、「河」の同人作品欄。自選五句全掲載。順位は主宰選。銀河集（元当月集）、「河」幹部同人作品欄。

2　帆のごとく

裏窓を開けてひとりの麦の秋　　堀本裕樹

「修司忌の空」と題する同時作に、

修司忌のかもめにパンを投げにけり

助走して修司忌の空飛び越えむ

があり、両句とも特選にとった。「かもめにパンを投げ」るという行為は、俳句時代の寺山修司の屈折が影を落とし、「助走して修司忌の空」を飛び越えるという思いは、寺山修司の世界を越えてみせるという挑戦的な意志が読者にも伝わってくる佳句。

一方「麦の秋」の一句は、作者の寂寥感が映画的な手法を用いて成功した。かつて私は、イタリアの小都市を旅している時に、小さなホテルの裏窓を開けると、そこに黄金色に波打つ麦畑を見て感動したことがある。と同時に、日本を遠く離れた位置に旅人として立っていることに、なんとも表現できない寂寥感が押し寄せてきた。地図のない旅を続けていた私の感慨が、裕樹の作品に激しく共振れを起した。

人間が遠い夏野になつてゐる　春川暖慕

「まだまだ」と題する同時作に、

カラフルなお薬飲んでまだまだ梅雨

父の日の海にまつかな火を焚けり

があり、両句とも面白い。「遠い夏野」の句は、窓秋に「白い夏野」の句あればの詞書がついており、高屋窓秋の次の代表句を下敷きにしている。

頭の中で白い夏野となつてゐる　高屋窓秋

窓秋の「白い夏野」と同様に、「遠い夏野」も、時空を超えた過去の風景が作者の脳裏にあぶり出されている。しかし、窓秋の個人的な「白い夏野」に対して、春川暖慕の「遠い夏野」は、もっと普遍的な光景だ。人間である誰しもが共感できる郷愁の原風景が描かれているからである。個人的な意見を言えば、私の場合、「遠い海」と言うことになる。人間の遺伝子の中に、海から陸に上がってきた遠い記憶があるはずだ。私は窓秋の「白い夏野」の理知的な句よりも、人間の郷愁をベースとした暖慕の句に感銘した。

アロハ着て父は夕星見てゐたり　渡辺二三雄

「泰山木の花」と題する同時作に、

やや錆びて泰山木の花匂ふ

があり、作者の繊細な感覚が感じとれる佳吟。一方「アロハ」を着ている父が、夕星を見ているという句は、小説的な叙景詩。実ではなく虚の世界。私の父・源義は絶対にアロハシャツなど着ないし、私にも生前は着させなかった。源義は夏でも白絣などの和服で寛《くつろ》いでいた。源義がアロハシャツを着ていることを想像すると、かなり可笑しいが、二三雄の中での父はアロハが似合うのかもしれない。アロハシャツの例句は、ほとんどない。

海暮るる岬に哀愁アロハシャツ　秋沢猛

秋沢猛のアロハシャツの句は、ハワイあたりの景。哀愁という言葉自体がかなり古臭い。比べて、二三雄の句は、哀愁という措辞を使わず、ユーモアとペーソスが漂う佳吟である。

アロハ着てダイキリなんぞ飲んでをり　角川春樹

悲しみのどん底にゐて大昼寝　北村峰子

「駆け抜けて」と題する同時作に、

駆け抜けてきたから螢発光す
白桃や望み叶ひしかたちして

がある。「河」八月号で次の句を取りあげた、岡部幸子からのメッセージを紹介する。

夜すすぎの娼婦の黒き下着かな　岡部幸子

春樹主宰と峰子さんの往復書簡、心がふるえます。なみだがでます。

峰子さんの細胞が、あらたなる生命力を取り戻されてゆくこと心の底からお祈りいたしております。これを書きながらも涙を拭いています。　幸子

人間にとって悲しみさえも生きる糧になるが、悲しみのどん底にいてさえ一行詩の中の人物は大昼寝をしている、というユーモアとペーソスの一句。大昼寝の人物は峰子本人とも思えるし、全くの虚構ともとれる。人間はどんなに悲しい時でも三度ご飯を食べるし、昼寝もするだろう。人間の精神も肉体も、本人が思う以上にタフなのだ。峰子の精神が健康でありさえすれば、私と笑って逢える日が来るだろう。

かごめかごめ八月は目を閉ぢてゐるか　滝口美智子

滝口美智子のこの句は、小説にも映画にもなったヒトラーの有名な言葉を思い出した。

「パリは燃えているか」

かごめかごめは、鬼である目を閉じた子供の回りを「かごめかごめ、後ろの正面だあれ」と囃す子供の遊び。実はこの遊びは陰陽道に由来する占いである。安倍晴明が考案した呪術なのだ。美智子の擬人化された「八月」は、原爆が投下された後に敗戦した日本そのものである。目を閉じてしゃがみ込んでいるのは、日本である。日本は敗戦によって目覚めた訳ではなく、戦後六十二年、目を閉じたままである。後ろの正面にいるのは、誰でもなく日本である。その

ことを自覚しない限り、呪術は解けない。呪術を施《ほどこ》したのはアメリカの洗脳学者だった。日本が自立できないのは、この洗脳という呪術を懸けられているからだ。だから、滝口美智子のこの句は陰陽道を裏に秘めた、寓話的な風刺の一行詩ともとれる。

うすものの夜や楼蘭をまだ知らず　滝平いわみ

今月の「銀河集」で一番の秀吟。なんともスケールの大きい一行詩の世界だ。楼蘭とは西域の地名で、前二世紀から五世紀頃まで栄えた、鄯善《ぜんぜん》国の首都で、新疆ウイグル自治区ロプノール北西にあった。インド系のカロシュティ文字を使った文書を出土する西域の大国でもある。私の少年期、青年期にはこの楼蘭王国の探険行に胸を踊らせたものだ。滝平いわみのこの句、今どきの男性作家ではとても創造することのできない世界である。うすものを着た夜に、楼蘭を思い浮かべるという句柄の大きさに、私は脱帽した。

穴惑ひ帝国ひとつ砂に消ゆ　角川春樹

うすものを着て帆のごとく歩みをり　佐野幸世

大景詠の滝平いわみの「うすもの」に対して、佐野幸世の「うすもの」は、身辺詠の秀吟。中七下五の「帆のごとく歩みをり」の措辞は、前例のない見事な譬喩だ。

「河」七月号で、淵脇護が堀本裕樹論「その雄心と若きロマン」の中で、次の重大な発言をしている。

象徴性を持つ作品群も多出している。筆者淵脇護は、魂の一行詩はやがて象徴的詩歌の世界へたどり着くのではないかと予測する。堀本氏の多才多能をもって、慎重にこの分野の開拓と発展に努めてほしい。

淵脇護の、この透徹した慧眼に舌を捲いた。正に、そのとおりである。ランボーを先駆とし、マラルメを中心として十九世紀末にフランスで興った象徴詩の世界である。絵画でいえば、具象から抽象へと進化してゆく。写実とは具象であり、デッサンである。それだけでは、詩歌は写真にも、絵画にも、映画にも、音楽にも、小説にも劣ることになる。魂の一行詩が他の芸術を超える方法論としては、言葉を徹底的に追求した象徴詩の世界に行き着くしかないのだ。高浜虚子の説く客観写生は方便である。高浜虚子の次の代表句が示しているではないか。

去年今年貫く棒の如きもの　高浜虚子

貫く棒は、過去・現在・未来の時間軸を一本の棒に見たてた象徴である。そこに作者の自己投影が強く打ち出されている。この句のどこに写実があるのか。具象があるのか。この句の偉大さは、具象を抽象に昇華させたことであり、象徴詩としての見事さにあるのだ。佐野幸世の「うすもの」の句も、然りである。うすものを着て帆のごとくはためかせて歩くという、まるでおのが肉体を一艘の船に見たてた象徴性が優れているのだ。

いづれ行く銀河の涯の蟻の塔　　松下由美

同時作に、

時の日や死を問ふほどに遠く来て

麦の秋デニムの青が褪せてゆく

があり、両句とも佳吟である。特に「麦の秋」にデニムの青が褪せてゆく、という中七下五の措辞が良い。「蟻の塔」の句は、昨年、映画「蒼き狼　地果て海尽きるまで」で長期モンゴルロケを敢行したが、首都ウランバートルの近郊の草原には、野ネズミの穴と共に高さ二十センチぐらいの夥しい蟻の塔を目撃した。作者である松下由美は、死後いずれ行くことになる銀河の、それも涯に、蟻の塔を現出させた。私の場合、地の果てにある蟻の塔であったが、この地球といえども銀河の一部であることを考えれば、銀河の涯は必ずしも地上の銀河と考えなくてもよい。しかし、私の一行詩集の『飢餓海峡』の「銀河」と同様に、地球と同じ環境の惑星がわれわれに意識し得る領域に数多く存在すると推定されている。であるならば、別の銀河惑星の涯にある蟻の塔と、松下由美の一行詩のとおり鑑賞したほうが正しいであろう。

松下由美の世界には、地上の、そして地上を離れた宇宙意識と言うべき一行詩が多い。平成十九年「河」二月号以後の作品を例にあげると、

歳晩や銀河を背負ひ泳ぎゐる　　「河」二月号

惑星の砂の器に独楽まはす　　三月号

初東風や冥王星から皇帝来　四月号
鬼やらひ銀河の果ての非常口　〃
帰るもの流るるものみな二月尽　五月号
惑星の青の時代に蠅生まる　六月号
垂直に地球を歩きみどりの日　七月号
母の日や銀河旅する母がゐる　八月号

第七回山本健吉文学賞受賞『角川家の戦後』の森澄雄先生の選評を抜粋すると、

人間はこの広大な宇宙の一点。人間の生もまた、永遠に流れて止まらぬ時間の一点に過ぎない。俳句もまたその虚空と流れる時間の、今の一瞬に永遠をとらえる大きな遊びである。老子の言う無為自然であろうか、また学を絶てば憂い無しである。人間の小さな理屈や学を捨てれば、こんな贅沢な遊びはない。

栗の花この世にぶらさがつてゐる　蛭田千尋

同時作に、
父の日や泣かずにさよならするつもり

がある。「父の日」の句は、六月の東京例会で特選にとった。例会の第三日曜日が「父の日」とあって、句会も「父の日」の句が数多く投句されていた。蛭田千尋の「父の日」の句は、文字どおり、父と死別する時も泣かずに「さよなら」をするつもりだ、の句意。選者の一人である小島健は、「千尋さんの「泣かずにさよならするつもり」は、反語で、間違いなく千尋さんは泣くでしょう」と講評したが、そのとおりだろう。「栗の花」の句は、秀逸にとったが、原稿を書いている今、中七下五の「この世にぶらさがつてゐる」の措辞に惹かれている。最近の「河」の投句は、角川春樹賞の応募作も口語体や散文詩的な作品が数多くを占めるようになったが、一番重要なキーポイントは上五の「季語」にある。千尋の作品も口語体の散文詩だが、上五に「栗の花」を持ってくることで成功した。勿論、このような世界は歳時記の例句にはないが、いくつかあげると、

栗咲く香血を喀《は》く前もその後も　石田波郷
栗の花いまだ浄土の方知らず　角川源義
花栗のちからかぎりに夜もにほふ　飯田龍太
花栗の楽湧くごとき夜を逢ふ　上田五千石

「栗の花」は独特の香りを周辺に放ち、栗の木のあることにすぐ気付く。例句の多くが、男性作家であるのはその匂いにある。従って、「栗の花」の句が記載された清記用紙が回って来た時、作者は男だろうと想像した。「栗の花」は男の象徴だからである。作者は、この世にぶらさがっているわけで、男性にぶらさがっているわけではない。すると句意は、男性中心の社会にとど

のつまりはぶらさがっているだけではないか、という自嘲とも諦観ともとれる。そうだろうか？「父の日」の句の小島健の講評を思い出してもらいたい。そう、この句も反語なのだ。ぶらさがっているのは女性である作者ではなく、男性のほうなのだ。文字どおり受け取ったら、火傷するのは男のほうである。それは千尋の次の代表句が示している。

冬隣素直になれぬ火がありぬ　蛭田千尋

父の日や出発ロビーにひとりゐる　若宮和代

同時作に、

時の日のシーツ真白く畳みをり
独り居の夜や鬼灯のよく鳴りぬ

があり、三句とも細やかな日常の中に詩を見出した作品。なかでも「父の日」は、一句の中にドラマトゥルギーがある。句意は、「父の日」に、父と離れて空港の出発ロビーにいる、ということ。一言でいえば親からの旅立ちの句だ。読者はこの句からさまざまな想像を巡らすことができる。若宮和代の個性は、日常の中に詩を見出すことと、このドラマ性にある。さらに和代は、詩人として視えないものを捉えようとする感性に優れている。例をあげると、

人ごゑの沈まずにゐる夜のプール　「河」九月号
銀漢に夜明けのこゑの亙《わた》るなり　十月号
秋声やとほくの空を泳ぐもの　十二月号

振り返り振り返り地下三階の秋　「河」一月号
冬月や水底に鳴るオルゴール　三月号
朧夜の尻尾を踏んでゐたりけり　六月号

崩壊の後の一人の端居かな　川越さくらこ

同時作に、

夜光虫乳房点滅してゐたる

があり、初めこの句を取りあげるつもりだったが、「端居」の句を鑑賞することにする。「端居」とは、文字どおり、家の端、つまり縁側や廊下に居ることである。夏の季語。例句としては、

端居して濁世《じょくせ》なかなかおもしろや　阿波野青畝
端居して明日逢ふ人を思ひをり　星野立子
小鼓の稽古すませし端居かな　松本たかし
端居してかなしきことを妻は言ふ　村山古郷
端居せるこころの淵を魚よぎる　野見山朱鳥
夕端居ほどよき距離とおもひけり　小川江実
端居してこの世のほかの世を想ふ　角川春樹

端居という季語が内在する家族がくつろぐ景の中での、例句の作者の感慨がさまざまに型を

変えて詠われている。しかし、川越さくらこのぐさっと刃物を刺し込むような痛みを伴う句は類例がない。上五の「崩壊」が何を指してのことか具体的に示されていない。この句には具象がない。あるのは作者と縁側だけである。しかし、具象を進化させた型に抽象がある。つまり、具象よりも抽象のほうがレヴェルが高くなる。具象はあくまでもデッサンであり、写生に止まる。私が軽蔑する「盆栽俳句」は、作者の半径五十センチの写生である。川越さくらこの「端居」は実景ではない。「虚」である。しかし、このドラマトゥルギーは「端居」が「家族団欒」の象徴として使用されていることに、読者はまず気づいてほしい。その家族団欒の崩壊の後に、作者は一人端居しているのだ。「魂の一行詩」がやがて象徴的詩歌の世界へたどりつくと予測した淵脇護の愛弟子が川越さくらこである。川越さくらこは師の予測のとおり、この一句を私に投げてきた。象徴詩としての「魂の一行詩」を先取りした佳吟。

服飾誌立ち読みしたるパリー祭　市川悦子

同時作に、

原色の旋律をつれ夏は来ぬ

まつはりし糸くずのいろ夕薄暑

言の葉をハンカチーフに折りたたむ

がある。特に「夏は来ぬ」が良い。作者の職業は服飾デザイナーである。「パリー祭」の句も、「夕薄暑」も「ハンカチーフ」の句も、作者の日常の中に詩を発見している。しかも、カラフルな夏服を、具象的に表現せず「原色の旋律をつれ」という措辞に脱帽した。脱帽ついでに言えば、作者は帽子の製作を手がけ、「河」六月号の若宮和代の句も、そのことを指している。

悦ちゃんの帽子に春の来てゐたる　若宮和代

「パリー祭」とは、一七八九年、パリ市民がバスティーユ牢獄を解放して王政を打倒する革命の火蓋を切ったのが七月十四日、この日はフランスの祝祭日となった、その日のこと。戦後のある時期まで（今でも宝塚歌劇団には巴里祭の演目がある）飲食店や喫茶店で営業としてパリ祭が、成り立っていた。例句としては、

濡れて来し少女が匂ふ巴里祭　能村登四郎

巴里祭モデルと画家の夫婦老い　中村伸郎

があるが、季語として成功した作品は少ない。市川悦子は上五中七の「服飾誌立ち読みしたる」という、服飾業ならではの生活の実感を通して「パリー祭」を一句に詠んだ。勿論、この句類例のない佳吟。

パリー祭下駄を鳴らして銭湯へ　石橋翠

同時作に、

赤い帽子白い帽子の雲の峰

胡瓜もみ可愛く老いてどうするの

があり、「雲の峰」が良い。「パリー祭」は七月の「はちまん句会」の兼題であった。私は次

の二句を投句した。

似顔絵を少女に描かせ巴里祭　角川春樹

味のないガムを噛みをり巴里祭　〃

私の作品は互選ではさっぱり反響がなかったが、私が特選にとったのが石橋翠の右の作品と朝賀みど里の次の作品である。

似顔絵の愚かに若し巴里祭　朝賀みど里

石橋翠の作品のほうが朝賀みど里の句よりも上である。石橋翠の作品を目にした時、姜琪東氏の次の作品が浮かび上がった。

燕帰る在日われは銭湯へ　姜琪東

「燕帰る」は姜琪東氏の代表句である。一方、石橋翠の句は、かつて一世を風靡した「かぐや姫」の「神田川」の世界である。石橋翠も私と同様にパリー祭を体験した世代だ。新宿や渋谷の飲み屋も喫茶店もフランス革命に便乗した営業を行なった。うたごえ喫茶「灯」や石井好子のシャンソンが流行った頃の話だ。石橋翠のパリー祭は、中七下五の「下駄を鳴らして銭湯へ」の措辞にある。大学生や若いサラリーマンのパリー祭の喧騒を離れて、銭湯へ向かう若かりし頃の翠の姿が目に飛び込んでくる。

実景というよりも、映像的な「虚」の世界。映画のスクリーンならば、時代は異なるが「神田川」のフォーク・ソングが流れてくる。「映像の復元力」と「自己投影」の効いた一行詩。

千年の愉楽に咲いて酔芙蓉　　梅津早苗

梅津早苗の「酔芙蓉」の句は、勿論、中上健次の代表作『千年の愉楽』を下敷きにしている。「河」八月号ののだめぐみの次の句と同様である。

花みづき蹴りたい背中ありにけり　　のだめぐみ

綿矢りさの芥川賞受賞作『蹴りたい背中』と季語の「花みづき」は、直接的な繋がりはない。一方、梅津早苗の「千年の愉楽」と季語の「酔芙蓉」は直接結びついている。中上健次の小説のキーワードが「路地」と「芙蓉」であることは、中上と私との対談集で、私が中上に指摘したことだ。次の私の作品がそうだ。

健次なき路地に芙蓉の咲きにけり　　角川春樹

夏芙蓉健次路地より失踪す　　〃

中上文学には、どこかエロスとバイオレンスが匂いを放っている。なかでも『千年の愉楽』は中上健次の小説家としての、最期の傑作といってさしつかえない。『千年の愉楽』以後、中上健次は小説家としては死んだのだ。後は都はるみの物語などの駄作があるだけだ。「河」九月号に岡部幸子が次の投句をしている。

健次の忌都はるみが唄ふだらう　　岡部幸子

梅津早苗の句が面白いのは、「千年の愉楽」の後の「に咲いて」にある。つまり、千年の愉楽という頽廃《たいはい》の用土の上に酔芙蓉が咲いた、と言っていることだ。文化は頽廃の用土の上にしか咲かないのだ。いつの時代も、不良が文化を創ってきた。中上健次は紛れもない不良だった。文化の不在性は戦後のソ連や中国が実証している。酔芙蓉は夕方にはしぼむ美しい花だ。風の盆の頃に富山県の八尾町で一斉に開花する。いわば補陀落浄土の花なのだ。

　補陀落といふまぼろしに酔芙蓉　　角川春樹

千年の愉楽という、例えばルキーノ・ヴィスコンティの頽廃の世界に幻の酔芙蓉が咲いた、というのが梅津早苗の象徴詩の真相なのである。

　華麗なる頽廃に咲く酔芙蓉　　角川春樹

　方舟に手の届くまで泳ぎけり　　青柳冨美子

同時作に、

　白玉や家族といふもふたりきり

　グッピーの群れてさみしき青の午後

がある。「河」八月号でも触れたが、この句は、寺山修司が監督した映画「さらば箱舟」を素材にした私の次の句を下敷きにしている。

　方舟に乗れず寺山修司死す　　角川春樹

ノアの方舟に乗れなかった人々は、ノアの方舟を目指して泳いだことであろう。手の届くところまで泳いだ人は、どうしたのだろう。多分、方舟の縁《へり》に届いた手は、ノアによって切断されたはずだ。

そのような地獄絵は沈没する船の事故や戦闘においては、枚挙の暇《いとま》もない数多くの実例が示している。戦艦大和でも行なわれたことだ。グリム童話といい、旧約聖書といい、語られる結末は残酷で酸鼻極まりない。青柳富美子の「方舟」は、美しいメルヘンに隠された残酷な真実の寓話なのである。

岩波文庫のルビ食らひをりきらら虫　本多公世

本多公世の職業は編集校閲である。毎日、ゲラを読んでは校正する仕事だ。そんな日常から右の句が生れた。

「きらら虫」とは、シミ科の昆虫の総称だが、とくに古書の害虫として知られる。最も原始的な昆虫の一種で、羽根をもたず飛ばないが、逃げ足が早い、一見した体つきが魚のように見えることから、紙魚《しみ》の字が当てられている。例句としては、

ひもとける金槐集のきらゝかな　山口青邨

月明の書を出て遊ぶ紙魚ひとつ　大野林火

例句も名句がない。七月の「しゃん句会」では、それ故に兼題となった。私の投句は次のとおりである。

紙魚走る父は荒野に暮れてゆく　角川春樹

源義なき五十年後のきららかな　〃

平成十三年の「俳句現代」二月号で、詩人の飯島耕一氏が次のような発言を行なっている。

僕は俳句というものは滑稽ということが基本にあるべきだという考えをずっと持っていまして、極端にいうと滑稽でない俳句なんか何ものであろうかという（笑）。絶えずいろんな意味での笑いと滑稽がないと俳諧ではないんじゃないか。俳諧は江戸の昔から必ず笑いを内包しているものでね。

飯島耕一氏の発言は、第二回俳句現代賞選考座談会の折になされた。第二回の俳句現代賞は「青い火影」で大森理恵が受賞、「熊野曼陀羅」で堀本裕樹が入選した。俳壇は三年ほど前から「笑い」の問題を重要視し始めたが、私が俳句に「笑い」と「滑稽」の必要性を提議したのは、十年前の『いのちの緒』を上梓した時からである。「魂の一行詩」も「笑い」と「滑稽」をテーマとして重要視してきた。本多公世の「きらら虫」も、勿論、ユーモアの一句。なにしろ角川文庫でも新潮文庫でもなく岩波文庫というところが面白い。岩波文庫といえば誰でも夏目漱石を思い浮かべるであろう。私の最新詩集『飢餓海峡』に次の一句がある。

一〇五円の夏目漱石霾《つちふ》る中　角川春樹

ブックオフ等の新古書店で売られる夏目漱石の岩波文庫を詠んだ作品だ。この句の眼目は勿論、上五の「一〇五円」にある。つまり消費税込みの百円コーナーである。私が買った岩波文庫の漱石は『明暗』であった。正に、現代の明暗だが、本多公世の岩波文庫のルビを食った紙魚は、いったいどんな書名であったのであろう。

父の日の波の音するテープ聞く　丸亀敏邦

同時作に、

万緑やわれらどこから来てどこへ

鮎の斑の夕日の色を串に打つ

があり、両句とも六月二十日、二十一日と「はいとり紙句会」で吉野に行った時の特選句である。「万緑」の句は、古代より自然科学、哲学、宗教、文学において追及されてきた永遠のテーマを詠んだ。「鮎」の句は、「はいとり紙句会」の兼題であったが、「鮎の斑」を夕日と感得したのは、画家としての鋭い感性の賜物《たまもの》である。「父の日」も兼題で、私の投句は次の句である。

葛飾にゐて父の日の暮れにけり　角川春樹

丸亀敏邦の「父の日」は、文字どおり波の音ばかりを録音した環境ミュージックを父の日に聞いているの句意。現代人の一コマといってしまえばそれまでだが、底辺に現実の波音ではなく加工された疑似体験に癒される、それも父の日にというのが、いかにも都会の哀愁が漂う。

父といふ日が足もとに転がつてゐた　のだめぐみ

同時作に、

私ごと差し出して青水無月《あおみなつき》にゐる

遠くにて時間しづかに梅雨に入る

両句とも「はいとり紙句会」の吉野吟行で特選と秀逸をとった。「青水無月」の句は上五から中七にかけての「私ごと差し出して」の措辞が、いかにものだめぐみらしい言語感覚が成功し、類想のない一行詩となった。「梅雨」の句は、「はいとり紙句会」の兼題で私の投句は次のとおりである。

学問の謐《しず》けさにゐて梅雨深し　角川春樹

いかにも理知的な私の句に比べると、のだめぐみの素直な感性の良さが表現され好感が持てる。私の句は悪くはないが、それ以上ではない。むしろ素直でない。のだめぐみは前述の丸亀敏邦と同じ句会のメンバーで、従って「父の日」の兼題で作られた作品。二人とも「父の日」で私の特選をとり、のだめぐみの「父といふ日」は句会当日の最高得点である13点を獲得した。「父といふ日」は、作者ののだめぐみと彼女の両親との断絶を示す一句である。今までも、形を変えて両親との距離位置を一行詩として、のだめぐみは詠み続けてきた。例をあげると、

父といふ彼に「さよなら」告げし秋

父とか母とかどこかに浮かんでゐる二月

のつぺらな家族が浮かぶ蜃気楼

紫蘇の香の空切りとつて母の日は

以上の作品と今回の「父といふ日」の句を眺めてみると、のだめぐみは両親と断絶している現実をモチーフにして、さまざまな人間諷詠を展開していることが解る。

父の日に父に感謝のプレゼントをするわけでもなく、父という存在そのものを「足もとに転

がつてゐた」とは、従来の俳句からは考えられない独得の詠いかたである。まるでのだめぐみにとって、父は足もとに転がっている石ころ程度の存在なのだ。それは、俳句の奇麗ごとに比べて、なまなましい現実を自由な言葉で、若々しい感性で詠う新しいタイプの一行詩人の登場といえるだろう。

朝顔市ニコンの中に父がゐる　竹本悠

同時作に、

祭り軆水のしづかに流れける

雲の峰詩の頂きの限りなし

がある。「祭り軆」の句は、京都の祇園会の景である。中七下五の「水のしづかに流れける」は、具体的に鴨川だとか高瀬川だとかを特定しなかったことが、この句の場合は成功した。「雲の峰」の句は、昨年の「河」十二月号の丸亀敏邦の次の代表句が頭に浮かんだ。

詩の器もちて高きに登りけり　丸亀敏邦

しかし、「雲の峰」には魂の一行詩に体重をかける竹本悠の感慨が込められ、また別の趣《おもむき》があって許容される佳吟である。

「朝顔市」の句は、「はちまん句会」で特選にとられた。私の父・源義とカメラの関係を、私は「河」七月号で次のように詠んだ。

光る風父のライカを首に吊り　角川春樹

春光や父の手擦《ず》れの二眼レフ　〃

私の小学校時代、私が二年間の貯金を下ろして安いカメラを買ったところから、源義のカメラ狂いが始まった。なにごとに対しても私に対抗心をもっていた源義は、子供のカメラに対して二眼レフ、ライカ、ミノルタといった子供にとっては考えられない高級品を買い集めた。従って、竹本悠の「ニコン」も、悠本人の所持品ではなく、悠の父親のものであろう。竹本悠本人であれば、当然、デジカメですませるはずだ。だから、この作品は父親と連れ立って出かけた朝顔市で父親のカメラで父を被写体に捉えた、という句意。のだめぐみとは異なる家族の風景がここにある。

遠花火地下街に買ふねぎ二本　倉林治子

同時作に、

梅雨空を引つぱつてゐる退出な日
あのサイレン天の川は出水だ
銀河まで耳を洗ひに蒼き夜

があり、どの句も自由な言葉で自由に詠んでいる。隅田川の花火大会などでも大勢の見物客で賑わうが、作者の倉林治子は遠く喧噪を離れて、地下街の店で細《ささ》やかにねぎを二本買った、というだけの世界。しかし、この作品も日常の中に詩を発見した佳吟である。なぜなら、花火大会があることは初めから作者は知っているが、「遠花火」の季語は、実際的な距離を表すばかりでなく、心理的な距離を象徴しているからである。当然見えないばかりか、音さえ聴こえてこない。中七下五の「地下街に買ふねぎ二本」の措辞は、なんともいえず心に染みてくる。おのが「いのち」を乗せた「魂の一行詩」である。

どくだみ匂ふベトナムの地図拡げゐて　　朝賀みど里

同時作に、

似顔絵の愚かに若し巴里祭

がある。しかし、圧倒的に「どくだみ」の句が良い。「河」八月号の次の句に続いての秀吟である。

置いていった闘魚と今も暮している　　朝賀みど里

今月号でも触れたが、最近の「河」に多い口語体、散文詩。この句が詩として成立するのは、上五の「どくだみ匂ふ」の季語だ。七月の東京中央支部の句会で選者の佐川広治と私だけが特選にとった。この句も「闘魚」の句と同様に朝賀みど里の代表作といってよい。佐川広治は、講評の折に、作家の、開高健の『夏の闇』『輝ける闇』を思い浮かべたと言ったが、私も同感であった。開高健とはある時期、それこそ『夏の闇』『輝ける闇』の執筆中、毎週一、二度は食事をし、バーに飲みに行っていた。静岡刑務所に入所中、夏になると開高健を思い出し、開高の句を作った。獄中句集『海鼠の日』には収録しなかった。詩には成っていないとの判断だったからだが、思い出があるので今回「河」誌上に発表することにする。

夏の光《かげ》開高健を思ひけり　角川春樹
ベトナムを語る開高健の夏　〃
革命も反革命も晩夏かな　〃
モツを焼く開高健と夏惜しむ　〃

朝賀みど里はベトナム戦争の時代に、ある種の郷愁を抱いている世代だ。つまり団塊の世代ということ。あの時代の文化や政治の季節を充分に息を吸っていた世代である。「十薬」ではなく「どくだみ」の季語を選ぶ作者の、ベトナム戦争観がずしりと伝わってくる。中七下五の「ベトナムの地図拡げゐて」は、昨今の観光スポットとしてのベトナムではなく、明らかにベトナム戦争の思いを広げている、ということだ。朝賀みど里は実際にベトナムの地図を広げているわけではないことを、読者は感じるであろう。

鉄扉開くそこは晩夏の海だつた　岡田滋

同時作に、
信長の臓腑にありし炎天下
廃線の線路を歩く終戦日

がある。「晩夏の海」の句の印象は鮮烈だ。菊地秀行の小説に、歌舞伎町の飲食店の裏扉を開けると、いきなり太平洋の海になっている場面があり、小説家のイマジネーションに驚いたことがあったが、いつの日かこのシーンを一行詩に仕立てようと思っていたところ、私は岡田滋に先を越されてしまった。重い金属の扉を開くと、そこに晩夏の青い海があったという一行詩は、そのイメージの力で秀吟に完成させてしまった。私は山口奉子論「芒屋敷の象番」の中で、次のように書いた。

> 武道においても、宗教でも、一行詩の世界でも、中心をなすのは次の二つである。
> 一、イメージの力。
> 二、感性の力。
> これしかないのだ。一行詩ばかりでなく武道においても、この二つしか武器は存在しないのだ。（中略）実はもう一つ大事な要素がある。それは武道にも宗教にも共通したことだが、自然体であることだ。私は「生涯不良」を座右の銘にしているが、それは何ものにも束縛されず精神も心も自由であることだ。自由な魂で自由な言葉で、自分の「いのち」と「たましひ」を乗せて詠うことだ。おのれの「いのち」を運ぶ器として「魂の一行詩」は存在する。それが自然体ということだ。

見送つて夕立の駅となりにけり　　肥后潤子

同時作に、

梅雨寒の街に真つ赤な箸を買ふ

があり、「真つ赤な箸」が効いている。「夕立」の句は、シンプルで立ち姿もよく、実にすっきりした一行詩として成功した。この句には「夕立の駅」以外の景は存在しない。上五「見送つて」というさりげなさが良い。このように、材料を最少限に止める詠い方は、俳句の伝統でもあるのだが、最近ではあまり見かけなくなった。読者は次の私の句を参考にして作句を心がけていただきたい。

それよりの桜月夜となりにけり　角川春樹
花は葉にしづかな雨の降りにけり　〃
降り出して祭の雨となりにけり　〃

梯梧《でいご》咲く地雷をあまた眠らせて　飯干久子

同時作に、

アンコールワット炎帝が鷲づかみ
ポル・ポトの罪どこまでも大地灼け
笑はない子ども裸足で物売つて

があり、内戦終了後のカンボジアを詠んだ作品であることが解る。特に「笑はない子ども」の句は、読み手である私の胸にも響く作品だ。飯干久子の作品を眺めていると、次第にある一本の映画がどんどん頭の中を占めてくる。

その映画は「キリング・フィールド（殺戮の原野）」である。製作はデビッド・パトナム、監督

はローランド・ジョフィ。二十二年前に私が書いた『試写室の椅子』から引用すると、

カンボジアの内戦を描いた「キリング・フィールド」は、コッポラの「地獄の黙示録」がベトナム戦争をファンタジーとして描いたことに対する不満を乗り越えさせ、さらにテーマを戦争状況における個人的な物語――この映画の場合は友情――として浮きぼりにさせ、観客に感動と満足を与えてくれた、実に稀な戦争映画であった。観客の半分は常に女性客であり、女性は常に戦争映画を好まない。特に、残虐で救いのない映画はなおさらである。だが、「キリング・フィールド」は、極限状況における人間の生存への意志と情熱を、極めてエンターテインメントとして描いたことで興行的にも成功することができたのである。ラスト・シーンは、ニューヨーク・タイムズの敏腕記者、シドニー・シャーバーク（カンボジア内戦のドキュメントによってピューリッツァー賞を受賞）と彼の助手であったカンボジア人、ディス・プランがタイ領内の難民キャンプで再会するが、その時、シャーバークの乗っていた車のラジオから、ジョン・レノンの「イマジン」が流れ、画面全体に拡がっていく。

引用が長くなったが、カンボジア内戦の終った今も、その後遺症は色濃く残っている。それが笑わない子供であり、地雷をあまた眠らせた大地に咲く梯梧の花なのである。

「梯梧の花」は、インド原産で、五月ごろ真っ赤な蝶形花を多数つける。沖縄県の県花で、海紅豆《かいこうず》ともいう。例句としては、

海紅豆潮の香に髪重くなり　古賀まり子

海紅豆咲き焼酎の甕ひとつ　草間時彦

があり、飯干久子の連作と比較すると間伸びするほど平和的な景と作品である。飯干久子がなぜ内戦後のカンボジアを訪れたのか不明だが、ただ一つはっきりしているのは現実の重さと例句を凌ぐインパクトの強い一行詩を発表したという事実である。親兄弟を目の前で殺されたカンボジアの子供たちが笑いを取り戻すのに、あと何年かかるのであろうか。

最後に、銀河集、半獣神、河作品から今月号の佳吟と作者名を列挙する。

晩夏光沖よりこゑのかへりくる　鎌田俊

ひと時は夕日を乗せてヨットかな　小島健

綿密な栄螺の曲りくねつた部屋　山口奉子

舟虫渋滞これより月の夜会かな　大森理恵

真夜中に鰻三匹遁走す　松下千代

晩年には晩年の敵浮いてこい　髙田自然

大夕立海は記憶を失へり　川崎陽子

朝粥や祇園ばやしの端にゐる　酒井裕子

いちまいの皿に荒塩涼しかり　坂内佳禰

紫陽花や今日も出島に雨が降る　福原悠貴

孤愁などなき余生かな百日紅　市橋千翔

夕星やほうたる籠のほとりより　井桁衣子

歩道橋の真ん中にゐる熱帯夜　西川輝美

震へ止まらぬ置き去りの冷蔵庫　菅城昌三

ゴスペルの地より湧きたつ麦の秋　武正美耿子

蝙蝠傘《かうもり》を蜥蜴のかたちに絞りて眠る　長谷川眞理子

脳内のめまとひに告ぐ投降せよ　杉林秀穂

一枚を着ては脱いだり半夏生　佐藤佐登子

あなご寿司自身の絵にもダリのいる　愛知けん

夜濯ぎの底にのこれる白き砂　松永富士見

健次の忌都はるみが唄ふだらう　岡部幸子

ナイターに大きくかかる梅雨の月　阿部美恵子

父の日の父の阿修羅を負うてをり　松村威

螢狩り恋も試食が出来たなら　岩下やよい

ソーダ飲みモディリアーニの首となる　加賀富美江

夕顔や家族の中にゐる孤独　谷山博志

遠雷や夕刊すこし濡れて来る　長谷川正明

葉桜やただ狂ふ日は過ぎゆきぬ　中川原甚平

晩夏光蓋あけて聞くオルゴール　相川澄子

（平成十九年「河」九月号）

3　鶴の沈黙

アスファルトから人形が浮いてくる　　堀本裕樹

「ファシズム」と題する同時作に、

くろがねの鎖垂れゐる暑さかな
ファシズムがゆらゆら立てり炎天下
蟻地獄安部公房の孤独あり
向日葵やしづかな午後のしづかな死

があり、特に「向日葵」の句が良い。「ファシズム」「アスファルト」の句は、七月の東京中央支部の句会で、それぞれ秀逸と特選をとった。しかもこの二句は兄弟句になっていて、同じ世界を詠んだ作品。両句を並べて解説すると、炎天下のアスファルトからゆらゆらと立ち上る陽炎が浮人形の形になった。この浮人形はファシズムという悪霊が具象化した存在だ、と堀本裕樹は捉えたのである。現在の世相は二十代、三十代の若者を中心にネオ・ナショナリズムが蔓延していることに対する、危機意識が一行詩として結実した作品。この作品を句会で眺めた時、父・源義の最晩年の、次の句があぶり出された。

浮人形なに物の怪の憑《つ》くらむか　角川源義

源義の句は、釈迢空の次の歌もモチーフにしている。

奇妙なる人形ひとつ　時々に踊り出る如し。わが心より　釈迢空

もう一首、迢空には「黒い人形」という短歌があるが、源義の浮人形は黒い人形であったに違いない。堀本裕樹の黒いアスファルトから生まれた浮人形も、黒い人形に違いない。また、黒という色はファシズムの象徴で、イタリアのファシスト党を黒シャツ党と呼んだ。そして、源義の句をモチーフにした「浮人形」は、源義の言う「物の怪」が憑いている。その「物の怪」の正体が「ファシズム」という結論なのである。「アスファルトの浮人形」も「炎天下のファシズム」も抒情性を排除した現代詩の世界である。

戦争を知らずに生きて天の川　松下千代

「草の花」と題する同時作に、

草の花アンネの日記膝に置く

があり、今月の「河」の投句で最も多かった「原爆忌」「敗戦忌」を念頭に「アンネの日記」も「天の川」の句も詠まれている。

三十六年前、角川書店の編集局長であった私は北山修の『戦争を知らない子供たち』というエッセイを出版して、ベストセラーになった。同タイトルで北山修がグループを組んでいた「ザ

・フォーク・クルセダーズ」のフォーク・ソングがブレイクしていたことがアイデアの発端だった。松下千代の「天の川」は、そのことを思い出させたが、「天の川」の例句には、戦争の片鱗さえない。松下千代の句にされてしまえば、二度と誰も上五中七の「戦争を知らずに生きて」は、季語を変えても類想として発表することはできない。しかも、不思議に「天の川」の季語は動かない。松下千代は上五中七がまず、思いついて「天の川」の季語を選んだわけではなく、初めに「天の川」の季題があって、そこから「戦争を知らずに生きて」というフレーズを生み出したのである。今月の日本経済新聞で俳人の森澄雄さんの「私の履歴書」の連載が始まった。その第一回の一部を引用したい。

八月は祖霊を迎えるお盆の月。祈りの月。奇しくも昭和二十年(一九四五)八月は六日・広島、九日・長崎に原爆が投下され、十五日、日本は遂に無条件降伏、太平洋戦争が終結した。歳時記にも原爆忌、終戦忌が季語として登載され、この時期になると競うように俳句が詠まれるが、ぼくの場合はこれまでに出した十三冊の句集の中にそれぞれ一句ずつ数えるのみである。

白地着て白のしづけさ原爆忌
終戦忌杉山に夜のざんざ降り

原爆では併せて約三十万人の命が奪われ、太平洋戦争では三百十万人もの戦死者が出た。ボルネオでいくさの修羅を体験し、故郷・長崎の惨状を知るぼくにはそうやすやすとこれらの俳句を詠む気にはなれない。ところが、歳時記にあるからというだけで作り、死者に対する何の痛みも置かない俳句が多いのは実に悲しいことである。

松下千代の「天の川」の句が好ましいのは、戦争から距離を置いて、この時期の思いを詠ったことにある。私は戦争をリアルに記憶しているが、戦争そのものの悲惨さを体験したわけではなく、むしろ戦後の混乱を肌で感じた世代、と言った方が適切だろう。私は今月、次の二句を詠んだ。

コインロッカーに夜が来てゐる終戦日　角川春樹
ライターのなかなかつかぬ原爆忌　〃

海の日のピザのかまどがよく燃える　福原悠貴

「海の光」と題する同時作に、

スコールや白い欲情持てあます
サボテンに水の匂ひの夜が来る

があり、両句とも良い。七月第三月曜日の祝日である「海の日」の例句は、

海の日の海見ゆる席レモンティー　山崎房子
海の日の海に日の没《い》る出雲崎　角川春樹

があるが、私を含めて佳吟がない。それに較べて福原悠貴の「ピザのかまどがよく燃える」

は感心した。海の日の光が上五中七の現代的で洒落たフレーズを生んだ。「映像の復元力」はもとより、「自己投影」も効き、ピザを焼く匂いまで読者に伝わってくる。夕食前にこの原稿を書いている私は、思わずピザが食べたくなった。

八月や黒き魂燃え尽きず　小島健

「黒き」と題する同時作に、

夕空の重くなりきし蚊喰鳥《かくいどり》

が、ある。「蚊喰鳥」とは、蝙蝠《こうもり》のこと。夏の季語。蚊などを捕食するので蚊喰鳥と呼ばれる。例句としては、

歌舞伎座へ橋々かゝり蚊喰鳥　山口青邨
少年に帯もどかしや蚊喰鳥　木下夕爾
闇といふ餌《じ》を食ひちらし蚊喰鳥　鷹羽狩行

小島健の「蚊喰鳥」は決して例句に負けていず、上五中七の「夕空の重くなりきし」の措辞が適切で、「黒き魂」の句よりも一句の立ち姿も良く、初め「蚊喰鳥」のほうを鑑賞しようとしたが、小島健が私に投げた直球である「黒き魂」をキャッチャーとしてミットに受けることにした。「黒き魂」は、ある程度熟考を要する。鍵は上五の季題である「八月」にある。八月は、前述の「原爆忌」「終戦忌」が連想される。特に、黒い雨が降った「広島忌」が誰でも思い浮かぶであろう。私の魂は青い球体であることは、今まで何度も述べている。それに対して、小島

健は「黒き魂」が燃え尽きないと述べているのだ。「黒」は勿論「八月」の色を指している。それでは、「魂燃え尽きず」とは何か。私は試みに、小島健の「詩魂」と捉えた。八月の炎天にも、私の詩魂は決して衰えることはない、という小島健の矜持と受け取ったのだ。勿論、私の解釈が小島健の意に添っているとは限らない。私は小島健のこの句を読んだ時、インスピレーションとして中村草田男の、次の代表句が頭に浮かんだからである。

毒消し飲むやわが詩多産の夏来る　　中村草田男

はんざきや渡れぬ橋のその向かう　　山口奉子

「はんざき」とは山椒魚のこと。夏の季語。半裂きにしても生きているから「はんざき」の名があるといわれる。例句としては、

はんざきの水に鬱金《うこん》の月夜かな　　飯田龍太
山椒魚詩に逃げられし顔でのぞく　　加藤楸邨

山口奉子の「はんざき」は、目の前の川にいる。中七下五の「渡れぬ橋のその向かう」とは、あの世である。橋を渡ってしまえば、再びこの世に戻れない。句意は違うが、次の私の句が参考となろう。

蜃気楼立入禁止の向かう側　　角川春樹

「立入禁止の向かう側」は、あの世のイメージもあるが、米軍基地を含めた治外法権だ。山口奉子の「その向かう」とは考えてみれば、あの世と断定することもできない。それこそ治外法

権も含まれるかもしれない。上手いのは「向かう側」ではなく、「その向かう」という措辞だ。つまり、彼岸の先の世界を指している。それは人間の意識領域を超えた次元ということになる。つまり内宇宙の外側の宇宙という途方もない話まで発展しかねない。ここは、やはり抽象的な世界と言うに止めておこう。問題は、上五の「はんざき」だ。「はんざき」は、一見不気味な存在だ。それ故に、山口奉子はシュールな一行詩の具体的な存在として「はんざき」を持ち出してきたかに思える。例えば、彼女の次の句が思い出される。

裏に棲む蛇がくつくつ笑ひけり　山口奉子

くつくつ笑う蛇など存在しない。しかし、山口奉子の描くシュールな世界では、実在するのだ。と同様に、この「はんざき」は、人間が橋を渡って、「その向かう」に行かぬよう、門番の役割を担っている。奉子の抽象画の中では、さまざまな動物たちが人間のように振舞っている。今秋、山口奉子の一行詩集『何か言ったか』が刊行される。書名の由来は次の一句からきている。

何か言ったか死に際の油蟬　山口奉子

くつくつ笑う蛇も、ものを言う油蟬も、はんざきも山口奉子の不思議な国の住人なのだ。

八月の山椒魚は何か言ったか　角川春樹

青くるみ心に鍵をかける音　田井三重子

同時作に、

大文字恋に細りし身を隠す

がある。「くるみ」と言えば、部屋の象徴である。例えば「河」一月号の、

空部屋《あき》を探して割りし胡桃かな　　丸亀敏邦

あるいは、鷹羽狩行の代表句、

胡桃割る胡桃の中に使はぬ部屋　　鷹羽狩行

となれば、「青くるみ」の中七下五の「心に鍵をかける音」は、うなずける。まして、相手の言葉や存在そのものを拒絶するために、心の鍵をかけることは、誰にでもあること。その鍵をかける音が、心の中で音響を発している、の句意。さて、その理由となると、本人が語っていない以上、鑑賞者として、詩の世界に入るしか方法がない。例えば、「恋に細りし身を隠す」部屋の鍵だ。

逢はぬ日の香水瓶の青き澱《おり》　　北村峰子

「青き澱」と題する同時作に、

出勤の靴磨きをり広島忌
炎帝を跪《ひざまず》かせしルージュかな
疑心暗鬼のひまはりは倒すべし
ほうたるや漢の耳の舌ざはり
熱帯魚眠り薬が効かないぞ

があり、「恋の詩《うた》」の連作形式になっている。峰子の「ネバーエンディングストーリー（果てしない物語）」では、峰子は「広島の魔女キキ」に戻り、ルージュをつけて銀行に出勤し、恋人と逢えない日には香水の瓶に青い澱がたまり、男に対して疑心暗鬼に陥ればウサ晴らしにひまわりを薙ぎ倒し、螢の夜に男と逢えば、男の耳を舌で愛撫する。熱帯魚のいる部屋の中で、現実の世界に直面すると、再びファンタジーの世界に戻るべく睡眠薬の助けを借りる、というストーリーだ。癌に生きる峰子の切実な憧れの物語が、今月の北村峰子の連作となっている。私は獄中にあって、北村峰子と同様に切実な憧れを一冊の句集に閉じ込めた。それが第五回山本健吉賞を受賞した『海鼠の日』である。香水の瓶にたまった青い澱は、峰子の美しい過去である。それは峰子自身でもある。

香水の瓶に峰子の宿りゐる　角川春樹

酔芙蓉昼がしづかに朽ちゆけり　鎌田俊

「原爆忌」「敗戦忌」以外の今月「河」の投句で、一番多かったのは「酔芙蓉」である。「河」九月号にも、次の作品があった。

千年の愉楽に咲いて酔芙蓉　梅津早苗

酔芙蓉は朝咲いて夜にはしぼむ美しい幻のような花だ。風の盆の頃に富山県の八尾町で一斉に開花する。鎌田俊の「酔芙蓉」は、八尾町を舞台にした高橋治の小説『風の盆恋歌』が頭に浮かんだ。鎌田俊の今月六句の題も「わがひとに伏せおく哀歌」である。高橋治の小説は切ない中年の男女の愛を描いた傑作だが、鎌田俊の一行詩「昼がしづかに朽ちゆけり」は抜群の措辞だ。現実には酔芙蓉は昼には純白から紅く色をかえるが、そのことを詠んでいるわけではない。男女の愛だ。酔芙蓉はそのための象徴として置かれている。勿論、現在のことではない。現実的に昼が朽ちるのではなく、二人の愛が朽ちるからだ。だから、過去のこととして、今は「わがひとに伏せおく哀歌」なのだ。エロスの一行詩として、佳吟である。

生きてゐて逢へぬ人あり酔芙蓉　角川春樹

火蛾となる性の海あり酔芙蓉　松下由美

同時作に、

海の日や背のない椅子がひとつあり
螢火や冥《くら》い海もつ銀河あり
終戦日何も語らぬ空がある
銀漢の海を見おろす椅子がある

全五句を並べて眺めると、明らかに共通する言語がいくつもある。例えば「海」だ。五作品のうち四句に「海」という言葉がある。次いで「銀河」と「椅子」が二つ。椅子は自分の居場所であり、銀河は自分が還って行く場所。松下由美にとって「海」は、どんな場所なのであろう。由美の「海」の句を眺めると、「明」と「暗」の両極を詠んでいる。明るい海と暗い海だ。「酔芙蓉」の句は、鎌田俊の句以上に、エロスの深淵を一句に詠っている。火蛾のように性の深い闇にいるということだ。「酔芙蓉」という幻の花は、おのが性の深淵の象徴として使われている。明るい海も暗い海も松下由美が抱えている情念と捉えることができそうだ。とすれば、「海」は由美の居場所ではなく、漂泊する「こころ」そのものなのだろう。エロスの一行詩として、鎌田俊の「酔芙蓉」と並ぶ佳吟。

酔芙蓉言葉が風に還りゆく　　角川春樹

ウォッカの氷点にゐて酔芙蓉　　川越さくらこ

同時作に、

螢籠さようならもう朝が来る

鎖骨より海のにほひて晩夏光

愛されずして夕立の際にゐる

がある。川越さくらこはバーの経営者。「河」七月号に次の秀吟を発表している。

葉桜やホステス急募のドア開ける　　川越さくらこ

青嵐シェーカー振り止まぬ25時　　〃

川越さくらこは、さまざまなイメージを一句に紡ぎだす感性の鋭い作品を発表している。そして松下由美と同様の心に漂泊の魂を宿している。今月号の川越さくらこの「酔芙蓉」は、彼女の漂泊する魂の象徴として遣われている。アルコール度数の高いウォッカは、普通アイスバケツに入っている。だから、この句は自分の身も心も、今、氷点にいる、と言っているのだ。

「魂の一行詩」は、作者の「こころ」と「いのち」を乗せて、おのれの全体重を一句にかけなければならない。魂の一行詩として佳吟。

カクテルの塩舐めてゐる晩夏かな　　角川春樹

晩夏光をんなしづかに椅子を立つ　　若宮和代

同時作に、

晩夏かなホテルの白きバスローブ

ジャズ団の荷の運ばるる大西日

があり、両句とも良い。若宮和代は日常生活に詩を見出すと同時に、感覚的な冴えを詩に閉じ込めることが特徴だ。今回の「晩夏光」の句は、日常の中のドラマトゥルギーを持った作品。椅子は松下由美の稿で触れたように、自分の居場所である。中七下五の「をんなしづかに椅子を立つ」は客観写生ではない。「自己投影」の効いたストーリー性の高い一行詩なのだ。何故なら、椅子から立ち上がった女は、いったいどこへ向かうのか、というドラマを読者に抱かせるからだ。一句の立ち姿も良く、水のような一行詩。

じやがいものやうだと言はれ怒らうか　　春木太郎

同時作に、

生ビールにぎつたまんま小樽かな

等分になかなか切れぬ西瓜かな

秋茄子の尻のあたりのカーブかな

がある。「河」七月号では、春川暖慕とのハルキジムの対戦カードで20対20の白熱の試合になった。その春川暖慕には、よく知られた次の句がある。

草餅のやうな人ねと言はれけり　春川暖慕

勿論、「草餅のやうな人」と言ったのは女性である。春木太郎のは、暖慕のこの句が念頭にあって作った作品だが、この「じやがいものやうだ」と言ったのも女性である。上手いのは下五「怒らうか」だ。上五中七は暖慕の句を踏まえ、結局「怒らうか」で春木調になった。私は毎月、春木太郎の作品をまっ先に読むことにしている。今月も、私の期待に応えて、充分に楽しませてもらった。

海鼠のやうな人だと言はれ張り飛ばす　角川春樹

燈籠を流す間引きの生き残り　宮京子

宮京子は「河」八月号に次の作品を投句して、私を驚かせた。

身体を神殿としてシャワー浴ぶ　宮京子

今月号の「燈籠流し」の句の良さは、勿論、中七下五の「間引きの生き残り」のインパクトにある。かつて私の初期作品に、

貧農の水子を啖ひに蛭《ひる》泳ぐ

があるが、この水子は間引きされた存在だが、宮京子の作品は間引きされずに生き残った存在が、自分を間引きしたかもしれない親のために、供養の燈籠流しをしている、との句意。勿論、現在間引きの風習はないので、想念の句。似非《えせ》俳人は、自分に才能がないことを棚に上げて、「観念的」「想念的」「頭で作っている」という決まり文句で相手を批判するが、「観念」や「想念」を否定したら、象徴詩は成立しない。一行詩にとって大事なのは、イメージの力と感性の力である。今回の宮京子の作品は、イメージの力が生みだした作品。それにしても、宮京子は急速な変化を見せている。

ダイエット・コカコーラ呑む原爆忌　　小林政秋

今月の「河」全作品の中で一番の秀吟。小林政秋の代表作である。原爆を投下したのは、アメリカ。今月号の西尾五山に次の作品がある。

ジャップだから投下したのか原爆忌　　西尾五山

当時のアメリカのマスコミは、日本人のことを「ジャップ」という表現で蔑視していた。敵がイタリア人かドイツ人であった場合、原爆を無辜《むこ》の民間人に投下するという暴挙は起きなかったにちがいない。アメリカは大統領をはじめとして、原爆投下を恥じていない。そのアメリカの食文化の象徴がコカコーラである。さらに皮肉なのは、戦後の日本人を苦しませた飢餓に対して、現在はダイエット・ブームであることだ。しかし、小林政秋のこの句は、現代の風刺として捉えるというより、「魂の一行詩」が目指す一つの道である、「乾いた抒情」の傑作と考えたほうが正しい。

原爆忌けふもメジャーを首に掛く　　市川悦子

作者の職業は服飾デザイナーである。市川悦子は「河」九月号に次の作品を発表している。

服飾誌立ち読みしたるパリー祭　　市川悦子

「パリー祭」も「原爆忌」も、単なる歳時記の季語として詠んでいるわけではない。作者は日常の中に詩を見出そうとしている。つまり、生活の実感を通して作品を作るのだという姿勢である。中七下五の「けふもメジャーを首に掛く」の措辞は新鮮であり、読み手に強い存在感を与える表現である。

油照りわが肩すべる鶴の沈黙　　長谷川眞理子

八月の東京中央支部の句会で、選者の佐川広治と私だけが特選にとった。福島勲の一代の名吟である、次の句も全く同様であった。

手の鳴る方に憑神のゐる夜のプール　　福島　勲

一方、私の自信作の次の句は、並選一つであった。

コインロッカーに夜が来てゐる終戦日　　角川春樹

前述の、小林政秋の次の代表句と並ぶ、「乾いた抒情」を詠った作品。

長谷川眞理子の「油照り」の一句は、「原爆忌」という言葉を使わないで「乾いた抒情」を詠んだ佳吟。中七下五の「わが肩すべる鶴の沈黙」とは、何千何万という折り鶴である。
原爆によって三十万人の民間人が虐殺された。二月二十日の小林多喜二の忌日を「虐殺忌」とも言うが、八月六日の「原爆忌」こそアメリカによる「虐殺忌」として、本来、詠まなければならない。広島の市民を悼む長谷川眞理子の「鶴の沈黙」の措辞には、深い感銘を受けた。改めて、長谷川眞理子が秀れた一行詩人であることを立証した作品である。

褒《ほ》めるのも泣くのもひとり冷奴　栗山庸子

栗山庸子は、本年度より新しく創設された河新人奨励賞の受賞者。作者は八十一歳であるが、句は若々しくて新鮮。例えば、

柿若葉また彼の人に逢ひました　栗山庸子
花衣脱ぎてGパンはきにけり　〃
夫の齢はるかに越えて衣被《きぬかつぎ》　〃
あの世まで一人と決めて年惜しむ　〃
花蕎麦や一人は気ままで楽しいな　〃

作者の人柄は、右の一連の句でもよくわかるが、次の一句はさらに凄い。

朝寝して覚めればもとの孤独かな　栗山庸子

「冷奴」の句は、右の句の延長線上にある。上五中七の「褒めるのも泣くのもひとり」の措辞が切ない。「冷奴」の歳時記の例句に並ぶ作品。

スープ缶より昼寝の夢を取り出せり　岡本勲子

同時作に、

死神が昼寝の街を走り去る

虫籠より出て来る恋人同士かな

があり、自由な発想と表現で句が作られている。岡本勲子は前述の栗山庸子とライバル同士。句作りは庸子と違うが、注目して作品を見守っていた。例えば、

百円のパン買ふ店や鵙のこゑ　「河」十二月号

啓蟄や鞄の中の電話鳴る　四月号

空が皆食べてしまひぬシャボン玉　七月号

「また逢おうね」の月日が来ない心太《ところてん》　八月号

台風を縄で縛つて置けたなら　十一月号

新涼の豆腐を沈め誤解です　十二月号

数へ日や夫のピラフの旨かつた　二月号

ペコちゃんを慰めてゐる狸かな　四月号

ポケットに詰め込んでゐる春の虹　五月号

にんにく喰べ夫に喧嘩を売つてゐる　六月号

誰もわかつてくれない七十五歳の夏が　七月号

夜の雷あれきり来ないお化けかな　「河」八月号

過去の十二作品を眺めてみると、岡本勲子の独特のユーモアとペーソスが読み手に伝わってくる。それにしても夫の作るピラフが旨いと言った舌の根も乾かぬうちに、夫に喧嘩を売ったりするキャラクターが面白い。今月号の「昼寝の夢」をスープ缶から取り出すという発想に舌を捲いた。俳句では、夢の名句がないこともあって、禁じ手となっている。九月の「はいとり紙句会」でも、この禁じ手を逆手に取って、「夢」の一字を読み込みで詠まなければならなくなった。まだ作句途上だが、こんな句を作ってみた。

夢といふ一字を書いて秋の暮　角川春樹

立秋の青き魚に刃を入るる　末次世志子

末次世志子は「河」八月号にも、次の句を発表している。

白鷺の翼をたたむ夕べの樹　末次世志子

「白鷺」の句も悪くはないが、「立秋」の句は、一句の立ち姿も良く、白をイメージさせる秋に対して、「青き魚」の色彩感が鮮やか。「魂の一行詩」が目指す「澄んだ水のような」作品。日常の中に詩を発見した秀吟である。

同時作に、

クローゼットの中ひそやかな解夏《げげ》の夜　のだめぐみ

ただ遠く日の射してゐる解夏であり
サボテンの花や寂しき星にゐる
しづかなる晩夏の砂のこぼれをり

があり、いずれも佳吟。「解夏」とは、陰暦七月十六日。一夏《いちげ》の安居《あんご》の修行が終了すること。

例句としては、

まつさをな雨が降るなり雨安居　藤後左右
夏行とも又たゞ日々の日課とも　高浜虚子
みそ汁のみつばをきざむ解夏の卓　角川春樹

私の句は仏道修行のために千葉の山寺に籠り、夏安居《げあんご》の終った解放感を詠った作品。本来「夏解」は仏教用語であるが、若いのだめぐみにしてみれば、映画にもなったさだまさしの小説『解夏』が念頭にあってのことかと考えたが、作詞家でもある彼女の言語感覚から選択された季語と捉えたほうが正解であろう。もともとの仏教的な意味よりも、新しい詩の姿を探したのではないか。俳人が「解夏」という季語を遣えばどうしても俳句らしい俳句を作ってしまうが、仏教的な意味を完全に無視して、猛暑の夏百日から解放されるという意味で、彼女の言語感覚で正直に作っている、というのが私の見解である。その解釈に立って、のだめぐみの作品を眺めてみると、夏の間、身につけていたジャケットやワンピースが、夜になってクローゼットの中でひそやかな会話をしている、と句意を解いてみた。すると次の句も、仏教的な意味から解放された、ゆく夏を惜しむ若い女性の寂寥感が読み手に伝わってくる。

ただ遠く日の射してゐる解夏であり　のだめぐみ

いたづらに死なせてしまふ金魚買ふ　岩下やよい

同時作に、

星涼し留守番電話しゃべり出す

おとなしき風鈴とゐて貝になる

バーに来し祭りの後の祭髪

胡麻の花白馬の王子落馬せり

があり、どの句も面白い。それぞれ中七下五に「俳」がある。つまり捻《ひね》りが効いている、ということ。岩下やよいは、ここ数か月で急速に力をつけてきた感がある。例えば、

春月や吾の中に棲むMの影　「河」六月号

空きグラス孤独の底につちふれり　七月号

薫風や一人で開く化粧箱　八月号

といった作品である。五句全体を眺めると、今月号の作品が以前に較べ格段の進化を見せている。彼女の内面に、何かが目覚めたのか。私の河作品抄批評に取りあげられて、突然に作品が良くなるケースは度々ある。例えば、京都の栗山庸子、岡本勲子がそれである。「金魚」の句に限定して言えば、上五中七の「いたづらに死なせてしまふ」は、誰でも思い当る出来事だが、しかし、誰もが一句にしてこなかった作品。飯田龍太が名句の条件に、そのことをあげていた。

岩下やよいの「金魚買ふ」を名句というわけではないが、誰もが言い止めなかったことを作品化したことは紛れもない事実である。

洗ひ髪さびしさがまたこみあげる　　岡部幸子

同時作に、

蟻二匹のぼりつめたる乳房かな

パ ナ マ 帽 道 楽 者 の 血 が 流 れ

がある。「パナマ帽」の句では、私に次の最近作がある。

パナマ帽父のかたちの時間あり　　角川春樹

パナマ帽しづくのやうな夕日あり　　〃

パナマ帽時間の束の過ぎてゆく　　〃

子供の頃、私と姉は富山県の生家に追いやられていた。時々、思い出したように父は私たちに会いに来た。父は私たちに生母である冨美子との離婚沙汰を目撃されたくなかったのである。父は中井照子と再婚した。「河」を源義から継承した角川照子である。父・源義はその後、俳人の草村素子を恋人にした。父が私たちの住む水橋駅に降り立つ姿は、子供心にも颯爽としていた。白靴、麻服の上下、そしてパナマ帽だった。父のパナマ帽は、その時の一番美しい思い出である。私も今年、服飾デザイナーの市川悦子にパナマ帽を作って貰った。私と父は無頼の血脈で繋がっている。

米飾るわが血脈は無頼なり　角川春樹

岡部幸子の「パナマ帽」の句は、思い当る節がありすぎる。一方、「洗ひ髪」の句は抒情性がウェットすぎる嫌いもあるが、中七下五の「さびしさがまたこみあげる」の措辞に感心した。「洗ひ髪」でこのような句は、男性ではなかなかできない。女性特有の情感のこもった作品。勿論、「実」である必要性はない。

あきゆきも健次もゐない夏芙蓉　竹本悠

同時作に、

行く夏の家族は砂の上にをり
天の川どんな魚が釣れますか
八月の地球儀すこし傾きぬ

がある。八月十二日は作家中上健次の忌日だが、奇しくも中上健次と同じ熊野出身の「河」編集長である堀本裕樹の誕生日であった。「河」九月号では、次の二人の作品が中上健次を句のモチーフにしていた。

千年の愉楽に咲いて酔芙蓉　梅津早苗
健次の忌都はるみが唄ふだらう　岡部幸子

中上健次の小説のキーワードが「路地」と「夏芙蓉」であることは、中上と私との対談集『俳句の時代　熊野・吉野・遠野』で、私が中上に指摘したことだ。次の私の作品がそれだ。

健次なき路地に芙蓉の咲きにけり　角川春樹

夏芙蓉健次路地より失踪す　〃

中上健次の小説の主人公・竹原秋幸を詠った句は、平成十七年十月号に次の句がある。

秋幸の台詞に走るきららかな　堀本裕樹

竹原秋幸を主人公にした中上健次の小説は、何冊もあるが、代表的な作品は『岬』『枯木灘』である。中上はこの秋幸という主人公に愛着があって、彼が主宰していた「熊野大学」で、中上は一句だけ俳句を残している。

あきゆきが聴く幻の声夏ふよう　中上健次

竹本悠の「夏芙蓉」の句は、八月の東京例会で私が特選にとった。一句の背景は前述したとおりだが、上五中七の「あきゆきも健次もゐない」の措辞に感心した。固有名詞を二つ連ねる方法は新しくないが、小説の主人公と作者を堂々と並べたことに意表を衝かれたからだ。勿論、竹本悠が「秋幸」を「あきゆき」と表記したのは、中上健次の一句を踏まえてのことである。堀本裕樹の「きらら」の句は、佐川広治と私だけが特選にとった思い出深い作品。俳人でもない中上健次の忌日を角川春樹編の『現代俳句歳時記』に季語として収録した私にしてみれば、竹本悠の「あきゆきも健次もゐない夏芙蓉」の句は、改訂版を出版する際に、例句として取りあげたい作品。

とほく来て腐臭を吐いて健次の忌　朝賀みど里

八月十二日に、日本一行詩協会で「はちまん句会」が行われた。この日は中上健次の忌日とあって、兼題は「健次の忌」であった。前述したように「河」編集長の堀本裕樹の誕生日とあって、スタジオ404でコーヒーとケーキで彼のバースディを祝った。「河」としても、少し時間をかけて、中上健次の特集を組みたいと思っている。朝賀みど里も私の河作品抄批評で取りあげられたことで、魂の一行詩に心を傾けるようになってきた。前述の竹本悠も然りである。

朝賀みど里の今までの作品を追ってみると、

着ぶくれてジャズ聴くための列にをり　「河」二月号
春 昏 れ て 銀 座 七 時 の 鐘 が 鳴 る　七月号
置いていった闘魚と今も暮している　八月号
どくだみ匂ふベトナムの地図拡げゐて　九月号

中上健次は、美しい頽廃に強い憧れを持っていた。頽廃はエロスと腐臭を放っている。それは滅びゆくものの腐臭だ。また中上の言う「路地」も「夏芙蓉」も頽廃の腐臭を放っている。朝賀みど里の「とほく来て腐臭を吐いて健次の忌」は、中上健次の全てではないが、ある一面の肖像画になっている。

最後に、銀河集、半獣神、河作品から今月号の佳吟と作者名を列挙する。

プラットホーム晩夏の雨を遠くにす　大森健司

大いなる乳房残して日焼けせり　佐野幸世

地球儀のわが家このへん小さき秋　滝平いわみ

立秋やすばる忌の花購うて来よ　井桁衣子

天上華わが胸中の蓮ひらく　市橋千翔

非常口抜け出てみれば阿波踊り　森村誠一

泳ぐ泳ぐ泳ぐ行き先決めず泳ぐ　西川輝美

七夕や児は水中花となりて眠る　杉林秀穂

行く夏や白い鎖骨に白い雨　中西史子

金魚悠々あかねの空を泳ぎけり　青柳富美子

原爆忌赤い手青い手天に伸ぶ　武正美耿子

終戦日その日も暑き日でありし　豊田光世

片隅の存在理由浮いて来い　伊藤実那

深海の晩夏の扉ひらきけり　肥后潤子

けさ秋のもう手遅れのパックかな　山田絹子

レモン切り夜がさらさら辷り出す　加賀富美江

十代のいびつな椅子にラムネ飲む　大友麻楠

銀漢の扉を開くる詩《うた》なりし　岡田滋

手花火に浮かびし顔の淋しかり　大友稚鶴

ものさしで測れぬものの夏深し　はやしゆうこ

死は黒きチャオプラヤ河の大鯰　金子文吾

夏の日の手首といふは折りとらる　相川澄子

端居して今日のごはんは何だろな？　瑞紀

（平成十九年「河」十月号）

4　ほつたらかし

健次忌の血の中で鳴く蚯蚓《みみず》かな　　堀本裕樹

同時作に、

かなかなの銀のひかりの降りにけり
健次忌をオンザロックに落としけり
香水や夜のロビーにひとりきり
カクテルを飲み干すまでの処暑の雨
シェーカーを振る音に夏惜しみけり

があり、「はちまん句会」「はいとり紙句会」の兼題として、全て特選をとった。「カクテル」に因《ちな》む句は「はいとり紙句会」の詠み込みで、「健次の忌」は、「はちまん句会」の兼題であった。「はちまん句会」は八月十二日に日本一行詩協会で行なわれたが、奇しくもこの日は、小説家中上健次の忌日であり、堀本裕樹の誕生日であった。中上健次は俳句に対する造詣も深く、かつ私との交流も深かった。堀本裕樹は、自分の誕生日と中上の命日が重なった不思議な縁から中上健次の書を読破し、その結果、中上に傾倒した。さらに、中上と交流のあった人物と次々と会い、中上の話を聞き、最後に私に行き着いた。角川春樹編の『現代俳句歳時記』に季語として「健次の忌」を収録したが、例句の中で中上との交流があったのは佐川広治ひとりである。ここ一、二年の内に角川春樹編の現代俳句歳時記の改訂版を出すつもりなので、広く「河」の同人、会員に「健次の忌」の作句を私は求めている。佐川広治の作品は次の句である。

焼酎を胃の腑にをさめ健次の忌　　佐川広治

「はちまん句会」では、オンザロックの句が最高点をとったが、私の特選は「血の中」であった。確かにオンザロックに「健次忌」を落とすという発想は類例がないが、中上健次と酒の関係の句は、佐川広治以外にも私の次の例句がある。

健次なき新宿にゐて冷し酒　　角川春樹

一方、「血の中」の句は、中上健次の映画「火まつり」の一家惨殺事件をモチーフにしている。この事件は、実際三重県熊野市の二木島で起きた。「蚯蚓鳴く」は秋の季語だが、事実としては鳴かない。春の季語の「亀鳴く」と同様の空想的・浪漫的季語として俳人に好まれ、秀吟も多い。しかし、一家皆殺しの血の海に蚯蚓を鳴かせたところが、堀本裕樹だろう。暴力とセックスの匂いを放つ中上文学を下敷にした「健次の忌」の作として、代表句ともなる作品。

レモン一片紅茶にひろがる水の秋　　井桁衣子

「影絵」と題する同時作に、

秋扇開きしままに忘れらる
爽涼や影絵の女すくと立つ

があり、両句とも佳吟である。「水の秋」の例句としては、松本たかしの次の代表句がある。

十棹とはあらぬ渡しや水の秋　松本たかし

紅茶にレモンを浮かべるという行為は、誰にでもある日常の出来事だが、下五の「水の秋」の季語によって、新鮮で瑞々しい佳吟となった。「魂の一行詩」は、井桁衣子のこの句のように、日常のなかに詩を見出すことが肝要である。井桁衣子は今回の「影絵」六句を眺めても、身辺詠に秀れた感性を持っていることがよく理解できる。

抵抗の一詩したたむ菊月夜　髙田自然

同時作に、

露の世の大いなる空鷹渡る

があり、この句柄の大きな作品も素晴らしい。「菊月夜」の一句は、作者の志を桜と並ぶ日本の代表的な花に託して落とし込んだ作品。菊の咲く月夜に私は抵抗の一行詩を書きしるす、という句意だが、何に抵抗するというのか、作者以外には正確に解らないが、「露の世」の一句がその答であろう。

つまり、抵抗の一詩を具体的な作品として詠んだのが「露の世」の作品と思われる。「鷹渡る」の鷹は、作者の「魂の一行詩」と解釈することが可能であるからだ。両句とも「魂の一行詩」

として佳吟。

涼新た手をあげて来る死者生者　田中風木

同時作に、

故もなく晩夏の庭に立つこととも

があり、作者の思いの丈の深い作品。「涼新た」の句は、作者の次の作品が参考になろう。

貴様どこかで生きてゐるんか冬桜　「河」二月号

白粥や疎遠となりし人の数　三月号

極楽で逢つたら独楽を回さうか　〃

あの世でも酔うてゐるのか雪螢　四月号

風呂吹やお前も死んでしまつたのか　〃

春の夜や黒き翼と火の海と　五月号

海おぼろ君を征かせし海朧　〃

「冬桜」から「海おぼろ」までの作品を並べてみると、新涼になって手をあげて作者のもとにやってくる死者生者の存在が理解できるというもの。作者のもとには、死者も生者も晴れ晴れとした笑顔で現れるはずだ。作者と読者の心が共振れを起す一行詩。

逝く夏や海に持ち出すジンライム　福原悠貴

同時作に、

ゴキブリの死が転がってゐる赤い夜

がある。八月の「はいとり紙句会」の兼題が「ごきぶり」と詠み込みの「カクテル」だった。両句とも句会の特選句だったが、「カクテル」を一句に詠み込む面白さが、私の次の句を生み、結果として、急遽、一行詩集『晩夏のカクテル』を上梓することになった。

カクテルの塩舐めてゐる晩夏かな　角川春樹

前述した堀本裕樹の次の句も、「カクテル」を詠み込んだ作品。

カクテルを飲み干すまでの処暑の雨　堀本裕樹

シェーカーを振る音に夏惜しみけり　〃

福原悠貴の「逝く夏」は、勿論、晩夏を意識した作品。中七下五の「海に持ち出すジンライム」の措辞がいい。「海に持ち出す」は、海辺のホテルか、あるいはビーチパラソルのテーブルでジンライムを飲みながら、逝く夏を惜しむという景である。「映像の復元力」ばかりでなく、波の音も音楽も聴こえてくる。楽曲は読者の想像力に委《ゆだ》ねられている。例えば、ジャニス・ジョプリンの「サマータイム」。人によっては、山下達郎だとか、松任谷由実を連想するだろう。

秋　風　と　寝　る　春川暖慕

「長過ぎて」と題する同時作に、

風の出て秋艸らしくなりにけり

ちちははを恋うて雀は蛤に

梅浸けてよりの月日を思ひけり

長過ぎて渡れぬ橋や秋のくれ

がある。長過ぎて渡れぬ橋は、例えば石田波郷の次の代表句を思い浮かべるだろう。

立春の米こぼれをり葛西橋　石田波郷

また、具体的な橋の名を出さなかった、私の一行詩集『角川家の戦後』の次の句を踏まえた作品と思われる。

長き橋歩いて渡る秋の暮　角川春樹

春川暖慕の「長過ぎて」六句の最後に、作者が私に投げてきた一球が「秋風と寝る」だ。「秋風と寝る」の句意は、この五音と二音にしかない。つまり、それ以外の五句は本来の正統的な俳句の世界。春川暖慕の遊び心とも、あるいは文字どおり真摯な態度で投句して来たとも考えられる。だが、私にしてみれば、春川暖慕よやってくれるじゃないか、というのが本音だ。当然、読者なら種田山頭火の次の代表句を思い浮かべるだろう。

鉄《てっ》鉢《ぱつ》の中へも霰《あられ》　種田山頭火

父・源義の生存中、次のような会話があった。

「お父さん、種田山頭火をどう思います？」

「わしは、尾崎放哉《ほうさい》のほうが才能があると思う。お前は山頭火をどう評価してるんだ？」

「ぼくは山頭火の俳句を俳句として認めることに疑問をもっています。彼は俳人というより詩人だと思いますし、俳句というより一行詩として好きです」

また過日、鹿児島の「河」幹部同人であり、地元の結社誌「河鹿」の主宰である淵脇護と、次のような会話となった。

「主宰（私）は、種田山頭火をどう評価するのですか？」

「「魂の一行詩」運動の中で山頭火をどう位置づけるかという問題は、避けて通れないだろう」

「鹿児島の河衆からも山頭火を認めるのか、どうかという質問が出ています」

「俳句の世界では、当然のことながら放哉も篠原鳳作《ほうさく》も山頭火も異端ということになる。しかし、かつての前衛の旗手だった金子兜太をはじめ、みんな有季定型の伝統に取り込まれてしまった。だが、俺は若い頃から種田山頭火を秀れた一行詩人と認めてきたし、今もそれは変らない」

「ということは、主宰も山頭火を「魂の一行詩」として評価する、ということですね？」

「そうだ。淵脇はどうなんだ」

「私は山頭火の一行詩は、昔から好きでした」

種田山頭火の「鉄鉢の中へも霰」は、これ以上なにも付け足すことのできない一句である。故に、角川春樹編の「現代俳句歳時記」の「霰」の季語として、代表句のアステリスク（＊）を付けた。春川暖慕の「秋風と寝る」の句について言えば、前例があるとはいえ、少なくとも作者にとってこれ以上なにも付け足すことはできないという判断を持ち、その回答を求めてきたわけである。「秋風と寝る」という措辞は、ぎりぎりの省略であり、これ以上は余分と考えた作者の態度を私は支持する。

Kを待つ回転ドアの秋思かな　松下由美

同時作に、

私の中に消しゴムがあり九月来る
天の川何かを流してしまひけり
立ち飲みの地下BARにゐて十三夜
晩秋やいのちのほかに何もなし

があり、「しゃん句会」「はちまん句会」の特選句で全て佳吟である。松下由美は平成十九年度河新人賞並びに第二十八回角川春樹賞の選考委員会において、全員一致で角川春樹賞を受賞した。角川春樹賞応募作品三十句のタイトルは「Kへの手紙」であった。そのことから考えれば、「Kを待つ」も同一モチーフであろう。松下由美にとって、「K」は実在する人物というより「虚構」の存在だろう。大森健司の「父」という存在と同様の「まぼろし」なのだ。松下由美の作り出す物語の登場人物である。松下由美が受賞した「Kへの手紙」も選考委員の意見は、「ストーリー性」「物語性」が高いという評価だった。私も同意見である。句意は、ホテルのロビーあたりで、椅子に坐りながらKを待っている。回転ドアから人が現れるたびに目をこらすが、Kの姿はない。それが「秋思」の季語となった。当り前のことながら、下五は「春愁」では成り立たない。一句のドラマ性として読み手を楽しませる作品。

馬酔木咲くKへの手紙投函す　松下由美

わたくしの影が淋しと言ふから秋　青柳富美子

同時作に、

それからの雀蛤より孤独

バーゲンや晩夏の貌を置いてくる

琴瓜をはめて良夜の端にをり

があり、どの句も平均点以上だが、特に「雀蛤より孤独」の句は独創的な作品。「わたくしの影」も同様で、自分の影という存在を擬人化してみせた。影が淋しいと言うから秋だという断定が面白く、また同時に現代人のペーソスもある。不思議な魅力を持った句で、私を惹きつけて放さない作品。

二重螺旋《らせん》のどこにたましひ鳥渡る　宮京子

同時作に、

赤子とふ実が月光を浴びてをり

があり、この句も独創的な魅力を持っている。二重螺旋とは、人間の遺伝子のこと。人間という種の原型である生物から現在までの全ての情報が記録されている。その二重螺旋のどこに魂は存在するのか、と作者は問いかけている。古代、鳥は魂を運ぶ存在と考えられていた。次の私の初期の代表句は、そのことを示している。

流されてたましひ鳥となり帰る　角川春樹

宮京子の「鳥渡る」の一句は、「人間はどこから来て、どこへ還るのか」という、古代ギリシア以来の自然科学の問題、宗教、哲学の根本原理を一行詩に託した作品。

油虫死す凶器は「赤旗日曜版」　大多和伴彦

同時作に、

処暑の夜のドライマティーニが口をきく

があり、この句も「はいとり紙句会」の特選句。「はいとり紙句会」では、十句の投句のうち、一句は「ユーモア」を提出しなければならない。従って、大多和伴彦の「油虫死す」はユーモア句。下五の「赤旗日曜版」が抜群に面白く、句会でこの句が回ってきた時、思わず笑ってしまった。大多和伴彦は文筆家であるので、この手のユーモアは得意技の一つ。私の当日の投句は次の作品。

ごきぶりのやうな女は殺すべし　角川春樹

敬老日ほつたらかしておいてくれ　春木太郎

ユーモアといえば、この人。春木太郎は「河」のユーモア句の代表選手。同時作に、

赤とんぼつがひばかりのめでたさよ

何食はぬかほでかほ出すお月さま
天高しマラソンランナー転倒す
かなかなや総理大臣さやうなら
どの句も心暖かく、そして笑ってしまう。敬老日だからといって何かプレゼントされたり、言葉をかけられたりするのは、私も真平。だいたい世界一の長寿国の男性にとって、なん歳になったら老人ということになるのか。私の回りの同世代を見ると、実年齢より十五歳若く見える者と逆に十五歳老けて見える者がいる。めでたく定年を迎えて急激に老けるサラリーマンもいるが、若い学生を相手にする教師などは概して若々しい。
私は娘のＫｅｉ－Ｔｅｅから妊娠したと知らされた時、一瞬絶句してしまった。俺にも孫ができるのかといった喜びではない。逆だ。生涯不良に孫ができたら、どういうスタンスを保てばいいのか。勿論、今は現実を受け入れているのだが……。
春木太郎の「敬老日」の句は、今くどくど述べた理由で、大賛成。私が還暦を迎えたのは獄中だった。従って赤いチャンチャンコを贈る嫌な奴はいなかった。過日、産経新聞に「生きてるうちにしたいこと」というテーマで執筆したが、その一部を抜粋する。
〈生きてるうちにしたいこと〉と改めて考えると、全脳細胞の一日も早い覚醒と、それに伴い強靱な肉体を獲得したのだから、取り敢《あ》えず日本一の武道家になることを目指している。獄中で自得した〈人生を楽しむ〉というメッセージは、具体的に〈生涯不良〉で通すということだ。何よりも今、奇跡のような恋がしたい。文句あるか。

星月夜ホテルでまはす洗濯機　斎藤隆顕

同時作に、

旅の荷をベッドで広げ豊の秋

があるので、「星月夜」の句の背景はよく解る。美しい星月夜の季語に対して、中七下五の「ホテルでまはす洗濯機」の措辞が面白い。正しく上五の「晴」に対して中七下五の「褻」でもどいた作品。斎藤隆顕は都会人のペーソスを詠うことに卓越したものを持っている。例えば「河」四月号の次の句だ。

ドトールに長居してゐる鳥曇《とりぐもり》

斎藤隆顕の場合、地方に出張しての侘しさを詠んだ作品だが、淵脇護の次の句は、鹿児島から上京しての、ホテル暮らしの侘しさを詠んだ作品。そして、ユーモアもある。

夜濯ぎの旅の褌《ふどし》も歌舞伎町　淵脇護

八月の雨の晦日《みそか》となりにけり　吉川一子

吉川一子は、当年八十六歳。なんの欲得もなく一句を詠んでいて、しかも味わいが深い。句意は説明するまでもなく、八月三十一日が雨であった、と言っているだけ。だがこの句、まず第一に立ち姿がよい。余分なものを一切除外した釈迢空の言う無内容の良さがあり、「魂の一行詩」が目指すところの水のような一行詩でもある。今月号の全投句の中で、末次世志子の次の句と共に作者の代表句となる秀吟。

つくつくしけふも来てゐる夕日の樹　末次世志子

この句も、余分なものを排除した美しい一句。末次世志子一代の名吟である。吉川一子の「八月の雨の晦日」と共に今月の全投句の中で、単独の句として最高点の4点を取った。水のような一行詩であると共に、「映像の復元力」も、蜩の声も心に染みてくる。作者と読者の心が共振れを起す傑作である。坪内稔典の次の句に匹敵する作品。

帰るのはそこ晩秋の大きな木　坪内稔典

眠れない夜が詰まつてゐる西瓜　石橋翠

同時作に、

まんじゆさげ小さき羽音もなかりけり

くるぶしに波の来てゐる赤とんぼ

がある。「西瓜」は「はちまん句会」の兼題で、なかなか手強い季語である。例句としては、

西瓜割る水辺の匂ひ拡げつつ　野澤節子

があるが、これといった句がなく、石橋翠の一句は例句の全てを凌ぐ作品。発想がなにより

も自由なのが良い。

曼珠沙華なにも持たざる手を欲りぬ　　松永富士見

松永富士見の「曼珠沙華」も「はちまん句会」の兼題だった。中七下五の「なにも持たざる手を欲りぬ」の措辞が良い。句意は、さまざまなものに執着する自分の心を、もっと自由に解放させたいということ。その心象風景を曼珠沙華という強烈な具象を持ってくることで、一行詩として成立させた。曼珠沙華といえば、角川源義の次の句がある。

曼珠沙華赤衣《しゃくい》の僧のすくと立つ　　角川源義

ある晩、寝ている時に父・源義のこの句が頭を駆けめぐった。源義の句は、曼珠沙華を赤い衣を着た僧に見立てた譬喩である。ところが、私の見た夢は何百人もの赤衣の僧が群れて犇めいている光景だった。私は慌ててベッドから起き出し、俳句手帳に書き止めた。朝になって起き出し、昨夜の手帳を眺めると、次のような句が書かれていた。

秋高し赤衣《あかえ》の僧が群れてゐる　　角川春樹

私の句は、父・源義の曼珠沙華の具象から、さらに抽象化させた作品。裏に曼珠沙華がメタファーとして存在するものの、現実的にはあり得ない赤衣の僧が群れ犇めいている景を詠っている。従って季語は「秋高し」である。源義の初期作品をさらに高度に抽象化させ、象徴化させた私の句は、まさに「魂の一行詩」の方向性を示している。私には作ったという意識はなく、天から与えられた作品。勿論、きっかけは源義の作品である。

過ぎてゆく時間のごとし処暑の椅子　　のだめぐみ

同時作に、

万緑のひかりのなかにゐて淋し

半夏生還らぬこゑのなかにゐる

あぶら虫ななめに暮れる空であり

ジンライム夏の終はりの孤独かな

があり、どの句も良い。「あぶら虫」、「処暑」、ジンライムなどの「カクテル」が、「はいとり紙句会」の兼題であった。「あぶら虫」の名句がない故に、前述の大多和伴彦の、

油虫死す凶器は「赤旗日曜版」　　大多和伴彦

と同様に講評しようかとも考えたが、「処暑」の句も、たいした例句がない。

山を見ていちにち処暑の机かな　　西山誠

処暑の富士雲脱ぎ最高頂見する　　岸風三楼

処暑の僧漢語まじりにいらへけり　　星野麥丘人

「処暑」とは、立秋から十六日め、八月二十三、四日に当る。「暑気すでに潜《ひそ》まり処《を》るをもって、処暑と名づく」と古書にある。のだめぐみの作品は、「河」十月号で次の句を選評した。

クローゼットの中ひそやかな解《げ》夏《げ》の夜　　のだめぐみ

本来「夏解」は仏教用語であるが、若いのだめぐみにしてみれば、(…)作詞家でもある彼女の言葉感覚から選択された季語と捉えたほうが正解であろう。もともとの仏教的な意味よりも、新しい詩の姿を探したのではないか。俳人が「解夏」という季語を使えばどうしても俳句らしい俳句を作ってしまうが、仏教的な意味を完全に無視して、猛暑の夏百日から解放されるという意味で、彼女の言葉感覚で正直に作っている、というのが私の見解である。

今月号の「処暑」の句も、私は同じ見解に立っている。「処暑」は「はいとり紙句会」の兼題であったが、それはのだめぐみの提案によるものだった。のだめぐみは「処暑」という言葉に惹かれて、一行詩を作ってみたかったのであろう。処暑は俳句歳時記の上では秋だが、いわば旧暦に従った暦の上だけの話だ。実感としては、晩夏に近い。のだめぐみとしては、「解夏」と同様に「処暑」という言葉の語感が気に入り、秋の気配を漂わす感覚に納得した結果、「過ぎてゆく時間のごとし」という措辞が浮かんだのであろう。過ぎてゆく時間は夏そのものであると同時に、過ぎ去ったものの影である。椅子は彼女の現在地を暗示している。のだめぐみは自分の椅子に坐りながら、今過ぎつつある季節を惜しんでいる、あるいは過ぎ去りつつある青春を惜しんでいる、というのが私の解釈。つまり私の言う「永遠の今」を、若いのだめぐみが詠った一行詩ということ。

回らない椅子に坐りて十三夜　　竹本悠

同時作に、

二百十日新しい長靴はいてゐる

磯の秋ジーンズの裾濡れてをり

があり、いずれも九月の「はちまん句会」の特選にとられた。「二百十日」の句は中七の「新しい長靴」の表現が新鮮であり、「磯の秋」の句は、中七の「ジーンズの裾」が良い。それに対して「十三夜」の句は、上五中七の「回らない椅子に坐りて」の措辞が作者の「自己の投影」を果たしている。同時に、「回らない椅子」は竹本悠の現在地を示している。「十三夜」の句は無内容の良さと静かな日常に詩を発見した身辺詠の佳吟である。竹本悠の資質はこの句のような身辺詠に秀れたものを持っている。例えば、

青年のしづかに立ちて弓始め

きさらぎやマーマレードを煮てをりぬ

白酒やをみなにもある下心

たんぽぽの咲くこの道を来たりけり

朝顔市ニコンの中に父がゐる

これらの句を眺めてみると、竹本悠という女流のしなやかな表現に、清々しい風を感じてくる。

秋の夜の車灯の照らしゆく孤独　　中田よう子

同時作に、

行く夏のドレッシングをかけにけり

天高く地図描き足してゐたりけり

一人居のどってことない夕焼かな

があり、どの句も若い女性らしいナイーブさと正反対の奔放さが魅力になっている。特に「天高く」の句は、九月の「河」中央支部例会の秀逸句。一方、「秋の夜」の句は特選をとった。一句全体を眺めると、男女の別れた後の景が浮かぶ。車灯はヘッドライト。ヘッドライトの明りが街か山道か不明だが、照らされた対象に作者は孤独を感じている。と同時に秋という季語に対しても軽い寂しさを感じとっている。いつの時代にもある青春の一コマを詠った佳吟。

赤のまま積木の家の捨てられず　　玉井玲子

同時作に、

赤い星青い星飛び晩夏かな

銀河濃しきれいな嘘をついてやろ

あさつての貌してきりぎりす青し

秋の風たましひ青き火を焚けり

があり、「赤のまま」以外の句は、全て「青」という色彩感を打ち出している。玉井玲子は「信濃なる」三十句で、第二十七回角川春樹新人賞を受賞した。その時の句をいくつか並べてみる。

田水張る受胎のこころにも似たる

早乙女がけふはじめてのこゑを出す

浮き苗の月に船出をしてゐたり

早苗田に夜毎月出てあそびをり

百姓が好きでをみなの大昼寝

こうした句を並べてみると、新人のレベルを遥かに超えている。まさに本格派である。「赤のまま」の積み木の家は松下千代の次の句が参考となる。

秋高し積木の家の建ちにけり　松下千代

また私の『飢餓海峡』の次の一句を参照してほしい。

寂々と春の奈落のノラの家　角川春樹

玉井玲子の中七下五の「積木の家を捨てられず」は、「ノラの家」を前提にしている。また「赤のまま」は、静かで平穏な日常の象徴として置かれている。季節のめぐるたびに目にする赤のままのように、素朴で平和な日常の生活の中で、ひりひりする孤独を感じる時がある。私は自分の意志でこの環境を選択したのだが、少女の頃に描いていた夢は少しも果たされていない。だからといって、ノラのように家を捨てることもできない、という句意。「積木の家」は、いつ崩れても不思議でない家族の象徴である。

あるだけのグラスを磨く今朝の秋　倉林治子

同時作に、

少年の黒い金魚を埋めにけり

ためらはず一直線に晩夏光

秋風やさわさわ私鳴りだして

があり、どの句も感覚的に繊細で、またある種の作者の苛立ちが感じとれる作品。苛立ちの原因は作者にしか解らないが、しかし作者がはっきりそれを認識しているとは限らない。むしろ認識していない焦りのようなものかもしれない。「今朝の秋」という清々しさの「明」に対して、上五中七の「あるだけのグラスを磨く」という行為は、女性の場合にしばしば見られることだが、ある「暗さ」と私は感じた。女性の屈託が一直線に表現されていると感じたからだ。不思議な魅力を放つ一句である。

経理課の机に西日差しにけり　伊藤実那

同時作に、

氷水選ぶは好きな色をさす

質屋街ぶらぶら歩き初伏かな

てのひらに銀河を抄ふ男の子

があり、どの句もある意味で可愛いし、新鮮な感覚でもある。伊藤実那は中田よう子のライバル。「河」の若手の中では、のだめぐみ、岡田滋に続く来年の新人賞候補でもある。「河」では七十代でも新人賞となるので、竹本悠、朝賀みど里、玉井玲子、倉林治子、山田絹子、それに最近では鹿児島の岩下やよい、京都の岡本勲子という詩人たちが犇めいている。伊藤実那の「西日」の句は、八月の「しゃん句会」で特選にとった。この句の良さは上五中七の「経理課の机」という具象が「西日」という季語とぴったりマッチして、若い女性の職場が充分に想像でき、そこに働く人々のアンニュイとペーソスを感じさせた。

晩秋の東京タワーに僕はゐる　岡田滋

同時作に、
わが四肢《しし》は「虚《うつろ》」でありし施餓鬼《せがき》棚
渋柿の朱錆のひかり手紙書く
があり、彼はめきめき季語と言葉を自分のものにしている。「晩秋」は「しゃん句会」の兼題であるが、この句一読して大森健司の次の句が連想された。

寒き夜の東京タワー眺めをり　大森健司

大森健司は寒き夜の東京タワーを異邦人として眺めているのに対して、岡田滋は晩秋の東京タワーにのぼり、都会を見下ろしながら、俺はここにいるという現在地を示した。岡田滋は大森健司と同様に京都の出身。俳句から「魂の一行詩」に「河」が変移した時点で入会した新人。

水割りのグラスに秋思浮かびけり　大友稚鶴

大友稚鶴のこの句は、九月の東京中央支部の例会で特選にとった。八月の「はいとり紙句会」の兼題が「カクテル」で、一句の中にそれを詠み込むという趣向だった。句会の席で参加者から、「ハイボール」「水割り」はカクテルではないのでは、と質問された。だが、実は最も難しいカクテルが「水割り」であり、次いで「ハイボール」である。美味しい水割りを出せるバーテンダーは一流である。飲み手の飲むピッチと氷の溶ける時間、ウィスキーの何を選ぶかが重要なポイント。大友稚鶴の「水割り」は、一番難度の高いカクテルだが、グラスに「露」ではなく、「秋思」を持ってきたところが上手い。この季語によって、この句は一行詩として成立した。

最後に、銀河集、半獣神、河作品から今月号の佳吟と作者名を列挙する。

十三夜あふぎて同じ屋根の下　滝平いわみ

藁塚に乳房のぬくみありにけり　鎌田俊

秋暑し愛書ならねど『虚子俳話』　坂内佳禰

みんなどこかへ行つてしまつた鰯雲　小川江実

蟋蟀やこの世の先は闇ふかし　石工冬青

蚯蚓鳴くこのごろ履かぬハイヒール　酒井裕子

葉鶏頭水あかあかと昏れにけり　大森健司

送り火の消えたる闇に抱かれをり　川崎陽子

山々の近くなりたる初穂かな　小島健

冥土への蔓たぐりあふふたりかな　原与志樹

月祭る濁世の望みなほ捨てず　沼口蓬風

月蝕やどこかで魚を焼いてゐる　石田美保子

カンナ燃ゆ一揆の村の血のいろに　竹内弥太郎

聖天さまの灯しの赫き金魚玉　市橋千翔

アカシアの花の白さに母を呼ぶ　松下千代

履きおろす鼻緒の決まる秋の風　内田日出子

侘しさも肴の内や時雨酒　森村誠一

鍵穴に銀河の底の見えてゐる　若宮和代

鶏頭やカインがアベルを殺めた日　梅津早苗

生きること美《は》しとはゆかず枝豆食ふ　蛭田千尋

髪梳いて銀河の砂を零しけり　神戸恵子

捕虫網どの樹の夢をのぞこうか　愛知けん

礫刑の筋肉透ける良夜かな　浅井君枝

洗ひ髪木屋町に夜をこぼしをり　菅城昌三

最北の駅へ銀河の雪崩れ来る　杉林秀穂

みんみんの語尾ながながと雨を呼ぶ　窪田美里

かなかなのまた初めからかなかなかな　中西史子

ひまはりの日に焦げてをり広島忌　武正美耿子

かなかなや二枚半なる追悼文　佐藤佐登子

わたくしの過去より来たる秋螢　藤森和子

夜は秋の黒の吊革ゆれてをり　松本輝子

戦後はや兜太歪んで西瓜食ふ　石山秀太郎

算数の子に鯛のこゑはるか　加藤しづか

けふ夏至の俺の乳房が間道ゆくか　長谷川眞理子

落ち鮎や本気で生きるやり直し　髙橋祐子

鳩吹く風誰れも居ないノラの部屋　西澤ひろこ

雨の闇のぞけば蚯蚓鳴きにけり　山田史子

底紅の今日のゆるがぬ空の意志　岡本律子

鍵束に遠き晩夏の匂ひあり　林風子

また一つ剝落のあり天の川　中川肇

縦になり横になつても汗汗汗　栗山庸子

ジョニ赤を呷りてをればちちろ虫　本多公世

香水をつけて何もない厄日　岡本勲子

ああ秋だ見本のような雲なのだ　朝賀みど里

朝顔や少し堅めの目玉焼き　岩下やよい

少年終はるザボンの実る樹の下で　松村威

闘牛の眼のなかにある大西日　野地陽子

臨月の妻と並びて泳ぎけり　小川孝

教会を出て秋色の人となる　滝田梓

三粒づつ土へ大根の種赤し　松本純子

（平成十九年「河」十一月号）

5　父なる沖

チューブより赤しぼり出す八月尽　　堀本裕樹

「チューブ」と題する同時作に、

昴へと麦笛吹いて帰りけり
サーフィンの秋のひかりとなりにけり
波音の波のひかりの九月かな
バックミラーの海消えて秋思かな
長き夜やレフトアローンを吹いてくれ

があり、どの句もドラマ性がある佳吟。例えば、「昴へと麦笛吹いて」は、母・照子の忌日「昴の忌」が背景にあるし、「長き夜」は私が監督した映画「キャバレー」の主題歌がマル・ウォドロン作曲の「レフトアローン」である。また「秋思」の句は、中七が「海消えて」の字足らずになっているが、バックミラーの海とは枯木灘であり、帰省した折の作品。そこには中上健次も堀本裕樹の実家も視界から消え去ることで、下五の「秋思」が導きだされる。角川源義の処女句集『ロダンの首』は次の破調の一句から始まる。

冬波の群ひとりの部屋作る　角川源義

源義の「冬波」も、堀本裕樹の「秋思」も、メタファーを含んだ抽象的な作品だが、抽象度という点では「八月尽」のほうがさらに高い。夏は朱夏というように、色は赤である。中村草田男の次の一句が参考となろう。

「日の丸」が顔にまつはり真赤な夏　中村草田男

「チューブより赤しぼり出す」とは、夏の色彩をしぼり出して、夏が終わるということ。それが季語の「八月尽」を導きだす。細見綾子の次の代表句も抽象性の高い作品。

くれなゐの色を見てゐる寒さかな　細見綾子

をとこより果てなき秋思もらひけり　川崎陽子

同時作に、

残月に濡れて芙蓉の開きけり

があり、この句も佳吟。しかし、「秋思」の句のほうが遥かに良い。まず、一句の立ち姿が良く、一句全体が視野にとび込み、しかも読み手の心に沁みる。またドラマ性が高く、余韻が深い。男の果てのない寂寥感が読者の魂と共振れを起す秀吟である。川崎陽子の代表作と言っても過言ではない。

孤独とは秋色の水飲むごとし　福原悠貴

同時作に、

翼あるキリストに逢ふ星月夜

があり、このキリストとは救世主のことで、多分、大天使ガブリエルとかミカエルのことだろう。「秋色の水」の一句も、抽象度の高い作品。秋の色というのはどのような色のことを言うのだろう。古歌によれば、草木の色づくことを詠んでいるが、現代では抽象的な秋の気配や気分と捉えている。次の森澄雄の一句が参考となろう。

干瓢《かんぺう》を干してや湖に秋のいろ　森澄雄

福原悠貴の作品の「秋色の水」も、青を帯びた澄んだ水を指している。限りなく透明なブルーだ。私自身の魂の色も同様である。つまり、秋色の水を飲むという行為は、福原悠貴にとって、「静かで平和で孤独」の象徴なのだ。私が八王子医療刑務所で海鼠のようにベッドで横になっていた時の次の作品がある。一行詩として成立していなかったので、獄中句集『海鼠の日』には収録しなかった。

春の雲静かで平和で孤独です　角川春樹

一方、福原悠貴の「秋色の水」は、まさに魂の一行詩として完成度の高い作品。福原悠貴の代表句である。

うつくしい手がむいてゐる落花生　鎌田俊

同時作に、

秋天や鎌倉にパン焼きあがる

があり、「映像の復元力」の効いた一句。「鎌倉」という地名が効果的で成功した。一方、「落花生」の句は、上五中七の「うつくしい手がむいてゐる」の措辞がなんとも上手い。美しい手の持ち主を登場させず、しかも当然ながら挙措も容貌も充分美しいことを想像させるからである。その美しい女性が落花生などの庶民的で日常的な食べ物を剝いている行為がユーモラスだ。これが胡桃を割っているとなると、「うつくしい手」は面白みがない。この女性、鎌田俊より年上の理想像と見た。

生きてゐるだけかも知れぬ月夜茸　田中風木

第一回銀河賞受賞作家のこの一句に目が止まった。下五の「月夜茸」にかかる形で上五中七の「生きてゐるだけかも知れぬ」が置かれている。胸に突き刺さるような表現だ。作者の現在の感懐と言ってしまえば、そのとおりだが、それにしてもなぜ「月夜茸」なのか。正確には作者以外には解らない。私の獄中句集『海鼠の日』は、自分自身を海鼠に見立てた。まさに獄中にあって私は、生きているだけだった。しかし、作者は「だけかも知れぬ」という疑問があり、生きているだけだとは言っていない。つまり、生きているだけではないという思いも一方にはあるのだ。月夜茸に託した理由は明解ではないが、詩は説明できなければ成り立たないわけではない。不思議に私を捉えて離さない一行詩。

パピルスに秋艸《あきくさ》の香のありにけり　春川暖慕

パピルスとは、古代エジプトで、パピルスという草の茎から製した紙の一種。エジプトに行けば、土産物として販売されている。そのパピルスに秋の草の香があると、作者は言っているのだ。現実にパピルスから秋草の匂いがしたわけではない。しかし、秋めいた季節の中で、作者は繊細な感触で感じとったのである。蕪村の次の句が参考になろう。

新米にまだ草の実の匂ひかな　蕪村

空き家からふらりと月の上りけり　石田美保子

「静かな海」と題する同時作に、

わが墓は月の静かの海がよし

があるが、圧倒的に「月のぼる」が良い。中七下五の「ふらりと月の上りけり」は平凡だが、上五の「空き家」の措辞が凄い。誰も棲んでいない家を登場させたことで、一行詩として成立した。まるで無から宇宙が生まれたビッグバンではないか。空虚な無人の家からふらりと月が上がってくる。「ふらり」という措辞も面白い。まるで、風船のようにのぼってくる月を表現した。現実の光景というより絵画の世界だが、絵画では建物を表現できても、空き家を描くことは難しい。作者の「自己の投影」の効いた一行詩。

晩秋や父なる沖に帆を下ろす　松下由美

月夜茸ベリーダンスを踊らうか
秋澄むや空に十字架あるごとし
台風やコンビニの灯の静かなり
秋の水砂の器にこぼしけり

があり、「はちまん句会」並びに「しゃん句会」で特選にとられた作品で、全てが佳吟である。「空に十字架」と「砂の器」は象徴詩。松下由美は平成十九年度の河新人賞と第二十八回角川春樹賞をダブル受賞した。「晩秋」の一句は、鹿児島で開催された第五十九回「河」全国大会で当日吟のトップをとった作品。選者全員が特選ないしは佳作に選んだ。海や沖をまぼろしの父の象徴として詠むという作品は、前例として私の句集『JAPAN』にある。

冬波に乗り魂遊ぶ父のくに　角川春樹
冬の波いきなり父の声を發《な》す　〃

また沖に死者たちが渉《わた》るというイメージは、獄中句集『海鼠の日』の中に、「天の川」のメタファーとして次の句がある。

死者ばかり渉りゆくなり天の川　角川春樹

第二十八回角川春樹賞受賞の松下由美の言葉を引用してみる。

蝉の声がしはじめると、想いは京都の空に飛ぶ。時刻は覚えていないが、それは確かに夏の盛り。見知らぬ家の布団に伏した人の顔を、幼い私は母と少し離れたところでじっと見つめていた。それが父だったと、後に聞かされたが、私には父の記憶がない。ただ臨終寸前のその光景が、不思議な瞬間として、心に刻まれている。父を知らない私は、「父」という感覚が欠落したまま、混沌とした憧れを持ち続けた。あれから四十年余りが過ぎた。

松下由美の「晩秋」の一句は、「実」ではない。「虚」である。実よりも虚のほうが大きいことは、河作品抄批評で何度も触れてきた。だから晩秋の沖に帆を下ろす、という景は、まぼろしの父に対する憧憬である。晩秋の沖の時刻は夕暮れである。作者は父と娘が海の上で語り合う光景をずっと胸に抱いてきた。父は洋上で帆を下ろし、しばらくの間、舟を海に漂わせている。

第二十八回角川春樹賞の際の、淵脇護の松下由美に対する選評を引用すると、

たいへん抒情的で、言葉がよく選び抜かれて、説得力のある作品群だと思いました。一つ一つの素材に広がりがあって、作品それぞれに一つのストーリーを想像させる魅力を持っているると思います。

松下由美の資質を抒情的なストーリーにあるという淵脇護の選評は、まさに慧眼《けいがん》である。そして、そのことは今回の松下由美の作品批評にそのまま当てはまるのだ。

乗り換への駅のベンチに小鳥来る　神戸恵子

「河」の十二月号の半獣神作品では、吉川一子の次の句と共に最高点4をとった作者の代表句。

身ごもりし子と花野まで歩きけり　吉川一子

色彩感の鮮やかな「映像の復元力」の効いた美しい一行詩。リズムも良く、下五の「小鳥来る」に見事な「自己の投影」がなされている。この小鳥は実景でないかもしれない。むしろ、虚であろう。上五中七の「乗り換への駅のベンチ」に、作者は想念として小鳥を登場させたに違いない。まさにそれこそ詩の真実なのである。秀吟。

シモンヌと胡桃《くるみ》の部屋で逢引す　梅津早苗

同時作に、

行く秋や積木の家に出口なし

がある。「胡桃」の中に部屋があるという発想自体は目新しいわけではない。例をあげると、

胡桃割る胡桃の中に使はぬ部屋　鷹羽狩行
空《あき》部屋を探して割りし胡桃かな　丸亀敏邦

しかし、「胡桃の部屋で逢引す」という中七下五の発想は新鮮。さらに上五の「シモンヌ」で

ある。梅津早苗は従来から外国人名を一行詩に登場させては成功してきた。今月号にも次の句がある。

夕鵙やダビデの裏切りはじまりぬ

平成十九年の「河」作品から拾ってみると、

黄落や修司がダリと出会つた日　「河」二月号

ノラなんてもう死語なのね氷踏む　〃

風船や娼婦イルマは嘘をつく　三月号

冬ざれやビリー・ホリディ繰り返す　四月号

衣更へてボブディランの風の中　八月号

これらの作品以外にもランボー、ジェームス・ディーンと枚挙にいとまがない。シモンヌは、娼婦イルマと同系列に属する。そして、上五の「シモンヌ」の登場が、この一行詩の世界で不思議な魅力を放つ。架空の人物でありながら、髪や目の色、さらに着ているジャケットから体臭までが想像できるのだ。まさに梅津早苗の個性が躍動する作品。

皿一枚洗つて眠る良夜かな　若宮和代

同時作に、

昼の湯を立てて九月をさびしがる

がある。若宮和代が日常の中に詩を発見する詩人であることは、「河」作品抄批評で何度も触

れている。最近作を例にあげると、

父の日や出発ロビーにひとりゐる　「河」九月号

時の日のシーツ真白く畳みをり　〃

独り居の夜や鬼灯のよく鳴りぬ　〃

晩夏光をんなしづかに椅子を立つ　十月号

晩夏かなホテルの白きバスローブ　〃

「河」十二月号の「良夜」も、以上の作品の延長線上にある。俳句的な表現で言えば、身辺詠に優れた感性を発揮する詩人ということだ。下五の「良夜かな」の「晴」に対して、上五中七の「皿一枚洗つて眠る」は「褻」である。子離れした作者にとって、満月の夜だからとはいえ、特別な行事をするわけでもなく、一人分の食事の皿を一枚洗って眠るという日常の延長でしかない。しかし、その日常の中にこそ詩は潜んでいるのだ。

ナイフ砥ぐ右手に秋気澄みにけり　小林政秋

「秋澄む」は十月の「はちまん句会」の兼題。小林政秋は現代詩を詠むことに優れた感性を持っている。例えば「河」十月号の次の句だ。

ダイエット・コカコーラ呑む原爆忌

秋になって大気が澄み、遠方の山や木々が見えるようになる。例句を上げると、

地と水と人をわかちて秋日澄む　飯田蛇笏

好日のわけても杉の空澄む日　石塚友二

秋澄むや傾きざまに山の空　角川春樹

しかし、小林政秋の「秋澄む」は、従来の季題趣味から隔絶している。日本刀を秋水というように、刃物に秋気を感じることはあるだろう。だが、ナイフを砥ぐ右手に秋気が澄んでいるという発想は全くない。この句の眼目は「右手」である。「はちまん句会」で私を驚かせた、目の覚めるような一行詩。

身ごもりし子と花野まで歩きけり　吉川一子

この句も、「河」十二月号で最高点4をとった。その理由は上五の「身ごもりし」にある。中七下五の「子と花野まで歩きけり」は平凡な措辞だが、上五の「身ごもりし」を登場させたことで、一句が一変した。突然、平凡だった句にドラマ性が生じ、読み手にさまざまなイメージを与えることになる。見事な転調と言ってよい。「河」十二月号の石田美保子の次の句と同様である。

空き家からふらりと月の上りけり　石田美保子

高層クレーン真つ赤に止る秋の暮　及川ひろし

十月の東京中央支部の例会で私が特選にとった。私以外は佳作で二点入っただけだった。高層クレーンの赤い脚が停止した状態を、中七で「真つ赤に止る」と表現した措辞は、並々なら

ぬものがある。山口誓子の世界と言ってもよい。例をあげると、

夏草に汽罐車の車輪来て止まる　山口誓子

夏の河赤き鉄鎖のはし浸る　〃

冬河に新聞全紙浸《つか》り浮く　〃

「秋の暮」という伝統的な美意識の世界に、「高層クレーン真つ赤に止る」という配列は、見事と言うしかない。まさに「乾いた抒情詩」ではないか。この句をとらなかった選者に猛省をうながしたい。飯田龍太の次の一文をよく嚙みしめてもらいたい。

俳句誌の主宰者として大事なものは、私は選句力の有無ではないかと考えている。選句がいいか悪いかは、所属する誌友の生殺与奪に関ることである。知名の俳人といえども、選句眼に曇りがあっては指導者失格である。しかも困ったことに、選句力の衰えほど自覚しにくいものはない。

長き夜の抽斗はづしては入れる　青柳冨美子

同時作に、

秋澄むやパレットに溶く空の青

があり、この句は印象鮮明であるが、「長き夜」のほうが上である。抽斗をはずしては入れる

という、無為とも言える行為が秋の夜長を導きだす。季語の本意本情に適った作品。佳吟である。

とつておきの朝となりたる九月かな　　のだめぐみ

同時作に、

億年の今生に咲く酔芙蓉

夕焼けいろのカクテルを飲む原爆忌

鎮まりしひかりのなかにゐる晩夏

がある。季語の「酔芙蓉」「晩夏」「九月」は、「はいとり紙句会」の兼題。「カクテル」は詠み込み。歌手のASUKAとして、エイベックス・トラックスからファースト・シングル「白椿・紅椿」をもってデビューする。カップリング曲の「たんぽぽ」は彼女自身の作詞。作詞家としてはペンネームで十代から活動していたが、自分の詞を本人が歌うのは初めて。来年の第五十回「河」全国大会では、本年のミンクに続いてミニ・コンサートを行う予定である。のだめぐみは昨年、尾道大学で教鞭をとっていた時の生徒で、河会員のRCC中国放送のパーソナリティの横山雄二や、まだ大学生のたぅちと同期生。授業が終わった後の二次会のカラオケで歌唱力が私に評価され、九年ぶりに私がプロデュースすることとなった。もともと成城大学の日本文学コース在籍のころから詩を書いていたが、「魂の一行詩」とめぐり逢って作詞家としても評価を得るようになった。だから彼女の詩には必ず季語が一つ入っている。独特の言語感覚があり、毎月の「はいとり紙句会」でも常に上位を占めている。「九月かな」の句の、上五の「とつておき」の五文字に勢いがあり、俳人なら「まつさらな」と置くところだが、いかにも若い女性の口語体を用いることで句が新鮮になった。のだめぐみは俳人・細見綾子の作品をよく読んでいるので、その影響が句の中にも現れている。例に上げると、

思ひだけ白魚に柚子《ゆず》したたらす　　細見綾子

水澄むや初雁号のベルが鳴る　　松村威

同時作に、

青磁器の青を見てゐる九月尽

鯖雲やゴールポストに一人ゐる

がある。「水澄む」の句は東京例会で特選をとった。初雁号の固有名詞が実によく働いている。これが駅名なら特選にならない。作者は、初雁号に乗って旅に出ようとしている。「水澄む」は季語を現すと同時に、これから向かう旅への期待ともとれる。下五の「ベルが鳴る」の五文字の勢いが臨場感を伴って読み手に伝わってくる。「映像の復元力」と共に、プラットホームの雑踏や発車ベルの鋭い音が聞こえてくる。

秋のこゑ朱塗りの箸を洗ひをり　　岡部幸子

同時作に、

情事のあと夜の鶏頭に血の匂ひ

ときどきは嫁をいぢめて天高し

があり、当初「天高し」のユーモア句に惹かれたが、「秋のこゑ」の日常の中に詩を見出した、この句を外すわけにはいかない。秋になって、全ての物音に耳が聡くなる。葉ずれの音、風の音、水の音、さらには秋の気配のようなものを捉えて秋の声というが、岡部幸子のこの句の声は水音であろう。白秋というように秋の色彩感は透明な白だが、それに対して朱塗りの箸を洗っているところが鮮やか。「映像の復元力」の効いた一句。

切符手に南瓜の馬車を待つてゐる　　玉井玲子

同時作に、

小鳥来るポイントカード使へます

がある。「南瓜の馬車を待つてゐる」のは普通、シンデレラである。上五の「切符手に」によって、まるで銀河鉄道の汽車を待つニュアンスになってくる。当然のことながら、「南瓜の馬車を待つてゐる」のは玉井玲子本人である。この南瓜の馬車は期待する未来、即ち夢の象徴である。玉井玲子が期待する未来は本人以外には解らないが、少なくとも彼女は切符を手にしたのだ。

透明な袋に秋を詰めてをり　　竹本悠

同時作に、

蛇穴に車輪の下には少年

ポルチーニ茸《だけ》あれが噂の漢だ

燈火親し机の中にサザエさん

芋の露甲斐はしづかに明けにけり

があり、表現が自由であり、興味の持ち方も多面体である。本格的な句もあれば、ユーモア句、そして今回の「透明な袋」の句は抽象的な作品。透明な袋とはビニール袋。中七下五の「秋を詰めてをり」という措辞は、当然ながら上五の「透明な」がかかっている。つまり透明な秋ということ。しかし、具体的な物が示されていない。それでも透明な秋から連想されることと言えば、「水」また「空気」。しかし、この抽象的な「秋」は秋のままでいいのだ。作者は具体的な水や空気ではなく、秋という季節を詰めている、ということ。

金《きん》色《いろ》の少女がひとり夕花野　山田絹子

同時作に、

大福を弱火で焙る獺《だっ》祭《さい》忌

東京のうどんに絞る酸《す》橘《だち》かな

天高しみすゞに会ひに行きたいな

がある。「酸橘」の句は面白いのだが、上五の「東京の」は一考を要する。固有名詞なら「浅草」「両国」。時間なら「夕暮れ」。降らし物なら「雨の日」。それ以外にも考えられるので惜しい。例えば、「夕花野」を特選にとった十月の東京中央支部例会で、山田絹子と同様に特選にとった、次の句を参考にしてもらいたい。

初しぐれ両国に灯のともりけり　佐川広治

佐川広治の一句は立ち姿も良く、季語が効いていて、「初時雨」を「初しぐれ」と仮名書きにして、「両国の灯」の一点に絞っている。そしてこの句の魅力は「両国」という地名にある。これが「東京の灯」であっては、並選にも入らないからだ。一方、「夕花野」の句は、「映像の復元力」も効き、夕焼けを浴びた少女の逆光の姿が浮かび上がってくる。そして上五の「金色」だ。金色の措辞によって作者の「自己の投影」も、作者の視点も定まってくる。

曼珠沙華夕日を食べてしまひけり　岡本勲子

同時作に、

螢袋開けば夢のシャンゼリーゼ
魚くさき家に聖女が来る無月
彼の人に逢ひに花野を泳ぎけり

がある。真っ赤な曼珠沙華の背景に赤い夕日がある。その夕日も時と共に山に沈んでしまう。そして、今あるのは曼珠沙華だけだ。それを中七下五の「夕日を食べてしまひけり」と表現したのは手柄。メルヘンチックな世界だが、中七下五で凄味をだした。

ダイキリを飲む父とゐて月涼し　伊藤実那

九月の東京中央支部で特選をとった作品。句意は文字どおりだが、下五の「月涼し」が効いている。そして、ダイキリを飲むのが彼ではなくて、父というところが泣かせる。これが「父」でなく「彼」であったなら、せいぜい並選で終わってしまうところだが、わずか五七五の文字である故に、一行詩の恐ろしいところ。ダイキリなんかを飲む父親像というのは、なんともカッコいいではないか。ここ一年間で、伊藤実那は頼もしいほど力をつけてきた。

天高しプラネタリウムの席にゐる　鮎川純太

「天高し」の句は、十月の「しゃん句会」で特選にとった。プラネタリウムは星を観測できない都会の癒しの場になっている。実物ではない星空を作者は見上げている。そして、プラネタリウムの屋根の上には本物の空があり、しかも秋の季節の中で都会であっても広々とした空間が横たわっている。「天高し」は、「明」で、勿論「プラネタリウムの席」は「暗」である。そして、その椅子に坐っている都会人のペーソスが、この句の眼目である。佳吟。

最後に、銀河集、半獣神、河作品から今月号の佳吟と作者名を列挙する。

野にあらばわれ一本の曼珠沙華　田井三重子

やや寒のうどんの玉を湯に落とす　渡辺二三雄

神の留守ダリのきりんが燃えてます　鈴木季葉

ラジオよりブギウギ流る夜長かな　川越さくらこ

星流れまだ捨てられぬ鍵ひとつ　松井清子

衣被《きぬかつぎ》おもしろがつて剝きにけり　春木太郎

秋逝かせ十個の椅子を並べつつ　蛭田千尋

詩となるを躊躇《ちゅうちょ》してをり鵙の贄《にえ》　愛知けん

発掘をされし埴輪の秋思かな　西尾五山

仕上りて白のベールに白い風　市川悦子

残暑かな数字の一が横たはる　菅城昌三

ピアフ聴きシェリーと秋の暮れゆけり　浅井君枝

晩秋や何時もの径に何時もの木　加藤しづか

長月の名曲喫茶の赫き椅子　大多和伴彦

赤門に鬼の捨子の吹かれをり　三浦光子

とある日の西日の街の娼婦マリー　武正美耿子

文化の日ウォーターバーに水を選る　丸亀敏邦

鳳仙花いつか殺してやるからな　斎藤隆顕

名月のひかり鍵穴通しをり　前田トミ枝

澄まざるもの胸に棲まはせ秋澄めり　朝賀みど里

絵葉書の海にひとりの秋思かな　岡田滋

私がわたくしになる秋思かな　雪英子

メール来て少女の秋思幕をひく　松田有伽

（平成十九年「河」十二月号）

6 ドアノブに

行く水のはがねなすこゑ蛇笏の忌　　堀本裕樹

同時作に、

星月夜ガンダーラへとつづきけり
雁渡し手放せしものいくつあり
蟷螂の目の中の海鳴りにけり

がある。この中では、特に「蟷螂」の句が良い。作品は当然ながら作者を離れて鑑賞するのが基本だが、俳句も一行詩も作者の分身である以上、作者のこころに添った批評でなければ無味乾燥な文章になってしまうだろう。蟷螂の目に映っている海は枯木灘である。中上健次の小説『枯木灘』を思い浮かべればよい。濃紺の荒々しい枯木灘を見つめているのは、主人公の竹原秋幸であり、この句の作者である堀本裕樹だ。勿論、中上健次がこよなく愛した原点である。が、それ以上に素晴らしいのが「蛇笏の忌」の一句。角川源義をして「立句の最後の人」と言わしめた飯田蛇笏の立ち姿が、この一句にはある。今月号の銀河集の中で、小島健の次の一句と共に最高得点4を獲得した秀吟。

　鉞のごとき詩語欲し冬銀河　　小島健

中七の「はがねなすこゑ」は、当然ながら飯田蛇笏の次の代表句を思い浮かべるであろう。

　くろがねの秋の風鈴鳴りにけり　　飯田蛇笏

俳人飯田蛇笏の忌日は十月三日。例句として、

　蛇笏忌や振つて小菊のしづく切り　　飯田龍太
　蛇笏忌の過ぎし日月空にあり　　石原八束
　蛇笏忌の田に出て月のしづくあび　　福田甲子雄
　山風に耳を洗ひぬ蛇笏の忌　　上田五千石

がある。飯田蛇笏の野辺送りに参列した角川源義は、次の代表句を詠んだ。

　篁《たかむら》に一水まぎる秋燕　　角川源義

飯田蛇笏の山廬には狐川が流れ、鬱蒼とした竹林がある。源義の一句は、その風景から主情性の強い立句を詠んだ。堀本裕樹の「行く水」は狐川を連想させるが、どの川でもよい。源義の中七「一水まぎる」に対して、堀本裕樹の「はがねなすこゑ」は、少しも遜色がない。それどころか、「蛇笏の忌」の例句の全てを凌ぐ作品。堀本裕樹の代表作と言って過言ではない。

同時作に、

　胡桃割る競馬年鑑開きつつ　　鎌田俊

九年母や書架に伏せおく写真立

があり、両句とも「はいとり紙句会」の兼題「胡桃」「九年母」で特選をとった作品。「九年母」の句は、中七下五の「書架に伏せおく写真立」の取り合わせの措辞が面白い。一方、面白さという点では、「胡桃」との取り合わせの中七下五の「競馬年鑑開きつつ」はさらに面白い。芭蕉は「発句とは取り合わせの妙だ」と看破した。「胡桃割る」の季語に対して、競馬年鑑を開いたという発想に私は脱帽した。私は次の句を投句して、大方の共感を得たのが、「はいとり紙句会」のメンバーで飲みに行く銀座コリドー街のBAR「ROCK　FISH」の景である。全員が佳作でとったが、「ROCK　FISH」に行ったことのない鎌田俊だけが特選にとった。

水割りや胡桃のなかに人のこゑ　　角川春樹

鉞《まさかり》のごとき詩語欲し冬銀河　　小島健

「冬銀河」の一句は、十一月の東京中央支部の例会で私だけが特選にとった。あとは並選で2点入っただけである。前述の堀本裕樹の次の句も同様で、私が特選をとった他は並選が2点であった。

行く水のはがねなすこゑ蛇笏の忌　　堀本裕樹

私はことあるごとに、選者は身の丈で選をするのではなく、大きな世界を読みとらなければならないと言ってきたが、少しも改めようとしない。それでは名句が残らないではないか。小島健の一句は堀本裕樹の「蛇笏の忌」と同様に今月の銀河集の中で最高点4をとった作者の代表句である。そして、このことは今の俳人達が「立句」が解らなくなったことと無縁ではない。それは女流俳人の進出と関係がある。またカルチャーセンターでの俳句講座がさらに俳句の脆《ぜい》弱《じゃく》化に拍車をかけた。森澄雄さんが「俳句は男の文芸だ」と言った意見に私は賛成だ。亡くなった飯田龍太も同じことを私に語った。小島健の「冬銀河」の句は、作者が全体重をかけた名句である。作者は冬の天の川に存在する詩の神に祈っているのだ。上五中七の「鉞のごとき詩語欲し」と。「鉞のごとき」という譬《ひ》喩《ゆ》は、見事と言うほかはない。

秋蝶や詩の海峡を越ゆるべし　福原悠貴

同時作に、

月も日も水底にあり洗ひ鯉

があり、この句も佳吟だが、「秋蝶」の一句は遥かに良い。前述の小島健の「冬銀河」には及ばないものの、堂々たる一句。中七下五の「詩の海峡を越ゆるべし」の措辞が抜群に良い。中七の「詩の海峡」は、私の「飢餓海峡」と同様の象徴的な存在。韃靼海峡のような具象ではなく抽象化させたことで成功した。また、上五の「秋蝶」の季語が効いている。「秋蝶」は現実であると同時に幻である。蝶は古来、魂を運ぶものと考えられてきた。故に目で見えたというより、作者の思いを仮託した存在である。

過去の灯の日々遠くなる酢牡蠣かな　市橋千翔

同時作に、

山姥の老いてひと恋ふ雪ばんば

があり、作者の現在の心の有様が充分に忖度《そんたく》できる作品。「酢牡蠣」の一句は、「雪ばんば」の延長上にある。つまり「雪ばんば」の中七「老いてひと恋ふ」が切実なのだ。切実な作品を創らなければ、「魂の一行詩」の意味はない。作者は酢牡蠣に触発されて、上五中七の「過去の灯の日々遠くなる」を導きだした。出したというより、出されたのであろう。作者は数年前に先立たれた夫君・徳太郎氏を偲ぶ鎮魂句集『花筐《はながたみ》』を上梓した。その折の作品、

羽ばたきの雁より享《う》けし花筐　市橋千翔

があり、「酢牡蠣」の句と同様に切ない。おそらく句の背景は夫・徳太郎氏を偲んでのことであろう。「過去の灯の日々遠くなる」の美しい措辞は、作者の「かなしび」が作品として結実した。秀吟である。

二の酉《とり》の昼に行かうと言つたのに　滝口美智子

この句には「秋山巳之流氏」という詞書がある。また、この詞書がないと成立しがたい作品。句意は単純で、十一月七日に亡くなった秋山巳之流と二の酉の見物に行こうと約束したのだが、遂にその約束は果たせない結果となった、という嘆きだが、下五の「言つたのに」の措辞が哀

切。今月号の投句には、「文化の日」と共に最も多かったのが秋山巳之流への悼句である。その中で一番感銘したのが滝口美智子の「二の酉」だった。秋山巳之流が亡くなってみると、不思議なほど彼に対する喪失感がある。特に中上健次の担当編集者であったことから中上がらみの思い出が多い。考えてみると山本健吉さんもそうだ。人との約束を反古《ほご》にすることの多かった秋山だが、それでも誰からも愛される人物だった。私は秋山巳之流の訃報を聞いて、その日の夜には数多くの句が生まれた。十一月の東京例会には次の投句で、多くの人の共感を得て最高得点となった。

尿袋《しとぶくろ》提げて銀河の人となる　角川春樹

寒き灯のゆくてゆくてにありしかな　大森健司

同時作に、

新宿のコインロッカー冬に入る

冷まじく軀のなかの海が鳴る

があるが、「寒き灯」の象徴性には及ばない。句意は、自分のどの行く手にも寒い灯しかないという寂寥感である。中七下五の「ゆくてゆくてにありしかな」が切ない。本来「灯」は明るい未来の象徴だが、「寒き灯」となると完全に反語と化す。つまり寒い未来だけがあるという断定だ。あまりにも淋しすぎる断定ではないか。「寒き」という季語を外すと、「灯のゆくてゆくてにありしかな」という希望に満ちた一行詩に変身する。「魂の一行詩」は「暗」を「明」に変える働きを持つ詩型であるから、寂寥感の中にもユーモアがほしい。

西行の恋の歌読む文化の日　井桁衣子

今月号の「河」の投句で最も多かったのが「文化の日」だ。その中でも特選にとれたのは、井桁衣子の作品だけである。なぜなら、「文化の日」という季語がもたらすイメージから、何か洒落たことを詠もうとする意図が私に伝わってくるからだ。それに対して、井桁衣子の「文化の日」は最も品格のある作品だった。何か芸を見せようということではなく、最も単純な詠み方に徹している。つまり、芸を捨てたところからこの作品は出発している。

鷹渡るクレーンの赤が海吊るす　松下由美

同時作に、

ゆく秋のキリンの首のしづかなり
十一月ひとりの夜が煮つまりぬ
初時雨父のにほひの椅子にゐる
電球の一つが切れて冬に入る

があり、「初時雨」と「冬に入る」が良い。松下由美の世界は「銀河」「海」と共に「父」と「椅子」がキーワードになっている。例をあげると、

父の日や約束どほり生きてます　「河」八月号

満月の木椅子に父のありにけり　「河」十月号
冬日さす午前十時のカフェの椅子　一月号
討入りや無口な父の眼鏡拭く　二月号
鯖寿司や記憶の父を捨てられず　八月号
父の日や生まれて父の名も知らず　九月号
海の日や背のない椅子がひとつあり　〃
銀漢の海を見おろす椅子がある　十月号
白南風《しろはえ》や土曜の午後の白き椅子　〃

松下由美にとって「父」は「幻」であり、「椅子」は「現在地」だ。それ故、「初時雨」の一句は、現在もなお幻の父と共に生きている、ということ。「冬に入る」の一句は、「はちまん句会」の投句で最も感銘の深い作品。日常の中に詩を見出した佳吟だが、並選が一つ入っただけだった。「冬に入る」の季語がさりげなく、そしていきいきと働いている。「夏」でも「秋」でも、勿論「春」でも意味をなさない。水のような一行詩でもある。「鷹渡る」の一句は、第四十九回「河」全国大会の桜島吟行句会の最高得点で全選者がとった。桜島フェリーの発着場近くの海に設置された赤いクレーンの脚を詠んだ作品だが、群青の海とクレーンの赤が印象的な絵画の世界。しかし、その上空に鷹を持ってきたことが手柄。「鷹」を現出させたことで、静止していた絵が突然、躍動する。本年度の河新人賞と第二十八回角川春樹賞をダブル受賞した一行詩人の力量を見せた作品。「映像の復元力」も効き、作者の「自己の投影」も効いた秀吟。

秋風や父が羽音をたてていく　梅津早苗

同時作に、

月の夜のタロット館に蛇眠る

がある。詩の上では存命の父を殺そうが、逆に亡くなった父をあたかも存在するように詠もうが、いっこうにかまわない。大事な一点は詩の真実ということであり、実よりも虚のほうにそれが大きい。かつて森澄雄さんが、「神仏を信じなくても、虚を信じることが大切だ」。そして、「今の俳人は虚ということがわからなくなった」と嘆いた。だから梅津早苗の父親は文字どおり読めばすでに亡くなっていて、秋風の中を通り過ぎてゆくことになるが、たとえ存命だとしても、中七下五の「父が羽音をたてていく」という詩的表現が読者の共感を呼ぶことになる。「秋風」の季語が効いていて、色なき風に翔けてゆく父の翼も、まるでガラスのように透明だ。一句の立ち姿も良く、美しい一行詩。

神還る日の駅蕎麦を吹いてゐる　吉川一子

同時作に、

掌《てのひら》に十一月の日ざしかな

があり、この句も実にシンプル。「神還る日」とは、旧暦の十月晦日《みそか》、ないしは十一月一日に神々が出雲の旅からお帰りになる日である。例句としては、

枯れをはる夜空の銀杏神還る　皆吉爽雨

戸隠に雪来て神の還りけり　近藤喜太郎

があり、二句とも自然諷詠であるが、吉川一子の場合は人間諷詠。中七下五の「駅蕎麦を吹いてゐる」の措辞が面白い。駅蕎麦を吹いているのは、作者の吉川一子だが、まるで神そのものが駅蕎麦を食べて地元に帰るような景だ。ほのぼのとしたユーモアの効いた一行詩。

同時作に、

海鼠桶いつしか闇の音まじる　川越さくらこ

枯野より硝煙臭き男来る

があり、猟師の姿を描いているが、猟師と捉えるよりテロリストか危険な匂いを放つ男と捉えたほうが作者の意図に添うだろう。一方、「海鼠桶」の句は、夕暮れから夜に移る時間経過を詠った作品。海鼠桶の中は昼でも暗いが、海鼠の闇と外界の闇がまじり合い、あたかも海鼠の桶から闇が生じ、その闇が外界に流れ出したかのような一句。川越さくらこの奇妙で幻想的な世界を垣間見る一行詩。

舎利《しやり》を研ぐ女の手より冬立ちぬ　蛭田千尋

同時作に、

鷹渡る羽のごとくに父の骨

があり、この一句が「冬立ちぬ」の作品に結びついている。鮨商の女将である蛭田千尋にとって、米を研ぐのは日常の出来事。一般の家庭では使わない舎利という言葉も鮨商であれば当り前だが、私の服役中、囚徒も看守も米という言葉を使わず、銀舎利と言った。銀舎利が出るのは、正月三が日だけである。もともと舎利は仏教用語で骨のこと。作者は今年、父親を亡くした。洗骨《せんこつ》の風習はフィリピンより黒潮に乗って南西諸島の奄美大島に伝播《でんぱ》したが、蛭田千尋の「舎利を研ぐ」は、文字どおり「父の骨」を洗っているイメージで創作されている。何よりも中七下五の「女の手より冬立ちぬ」が美しい措辞。この句、次のように置き換えることも可能である。

骨洗ふ女の手より冬立ちぬ

ドアノブに冬の来てゐる木曜日　　若宮和代

同時作に、

秋燈のわが身ひとつをつつみけり

があり、この句も日常に詩を見出した作品。秋燈の光の中にわが身ひとつを包み込む、という発想と言語表現が秀逸だ。一方「ドアノブ」の句は、十一月の東京中央支部の句会で私が特選にとった。この句の眼目は下五の「木曜日」にある。「河」では、日曜日、水曜日など、曜日を使うことは稀というわけではない。例をあげると、

白き靴水曜といふ静けさに　　菅城昌三

老人が鳩吹いてをり木曜日　角川春樹

などがある。問題なのは、その曜日でなければ成立し得ないかどうかにかかっている。「ドアノブに冬が来てゐる」という上五中七の把握が繊細だ。いちばんはじめに冬を感じる部品として誰でも共鳴できる。そして、最初の問いである曜日に戻る。「水曜日」という字面の感触は透明感のある淋しさ、静けさである。一方、「木曜日」の感覚は日常の倦怠感である。とすると、若宮和代はドアノブが象徴する日常に対してある種の倦怠感を抱いている、という解釈が成り立つ。もう一つ、「木曜日」という語感は喪失感だ。喪失感という解釈であれば、若宮和代が父親を失い、娘を嫁がせたという事実を知っているだけに理解しやすい。しかし、「木曜日」という特定は、どうも喪失と倦怠が共存しているように、私には思われてならない。

落葉掻くつらつら時給八百円　石山秀太郎

同時作に、

マスクして海鼠に変身する途中
湯上りの妻と真赤なりんごかな

がある。「海鼠」の句は、十一月の東京中央支部で特選にとったユーモア句。本来なら特選句の「海鼠」の句を選評するところだが、私は「落葉掻く」の句に強く惹かれる。作者の職業欄には、シルバー人材派遣の雑役夫とある。そのことが、下五の「時給八百円」の意味である。中七が「つらつら」であって、「つくづく」でないことに読者は気づいてほしい。「つらつら」

にはユーモアがあるからだ。「魂の一行詩」では、たとえ不様《ぶざま》であっても生々しい「生」を詠むことが肝心だ。この句に私が感銘するのは、その一点である。さらに「魂の一行詩」にとって大事なポイントは、いつとなく身についた技巧の垢をけずり取って、生地《きじ》の肌を出すことである。つまり、言葉を飾るのではなく、こころを詠うことである。石山秀太郎の「落葉掻く」の一句は、前述の大事な基本を思い起こさせた。

花すすき遠くに父の椅子がある　斎藤隆顕

斎藤隆顕は都会生活者のなんともいえないペーソスを描く名手である。例えば、

ドトールに長居してゐる鳥曇《とりぐもり》
顔パックの妻に五月のやつてくる
憲法記念日薔薇ジャムを煮てをりぬ
七夕やをとこふたりの午後であり
ラムネ抜く沖に溺るる魚のゐて
星月夜ホテルでまはす洗濯機

しかし、今月号の「花すすき」の一句は、都会のペーソスではなく、根源的な父恋いの句だ。
今月号には、まぼろしの父恋いを詠った、松下由美の次の作品が掲載されている。

初時雨父のにほひの椅子にゐる　松下由美

また私が主宰する「はいとり紙句会」で、私は次の句を発表した。

枯葉舞ふ彼方に父の椅子がある　角川春樹

私の「彼方」と同様に、斎藤隆顕の「遠くに」は、地理的な距離ではなく、時間的な距離を表現している。斎藤隆顕の父親が存命であろうがなかろうが中七下五の「遠くに父の椅子がある」は、なんとも的確な措辞ではないか。そして切ない。上五の「花すすき」の季語の使い方が絶妙。勿論、私の句を越えた作品。「花すすき」は海のようにどこまでも広がっている。その花すすきの沖に父の椅子があるという断定が素晴らしい。半獣神の中で唯一の最高得点4をとった作品。文句なしの秀吟である。

ななかまど押してもみたき非常ベル　山田史子

同時作に、

雁の列母のベッドを横切りぬ

しまひには抱かれてしまふ七五三

があり、両句とも面白い。特に「雁の列」の句が良い。「ななかまど」の例句としては、

ななかまど夕日より道走りだす　永田耕一郎

押し移る雲に色ありななかまど　角川春樹

があり、どの例句を見ても圧倒的に自然諷詠が多い。しかし、山田史子の「ななかまど」は人間諷詠。中七下五の「押してもみたき非常ベル」は誰にでも思い当る節がある。四年前の静岡刑務所に入獄していた時、同じ工場で働いている囚徒が非常ベルを押して大騒ぎになった。

取り調べが行なわれて私も疑いをかけられ、刑務官から厳しく訊問を受けた。人間の掃き溜めである刑務所と違って、一般社会ではあの赤い非常ベルを押してみたいという誘惑はあるものの、実際に押してみるということには到らない。それにしても、消火器といい非常ベルといい凶々しいばかりの赤色だ。勿論、火の色からの連想で赤く塗装されているのだが、非日常的な不吉なイメージがつきまとう。作者は非常ベルの色から「ななかまど」を連想したのか、あるいはその逆かもしれないが、「火」の色と感じたことは紛れもない。そこに作者の日常の危機意識が一句となって成立した。

銀漢の果てに未《ま》だ見ぬ海がある　　のだめぐみ

同時作に、

ドアといふドアを閉められ神の留守
過去といふ手すりを放す水の秋
鵙の贄迷路の果ての非常灯
ゆく秋や時間のかけらがこぼれをり

があり、どの句も発想と言語が新鮮。「河」十二月号に、「特集・平成十九年「河」の秀句」の中で、石田美保子が次の作品をとっていた。

サボテンの花や寂しき星にゐる
悲しみはタンスの中の小春かな

のだめぐみは、私が尾道大学で教鞭をとっていた時の生徒。平成十八年六月から「はいとり紙句会」に入会して来た新人である。「河」への投句は平成十八年八月号からで、四句欄から登場、九月号からは五句欄、十月号から河作品抄に取りあげられるようになり、平成十九年六月号から平成二十年一月号まで、河作品の巻頭を八カ月連続して獲得している恐るべき新人である。のだめぐみの「河」初登場から、昨年十二月までの作品を振り返ってみると、

夕焼けに慰められて落ちこぼれ　平成十八年「河」八月号
立つて飲む夜空の青し缶ビール　九月号
銀漢や天竜川に流れゐる　十月号
今夜だけあなたの海になる人魚　十一月号
十六夜の夜空を翔《か》けるもののこゑ　十二月号
秋郊《しゅうこう》や馬穴《ばけつ》で洗ふスニーカー　平成十九年「河」一月号
抽斗の奥の鯨がうふふふふ　二月号
歳晩や遥かなこゑにたどり着く　三月号
虎落笛赤い実落ちる夜の底　四月号
父とか母とかどこかに浮かんでゐる二月　五月号
のつぺらな家族が浮かぶ蜃気楼　六月号
花冷のしづかな夜の椅子にゐる　七月号
花みづき蹴りたい背中ありにけり　八月号

父といふ日が足もとに転がつてゐた　九月号
クローゼットの中ひそやかな解夏の夜　十月号
過ぎてゆく時間のごとし処暑の椅子　十一月号
とつておきの朝となりたる九月かな　十二月号

のだめぐみは私にとって「恋」「家族」を含む人間諷詠を鋭い言語感覚で描く詩人と思い込んでいたのだが、「河」入会の初期から「永遠の今」といった時間意識や宇宙意識をも詠んでいたことに、全作品を眺めていて気づかされた。のだめぐみは「魂の一行詩」と出逢うことが、歌手となるきっかけとなった。そのことは雑誌のインタビューやラジオ番組で発言を続けている。彼女にとって、一行詩人になることと歌手になることは同レベルの線上にある。というより、のだめぐみは「魂の一行詩」に目覚め、日本の文化と心を伝えるために歌手になることに踏みきったのである。なぜなら、十代の頃から歌手にならないかというレコード会社の勧誘をことごとく断り続けてきたからである。今月号の作品に話を戻すと、「銀漢」の句は彼女の宇宙意識、「神の留守」「水の秋」「鵙の贄」は人間諷詠、「ゆく秋」は彼女の時間意識である。「銀漢」の句の中七下五の「果てに未だ見ぬ海がある」の措辞が若々しい。そして、私の次の作品に意識的、無意識的に影響を受けている。

木星の彼方に吹雪く海がある　『角川家の戦後』
銀河にも飢餓海峡のありにけり　『飢餓海峡』

のだめぐみは、若い女性にありがちな等身大の句を詠むことで満足しているわけではない。

身の丈を越える一行詩を生みだそうと、常に試みているように思われる。

荻窪にしづかな雨や秋燕忌　　伊藤実那

同時作に、

色鳥が水に降り立ち水のいろ
あかまんま少女の頃の空がある
晩秋の寝台列車に眠り落つ

があり、特に「色鳥」の句が鮮やかな佳吟。「秋燕忌」の一句は、「澄む水の器」の一行詩。今月の河作品の中で唯一の最高得点4の秀吟である。本来なら私が創るべき一行詩を伊藤実那に先取りされてしまった。一行詩の三原則である「映像の復元」も「リズム」も「自己の投影」も効き、さらにしずかな雨音まで聴こえてくる。昨年の「河」十月号のハルキジム対戦カードで中田よう子に敗れたものの、第二十八回角川春樹賞で第三位の入賞を果たした。その時の「ぽかぽか」三十句の中から佳吟を拾ってみる。

ぽかぽかの笑顔たんぽぽ好きでした
花いばら産んでもらつても困る
踊り場に煙草を吹かす修司の忌
憧れてあなたと同じ香水です
オシラ神月光を舞ふ國男の忌

死にてより父と呼ばるる人へ雪

などの句に注目した。また、平成十九年度の河作品抄批評で取りあげた句のみを列挙すると、

つばくろや棒高跳びの少女跳ぶ　「河」八月号

経理課の机に西日差しにけり　十一月号

ダイキリを飲む父とゐて月涼し　十二月号

がある。二十代の「河」の若手としては、のだめぐみ、中田よう子と並ぶ有望な新人であることは間違いない。

イースト菌まだふくらまぬ小六月　竹本悠

同時作に、

霜月の改札口の前にをり

があり、このさりげない句も良い。竹本悠は、この一年間「はちまん句会」に参加して著しい成長を遂げた女流詩人。発想の振幅はまだ狭いが身辺詠に深まりをみせた。平成十九年度、一年間の河作品抄批評にとられた作品を列挙してみると、

夏きざす机の上のペンケース　「河」七月号

朝顔市ニコンの中に父がゐる　九月号

あきゆきも健次もゐない夏芙蓉　十月号

回らない椅子に坐りて十三夜　十一月号

透明な袋に秋を詰めてをり　「河」十二月号

と全て後半に集中している。十二月号の「秋を詰めてをり」の抽象的な作品以外は、身辺詠、人間諷詠の作品が佳吟である。「小六月」の句も、身辺詠で平成十九年度後半の延長線上に位置づけられる。「小六月」の兼題に対して、上五中七の「イースト菌まだふくらまぬ」の措辞が良い。私が竹本悠を女流詩人とわざわざ言ったのは、目のつけどころが、男性では行き届かないところで作句しているからだ。

秋深し電気の馬に揺られゐて　飯干久子

同時作に、

潜水艇浮上す鴨の視野の中

近づけば火傷しそうな皮ジャンパー

鷹わたる夢を捨てないから男

雁《がん》来《らい》紅《こう》すぐに変われるから女

と、多彩な抽斗を持っている。飯干久子は新人ではない。昨年五月十三日に、宮崎県高千穂町の荒立神社で、私の句碑の除幕式が執り行なわれた。田中義了さんの尽力によって実現したのだが、その折に、延岡に住む俳人達と一緒に祭典に参加し、全員が「河」に入会した。だから飯干久子の「河」登場は八月号からであり、最初から五句欄であった。その後の軌跡を追ってみると、

梯梧咲く地雷をあまた眠らせて　「河」九月号
夏霧やムーミン谷を探す旅　十月号
赤とんぼ高千穂線が消えてゆく　十一月号
行く先の分からぬ船に乗つて秋　十二月号

などがあり、初めから「魂の一行詩」の方向性に近い位置から投句している。特に今月の作品は粒揃いで、延岡の詩友たちのリーダーに相応しい作家である。「秋深し」の句は、中七下五の「電気の馬に揺られゐて」の措辞が面白い。デパートの屋上かスーパーの入口か、場所は特定できないが、華やかな場所ではない。侘しい場所の電気の馬に乗るとはいかなる心境なのか。多分、「虚」であろう。「虚」の馬に乗って揺れてみると、しみじみ秋の深さを感じた、という句意。勿論、実際に電気で動く馬に揺られたということもあり得るが、「虚」として捉えたほうが想いは深くなる。つまりペーソスの一行詩ということ。

クローゼットの扉の奥の十三夜　巳亦和子

同時作に、

駅前のダンス教室大西日
百燈を灯す駅舎や冬に入る

がある。作者は七十四歳だが、句は若々しい。最近号で目に止った作品をあげると、

空罐に水の溜まれる沖縄忌　「河」九月号

十薬のしろじろと暮れ華やぎぬ　十月号
二百十日大きく逸れダリの髭　十一月号
露草の朝があふれてゐたりけり　十二月号

がある。「十三夜」の句は、上五中七の「クローゼットの扉の奥」が面白い。クローゼットの中を句にした作品は、「河」十月号にのだめぐみの次の句がある。

クローゼットの中ひそやかな解夏の夜

のだめぐみの作品は、夏の間、身につけていたジャケットやワンピースが、夜になってクローゼットの中でひそやかな会話をしている、という句意。一方、巳亦和子の作品は、クローゼットの扉の奥に十三夜月がある、という句意。つまり、クローゼットの扉の奥に別の宇宙がある、ということ。この発想は従来の写生主義の俳句では決して生まれてこない。言葉を、こころを自由に解き放って詠うという「魂の一行詩」の理念から生まれた佳吟。

行く秋やドロップ缶より転がりぬ　檜谷千恵子

同時作に、
フルートにのせて落葉のふるふるふる
県庁前おしゃれな秋の花時計

があり、三句とも童話のような発想と表現。「行く秋」の句は、秋を擬人化して、まるで赤や青や黄色の透明なドロップに見立てたところが面白い。発想のユニークさとしては、「河」十月号の岡本勲子の次の句と並ぶだろう。

スープ缶より昼寝の夢を取り出せり　岡本勲子

最後に、銀河集、半獣神、河作品から今月号の佳吟と作者名を列挙する。

しおんしおんその名の響きの花なりし　田井三重子

やや寒く記念写真の中にゐる　春川暖慕

熔岩《らば》原に吹かれ淋しい鯨かな　石田美保子

長き夜は透明人間となる私　川崎陽子

約束のやうにいつぽんの葦枯るる　野田久美子

もう一度飛んで蓮の実月を撃つ　北村峰子

白雲の燃えさかりゐる臘《ろう》八《はち》会《え》　原与志樹

かいつぶり何と死にたい日暮だらう　山口奉子

熔岩に彫る素十の句碑や鷹の天　坂内佳禰

自転車立て坐るふたりの秋夕焼　竹内弥太郎

やや寒のうどんの玉を湯に落とす　渡辺二三雄

ガウディの塔の傾く冬の空　松下千代

ボジョレーヌーボー提げ彗星の使者となる　小川江実

義士の日やアンテナだけが盗まれる　神戸恵子

鮭小屋に研がない米の焚き上がる　大多和伴彦

銀漢の端に予約の棺かな　板本敦子

屋上の空を見上げる秋思かな　丸亀敏邦

鶴ねむるころわれは骰子《さいころ》ふつてゐる　長谷川眞理子

放電の鰻も見えて摩天楼　愛知けん

火の島に秋鳴く亀のありにけり　杉林秀穂

冬立つや駅のツリーに灯がともり　石橋　翠

鶏頭の種とる指の火の色に　末次世志子

アインシュタインの舌の先あら線虫が　中西史子

露の世の露ほどのこと折り合はず　木下ひでを

立冬の重き扉を開きけり　青柳冨美子

仏壇にラブレター供へ天高し　栗山庸子

ピザ生地を大きく回し冬に入る　西尾五山

真砂女ともノラともならず葱きざむ　林貴美子

セーターの松下千代はモディリアーニ　松本輝子

渋谷交叉点ふゆどなり冬隣り　青木まさ子

身に入むや夭折画家の真赫な絵　藤森和子

中也の忌「ホラホラこれが僕の骨」　藤本保太

耶蘇《やそ》神にあとを頼みて神立てり　及川ひろし

木枯しのドアに消えゆく歌舞伎町　末益手瑠緒

文化の日今日のおかずは深海魚　岡部幸子

寒の日の夕刊すとんと落ちにけり　岡田滋

鯖雲の夕は腐つてしまひけり　小田中雄子

無花果《いちじく》や母の居場所のどこにもない　玉井玲子

コンビニに戦車の停まる冬隣り　瑞紀

青空は「ペンキ塗りたて」文化の日　岡本勲子

大根蒔《ま》く火山灰《よな》の降りつぐ島に老い　関口英子

置き水の底まで透ける冬隣り　田口果林

文化の日犬のホテルが開業す　廣井公明

独りは楽し独りは淋し冬銀河　松澤ふさ子

間に合はぬ間に合はぬ間に合はず冬　朝賀みど里

マネキンを脱がせて着せる小春かな　朝倉みゆき

身ほとりに人の欠けゆく神無月　小田恵子

着ぶくれて聖トーマスに会いに行く　滝田梓

ハロウィンや夜明けの晩の処刑台　諸角るり子

冬帽子脱ぎ聖テレサに挨拶す　滝田浩造

秋深し遅れぎみなる置時計　植松峰子

なんとなくきのふからふゆぞらにゐる　鮎川純太

（平成二十年「河」一月号）

7　けふのひと日

鷹の座の腕をあげる枯野かな　　鎌田俊

「群れ」[2]と題する同時作に、

花束のごとく人群れクリスマス
木枯しに影絵の色を盗まるる
なめこ汁きのふの傘の持ち重り

があり、全て佳吟である。クリスマスの人の群れは、だいたい皮肉をもって詠われることが多いが、作者の「花束のごとく」という美しい措辞は、却ってそれ故に新鮮な表現となった。「なめこ汁」の句は、中七下五の「きのふの傘の持ち重り」が万太郎調で上手い。また「木枯し」の句は、壁や障子に映した影絵の色が盗まれるという奇想に感心した。白い壁や障子の影絵は勿論、黒である。その黒色を盗まれてしまえば、ただ白い画面が残るばかりである。「木枯し」の句として、類例のない作品。一方、「枯野」の句は、内藤丈草の次の代表句が思い浮かぶ。

鷹の目の枯野にすわるあらしかな　　内藤丈草

しかし、鎌田俊の句は、枯野で放鷹《ほうよう》する鷹匠《たかじょう》の句である。清崎敏郎の次の代表句がある。

鷹匠の鷹を据ゑたる腕《かひな》かな　　清崎敏郎

鎌田俊の作品は、丈草と清崎敏郎の句をミックスしたように思えるかもしれない。だが、丈草も敏郎も日本画として静止した状態で詠まれているが、鎌田俊の場合、映画のような動きによって画面が躍動する。鷹匠の腕を「鷹の座」と表現したことが新しい発見。そして、この句はあくまでも「枯野」を詠んだ作品。広々とした枯野に佇《た》つ男が、いま腕をあげると、鷹は獲物を目指して瞬時に飛び立つ。鷹はみるみる大空の一点となり、画面から消えてゆく。「映像の復元力」の効いた作品。

着ぶくれてなほ叛逆のこころざし　　北村峰子

「逆立つもの」と題する同時作に、

焚火して影を待たせてゐたりけり
珈琲の寒夜の底にへばりつく

があり、両句とも良い。焚火をしている人物が身体を暖め終るまで、影は生き物のように待機しているという詩的感性が素晴らしい。「寒夜」の句も同様である。寒夜の底にへばりついているのは勿論作者である。上五の「珈琲の」を持ってきたところが巧みである。詩的感性という点で言えば、「着ぶくれて」の句より「焚火」と「寒夜」のほうが上だが、一句の格調と立ち姿の点では、「着ぶくれて」のほうが遥かに良い。句意は説明するまでもないが、癌と共存する作者の詩に対する志が読み手の魂に共振れを起す。北村峰子がひさびさに見せた秀吟。

放蕩のＢＡＲも消えたり夕時雨　小島健

「ＢＡＲも」と題する同時作に、

雪螢よもつひらさか追ひつけず
霜雫柿の古木にはじまりぬ
鱒鮨や霙るる駅は遠ざかり
人々にボジョレヌーボー我には詩

があり、どの句も佳吟だが、「ボジョレヌーボー」と「霙るる駅」が特に良い。「ボジョレーヌーボー」は俳句歳時記では季語として定着していないが、今月号に多い「レノン忌」と同様に、私は季語として認定している。「ＢＡＲも」の句には、「悼・秋山巳之流氏」という詞書がある。今月号も前年の「河」十二月号同様に、秋山巳之流の死を悼む句が沢山ある。私も先月号に続いて次の四句を発表した。

いづれゆく枯野の沖に光あり
降る雪や異形の人の冬眠す
もがり笛来世《らいせ》は空に遊ぶべし
霙るる健次と巳之流の来る夜は

「放蕩のＢＡＲ」がどの店であるか小島健以外は特定できないが、新宿二丁目の「まえだ」やゴールデン街のある店を想像した。どの店も中上健次と秋山巳之流が朝まで飲んでいた店だ。この句の眼目は下五の「夕時雨」にある。詩歌の伝統的な季語が、上五中七の「放蕩のBAR も消えたり」という現代の風景の中でいきいきと蘇る。季語を歳時記に閉じ込めている俳人は詩人ではない。現在の俳壇の大方は、詩語ではない死語を言葉を飾って発表しているだけだ。そんな作品に誰が感動するものか。小島健のこの句は、詞書がなくても充分に成立する佳吟。

夕時雨いつかは帰る海がある　角川春樹

間引子《まびき》が泣く寒鰤の来る夜は　田井三重子

「涙一滴」と題する同時作に、

おとし穴掘れば暮れゆく枯木山

草々の中の一草冬ざるる

があり、「冬ざるる」の句は、「寒鰤」の句と同格の佳吟。正に水のような一行詩だが、東北・北陸の飢饉を背景にして、中七下五の「寒鰤の来る夜は」の、インパクトのある詩的表現に舌を捲いた。私と同郷である田井三重子の情念は暗い。私の原風景は雪の降り積もる蔵の中であり、冬の雷である鰤起《ぶりおこ》しだ。私は父祖の地の根源的な暗さを三十年詠み続けてきた。上五中七にかけての「間引子が泣く」は、貧しい風土が生んだ哀歌である。

鰤起し家族といふは悲の器　角川春樹

ラグビーや果てて大地を枕とす　　福原悠貴

同時作に、

焼け跡に師走の風が舞ひ上がる

がある。十一月の「しゃん句会」の兼題が「ラグビー」だった。例句としては、

ラガー等のそのかちうたのみじかけれ　横山白虹

ラグビーの頬傷ほてる海見ては　寺山修司

走る走る走る走るラグビーの男　秋山巳之流

がある。松下千代の次の句は、秋山の句を踏まえた作品。

ラグビーの男天まで翔けゆけり　松下千代

十一月の「しゃん句会」の投句は次のとおり。

ラグビーのゴールに伸びる影ひとつ　角川春樹

ラグビーの空に余熱のありにけり　松下由美

朗らかにラガーの耳のつぶれをる　伊藤実那

福原悠貴の句は、試合の終わった直後にラガー等が疲れ果てて大地に横たわっている景。おのが生命を燃焼させた不様《ぶざま》で美しい作品。正に「魂の一行詩」である。

陸を吹く風ぼろぼろに冬耕す　石工冬青

「冬耕」と題する同時作に、

　柚子の黄に月の片鱗剝がしたる

があり、この句も面白い。だが「冬耕」の句は、石工冬青の一代の名吟。今月号の銀河集の中で唯一の最高得点4を獲得した作品。中七の「風ぼろぼろに」の措辞に私は驚嘆した。勿論、ぼろぼろは下五の「冬耕す」にかかるが、大地をぼろぼろにして耕すのではない。風がぼろぼろになって吹いているのだ。だから上五にわざわざ「陸を吹く」と持って来たのである。風土俳句の傑作と断言できる秀吟。

　冬水に囲まれてゐる晩年よ　石田美保子

「鯨のうたふ」と題する同時作に、

　よく晴れて鯨のうたふ日なりけり

があり、この句も面白い。だが、「冬水」の一句は断然に良い。晩年が冬水に囲まれているという景は、実ではない。だからといって虚でもない。次の私の最近作を参照していただきたい。

　そして又死も冬濤に囲まれて　角川春樹

冬の日本海の荒波を想像してもらいたい。生も死も冬怒濤の中にある。私の句は、実である。しかし、石田美保子の句は、「冬の水」という具象をさらに抽象化させている。過日、「はちまん句会」で、私は次の作品を投句したのだが、誰も句の内容を読みとれなかった。

　枯野ゆく赤い水脈涸れずあり　角川春樹

蕭《しょう》々とした枯野へ行くのは、私である。私の「いのち」である。涸れない赤い水脈とは、血脈のメタファーだ。枯色の中に赤い「いのち」が躍動している。同様に、冬の水に囲まれている晩年とは、ある種のメタファーだ。つまり、この「冬の水」とは、私の提唱する「水のような一行詩」を指している、とも考えられる。勿論、私の憶測だが、そう的は外れていないであろう。少なくとも「冬水」は、作者の心象風景であり、なにかの象徴なのだ。作者の新しい句境が生みだした「放下の一行詩」と思って間違いないだろう。

数へ日の太巻寿司を買ひにけり　　滝口美智子

「冬至まへ」と題する同時作に、

オムレツのやうなひだまり漱石忌

今日はいつも突然終はるポインセチア

があり、両句とも面白い。そして手が込んでいる。「数へ日」の句は、全く手が込んでいない。日常の身辺詠だ。だがこの句、上五の「数へ日の」と中七下五の「太巻寿司を買ひにけり」の取り合わせがなんとも絶妙。芭蕉の「発句とは取り合わせの妙だ」という言は、詩の真実の一側面でもある。滝口美智子の「数へ日」の句は、平明だが平凡ではない。俳句歳時記の例句としても、充分に通用する魅力をもった一句。大らかで飽きのこない佳吟。

ラグビーの空に余熱のありにけり　　松下由美

同時作に、

ゆく秋や点滅したる非常口
とある日の思慕のごとくに初時雨
卓上の人参ひとつ日暮るる
冬の空いつかの雲の流れをり

があり、「初時雨」と「人参」の句が良い。両句とも、日常の中の静かなドラマが一行詩として成立した。一方、「ラグビー」の句は十一月の「しゃん句会」の兼題で多くの特選をとった。句意は説明するまでもないが、ラグビーの試合の終わった後の、選手と観客の興奮がまだ余熱のように、試合場の上空に漂っている、ということ。中七の「空の余熱」を発見したところが手柄である。俳句歳時記のどの例句と比較しても、少しも遜色がない。

冬の空今日に閉ぢ込められてゐる　若宮和代

同時作に、

夜の底のラジオに冬の周波数
手袋で拭ふ始発の窓ガラス
冬蝶や日の差してゐる水たまり

があり、全て佳吟である。「ラジオ」の句は、詩的感性の鋭いインパクトのある句だし、「手袋」の句の、始発の列車の窓ガラスの曇った景を「手袋で拭ふ」という動作は、誰にでも体験のある的確な措辞だ。一方、「冬蝶」の句は十二月の東京中央支部の句会で、私だけが特選にとった作品。あとは佳作が4点だった。選者は作者の心に寄り添って作品鑑賞することが肝要だが、句会という限られた時間の中では、往々にして見落とすこともあろう。だが、短時間で作品の価値を見抜く修練も、選者ともなれば課せられてくる。若宮和代の「冬蝶」の句に話を戻すと、中七下五の「日の差してゐる水たまり」という措辞は、作者の寂寥感の具象化として表現されている。いわば、透明な哀しみが伝わってくる。そして、上五の「冬蝶」だ。日の差している水たまりを求めて来た冬蝶は、写生でも写実でもない。冬蝶は魂の象徴として選択された言語である。古代において鳥や蝶は死者の魂を運ぶものとして信じられてきた。また蝶は、古代中国において次元を超える存在とも考えられていた。仏教においても、古代の呪術においても、作者が昨年、母堂を失っていることが思い出される。作者が若宮和代と知った段階で、作死者は水を求めると考えられ、螢などは死者の魂と最近まで信じられていた。冬の透明な光と水に、若宮和代の亡くなった母親が蝶の姿となって戻ってきた、というのがこの句の背景だ。日常の中に詩を発見する作者の美しい幻想の一句。文字どおり「魂の一行詩」なのである。

なお「冬の空」の句は、中七下五の「今日に閉ぢ込められてゐる」という作者の把握が素晴らしい。一句の作品の力は、「冬蝶」よりも「冬の空」のほうが上である。また完成度もこちらのほうが高い。

食堂でハーモニカ吹くレノンの忌　小林政秋

同時作に、

深海の魚食べてゐる十二月

がある。前にも述べたことだが、レノン忌を俳句の季語として作品にしたのは、昭和五十七年九月二十八日刊の私の第二句集『信長の首』が最初であった。いわば私が「レノン忌」を俳句に季語として定着させた。その後、「河」の若手がレノン忌を季語として作句し、いつのまにか俳壇に広まり、俳句歳時記に季語として収録されていないにもかかわらず、季語としてひとり立ちするようになった。句集『信長の首』に収録されたのは、次の句である。

レノン忌《ジョン・レノン一周忌》の闇深くなる神楽殿

一行詩集『角川家の戦後』では、次の句がある。

レノン忌の冬の夜空に発砲す

最近作のレノン忌となると、次の作品がある。

誰が撃ちし薬莢《やつきよう》拾ふレノンの忌

靴底で消す煙草火やレノンの忌

「河」の今月号の中でも、多くの作家がレノン忌を季語として使用している。例をあげると、

雲の上雲の走れるレノンの忌　石工冬青

どこからか真夜の遠吠えレノンの忌　大森理恵

カプセルに男置き去るレノンの忌　梅津早苗

しかし、今まで私の見ている範囲の中では、小林政秋のレノン忌が代表作であり、また本人の作品としても代表句であると断言できる。十二月の東京中央支部の句会で、私が特選にとった他は、並選2点だった。何度も述べていることだが、選者は身の丈で選句してはならない。私が小林政秋の「レノン忌」を取りあげなかったならば、この秀吟は日の目を見ることがなく、誰にも記憶されることはないことになる。小林政秋の「レノンの忌」が何故優れているかと言えば、ひとつは、この句こそ乾いた抒情詩だということ。第二点は現代性である。食堂が大学であるのか、軍関係の施設であるのか解らないが、企業ではあるまい。私はアメリカの軍事施設の食堂をイメージした。中年の兵士がハーモニカでジョン・レノンの「イマジン」を吹いている景だ。つまり、この一行詩は映像的な想像力を喚起させる言葉の力を持っている。ハーモニカを吹く場所として、上五の「食堂」は抜群のイメージの働きを持つ。バーでもクラブでも駄目だ。そして下五の「レノンの忌」は、これ以上の季語は考えられないくらいにピタリと納まっている。例えば、「開戦日」でも「原爆忌」でも「終戦日」でもない。小林政秋の「レノンの忌」は、五七五の言葉が緊密であり、危機感を孕む一行詩に仕上がっている。

宅配がさびしいイヴを置いていつた　石橋　翠

同時作に、

点滅してゐるツリーの灯と孤独

冬灯もうほかの誰かが住んでゐる

があり、三句とも乾いた抒情詩。勿論、現代の寂寥感を一句に成立させた佳吟。なかでも「宅配」の句は、小林政秋の次の句と同様に、今月号の半獣神の中で、最高得点4をとった。

食堂でハーモニカ吹くレノンの忌　小林政秋

宅配がクリスマス・イヴの日に何を置いていったか、一切説明されていない。しかし、具体的な物を言わず、抽象化することによって、よりいっそうの寂寥感が読み手に伝わってくる。詠み手と読み手の心が共振れを起す秀吟。上五中七下五が少しも揺るぎなく、一句一章の散文的な口語の一行詩として秀吟。作者の代表作である。

歳晩のベビーホテルの扉《と》を開ける　梅津早苗

同時作に、

カプセルに男置き去るレノンの忌

夕凍みの男に帰る孤島あり

があり、両句とも昨年十二月十三日に行なわれた札幌支部の句会で特選にとった作品。「レノン忌」の男と「夕凍み」の男の位置は正反対である。「カプセルに」とは、カプセル・ホテルのことだろうが、文字どおりカプセルの中に男を置き去りにしたほうが詩的イメージが拡がる。一方、夕凍みの男は作者と共有した時間から離れて、家庭という孤島に帰ってゆく姿を詠んだ。男と作者の悲哀が一句に認《したた》められている。両句とも、「虚」でもあり「実」でもあるが、大事なのは「詩の真実」という一点である。また、「レノンの忌」の句にはユーモアがあり、「夕凍みの男」にはペーソスがある。かつて瀬戸内晴美（寂聴）氏のエッセイに、どんなプレイ・ボーイも年末は家庭に帰ってゆくとあり、私は自分の身に置きかえて身につまされたことがある。「歳晩」の句は、中七下五の「ベビーホテルの扉を開ける」という発想が面白い。正しく取り合わせの妙である。芭蕉が「発句とは取り合わせの妙」と看破したように、魂の一行詩においても、佳吟は取り合わせの妙に尽きる。かつて後藤兼志氏が河賞を受賞した大森健司を批判して「取り合わせ」だと論評したが、一行詩もまた取り合わせであるという考えからすれば、後藤兼志氏は芭蕉の俳文集も読まない、即ち古典を知らない自称俳人ということになる。話を梅津早苗の作品に戻すと、この句も現代の乾いた抒情詩ということ。また釈迢空の言う「無内容」の良さがある。読者は歳晩のベビーホテルのドアを開ける梅津早苗の景を思い浮かべればよい。

詩の肉を食べたか佐渡の天の川　　愛知けん

同時作に、

電気釜鳴が枯木で鳴いている

があり、この句のシニカルなユーモアに感心した。勿論、中七下五は有名な歌謡の一節を上五の「電気釜」で一転させた手柄。「佐渡の天の川」は、芭蕉の代表句を踏まえて、芭蕉に呼びかけた形をとっている。それにしても上五中七の「詩の肉を食べたか」の措辞は秀逸だ。正しく、芭蕉は詩の肉を食べて、かの代表句が生まれたような気分にさせられる。

なめこ汁けふのひと日を腑に落とす　　丸亀敏邦

同時作に、

初しぐれ洋菓子店の白き椅子

があり、両句とも十一月の「はいとり紙句会」の特選にとられた作品。「なめこ汁」は兼題だったが、銀座「卯波」で行なわれた句会の最高得点をとった。俳人の鈴木真砂女さんが銀座の路地に開店した「卯波」は、銀座の再開発で一月二十五日をもって五十年の歴史を閉じた。鈴木真砂女さんといえば、私との長い交流があり、次の代表句が思い出される。

鮟《あん》鱇《こう》鍋路地に年月重ねたり　　鈴木真砂女

土地の再開発で、銀座の路地そのものが消えることになった。

鮟鱇鍋真砂女の路地の消えゆけり　　角川春樹

丸亀敏邦の「なめこ汁」に句会の人々が感銘したのは、中七下五の「けふのひと日を腑に落とす」の措辞だ。なめこ汁と共に今日という一日を胃の腑に落とす表現は、俳句歳時記の全ての例句を凌ぐ秀吟。高桑闌更は次の代表句によって「枯芦の闌更」と称されたという。

枯《かれ》蘆《あし》の日に〳〵折れて流れけり　　高桑闌更

丸亀敏邦は「なめこ汁」に仮託して人生の深い感懐を一句に詠み、これによって「なめこ汁の丸亀」と称されるようになった。これはウソ！

十二月八日コンビニは眠れない　　鈴木季葉

同時作に、

返り花戸籍にいちど人の妻

があり、この句は胸を打った。「返り花」の例句としては、

帰り花咲けば小さな山のこゑ　　飯田龍太
返り咲く花を水音逸《そ》れてゆく　　原裕
人ごゑの遠のきゆくや返り花　　角川春樹
きのふありけふまた別の帰り花　　島谷征良

があるが、俳句歳時記の例句と比べても少しも遜色がない。私は十二月の「しゃん句会」で次の投句をして、多くの出席者から特選をとった。

寒椿いのちを運ぶ詩を欲りぬ　　角川春樹

鈴木季葉の「返り花」の一句は、おのが「いのち」を乗せた作品である。一方、「十二月八日」の句は、十二月の札幌支部の句会に発表された。十二月八日の例句としては、堀本裕樹の次の代表作がある。

十二月八日ドアが開けつぱなしだ　　堀本裕樹

三冊目になる一行詩集『飢餓海峡』には、次の私の句がある。

十二月八日電話が鳴つてゐた　　角川春樹

昭和五十五年五月八日に、私が隊長を務める野性号三世が伊豆の下田を出航し、十二月八日、チリのバルパライソ港に到達した。その日、上陸して乗ったタクシーのニュースに、私は一驚した。ニューヨークのダコタ・ハウスでジョン・レノンが射殺されたのだ。だから十二月八日の開戦日は、私にとってはジョン・レノンの死のほうがインパクトが強い。十二月八日の例句をさらにあげると、

十二月八日の朝寝朝湯かな　　春木太郎
十二月八日象のハナ子の孤独かな　　青木まさ子

がある。鈴木季葉の句は、春木太郎と同様の人間諷詠であり、現代社会に対する風刺も含まれている。十二月十三日に行われた句会では、私の選は佳作であった。しかし、今回の投句をつくづくと眺めてみると、不思議なほど鈴木季葉のこの作品に惹かれ、佳吟として取りあげることにした。句会の席上では佳作だった作品が、後に批評の対象になる例は他にもある。

そうだそうだ赤い手袋買いにいこ　　中西史子

同時作に、

ロシアンティー吹いて天皇誕生日

がある。十二月の札幌支部の句会では、中西史子の次の句に注目した。

返り花記憶の底のオイディプス

「河」の平成十九年一月号から十二月号までの、一年間の中西史子の軌跡を辿ってみることに

する。

尊厳死させて下さいいぼむしり　「河」一月号
十二月八日沖のサーファー立ちあがる　二月号
丹頂鶴の恋のはじめは身をそらす　三月号
地吹雪や迷つてゐたる吾がクローン　四月号
顔パックゆつくり剝がす朧かな　五月号
五番街のマリーのその後桜東風　六月号
抜け道を探し憲法記念の日　七月号
炎昼や吾にはじまる光合成　八月号
こんな夜は螢袋の中で寝よか　九月号
行く夏や白い鎖骨に白い雨　十月号
かなかなのまた初めからかなかなかな　十一月号
蚯蚓鳴く私の帰る灯のありぬ　十二月号

一年間の作品を通読してみると、「桜東風」「行く夏」「かなかな」が特に良い。しかし、今月号の「赤い手袋」は、さらに上を行っている。上五の「そうだそうだ」に勢いがあり、中七下五の「赤い手袋買いにいこ」に意表を衝かれた。一句全体が新鮮で一行詩としての魅力に富んでいる。札幌支部の中堅として、さらなる跳躍の可能性が感じとれる作品。

誰もゐない何もない夜の皮手袋　　のだめぐみ

同時作に、

ぼくたちは生きて枯葉となりにけり

ちらばる冬あつめて海に還しけり

遠火事や父母ゐる空のありどころ

クリスマス・イヴ何かを失ふ僕がゐる

があり、「枯葉」「ちらばる冬」は十一月の銀座「卯波」で開かれた「はいとり紙句会」で、私と福原悠貴が特選にとった。「遠火事」の句も丸亀敏邦の特選と私の秀逸をとった。「遠火事」の句は、昨年の河作品抄に選ばれた次の作品の延長線上にある。

父とか母とかどこかに浮かんでゐる二月　「河」五月号

のつぺらな家族が浮かぶ蜃気楼　六月号

父といふ日が足もとに転がつてゐた　九月号

両親と訣別したのだめぐみにとっても、父母に対して無関心というわけではない。遠くの火事空を眺めている時、ふいに脈絡なく両親が今どこに住み、何をしているかが突然気になり始めた。その思いが中七下五にかけての「空のありどころ」であろう。

一方、「クリスマス・イヴ」の句は、一九六〇年代のニューヨーカー派の作家たち、とりわけサリンジャーやアップダイクの主人公の独白のような一行詩。「枯葉」の句も同様である。また「ちらばる冬」の意表を衝いた表現は、中七下五の「あつめて海に還しけり」という、いかにも作詞家らしい着地を見せた。これが「のだめ」調なのだ。しかし、「皮手袋」の一句は全く違う。今まで彼女に見られなかった乾いた現代抒情詩の一句。今月の河作品では、中戸川奈津実の次の一句と共に最高得点4をとった。

冬三日月何をしてきた手だらうか

「皮手袋」は、のだめぐみそのものか、作者の魂の抜け殻の象徴である。作者はまず「皮手袋」に触発されて、上五中七の「誰もゐない何もない夜」がイメージされたのであろう。私が一行詩とは、感性の力、イメージの力が武器だと言ってきたが、「皮手袋」の作品は、のだめぐみのイメージの力によって生まれた作者の代表句である。

アスカ聴く十一月のソーダ水　酒井裕子
歌姫の黒きひとみや冬の沼　梅津早苗
イヴの日の煙草で輪つか吹いてゐる　岩下やよい

同時作に、

寒すばる私の壊した街がある
ニッポンにファシズムありし日の羆《ひぐま》
フランスパン斜めにナイフ入れて冬

があり、「河」の若手作家の台頭に目を見張った。特に「寒すばる」と「羆」の句が面白い。

だが、「イヴの日」の句は遥かに良い。勿論、この句は散文詩だが、散文詩の場合、季語が勝負になる。岩下やよいの作品は見事に季語が決まった。背負い投げ、一本！　中七下五の倦怠感。「煙草で輪つか吹いてゐる」の現代的な表現が見事。

冬三日月何をしてきた手だらうか　中戸川奈津実

十二月の東京中央支部の句会で佳作6点が入ったものの、秀逸はなく、私だけが特選にとった。のだめぐみの次の句と共に今月の河作品で最高得点4を獲得した。中戸川奈津実は「河」に入会して間もない。「河」一月号には四句欄で初登場。次の一句に目が止った。

ウィンドーに秋の私といふ魔物

中戸川奈津実の「冬三日月」は、十二月号の「しゃん句会」に投句した次の私の句が参考になろう。

ゆく年の何も持たざる手がありぬ

奈津実の句も、私の句も説明を必要としない。後は、読み手が何を感じるかだ。奈津実の中七下五の「何をしてきた手だらうか」は、誰でも共感できる措辞。私はこの句を句会で目にした時、石川啄木の『一握の砂』の中の次の一首を思い浮かべた。

水のごと
身体をひたすかなしみに
葱の香などのまじれる夕　石川啄木

「冬三日月」を見上げる作者の中戸川奈津実は、身体の一部である手を拡大させて現在の感懐を詠んだ作品。選者がこの句を秀逸にも特選にもとらなかったのは何故だろう。「冬三日月」が季語として動くと考えたか、あるいは感傷的すぎると感じたからであろうか。しかし、そのような解釈は理知にすぎない。「魂の一行詩」はおのれの「いのち」と「たましひ」を乗せて詠うことだ。たとえその「生」が不様であってもだ。「河」一月号で石山秀太郎の次の一句を取りあげた。

落葉搔くつらつら時給八百円　　石山秀太郎

一行詩人であれば、言葉を飾るのではなく、こころを詠うことが肝要だ。それは選句においても然《しか》りである。

身の内の枯れを確かむマッチの火　　玉井玲子

同時作に、

退屈な鬼の子母はここにゐる
青空のどこか壊れて風花す
ま四角に開くは出口クリスマス

があり、「クリスマス」の句が良い。「マッチの火」の句は、私の次の二句が参考となろう。

星月夜身のどこかより砂こぼれ
コート着て身ぬちの海の鳴りにけり

私は身の内の海や川を詠んだが、玉井玲子のような枯野をイメージしたことはなかった。多くの読者もそうであろう。しかも下五の「マッチの火」だ。マッチで枯野に火をつけようと考えたわけではない。おのが心の中の枯野に火を放とうと作者は決意しているのであろう。私の最近作に次の二句がある。

歳月の沖に火を焚く漢かな

ゆく年の海に挽歌の火を焚けり

勿論、二句とも実際に火を焚いているわけではない。「火を焚く」という措辞は、強い意志の象徴なのだ。玉井玲子の「マッチの火」も同様に、こころの枯野に火を放つという決意の表明なのである。つまり、この句は心象風景に火を放つという象徴詩の世界。

ゆく年の人を待ちたる非常口　竹本悠

同時作に、

パレットの中は原色冬の町

十二月八日をとこは長い脚を組み

がある。竹本悠が「はちまん句会」に参加して、この半年間に毎月河作品抄で取りあげられる佳吟を発表している。

夏きざす机の上のペンケース　「河」七月号

朝顔市ニコンの中に父がゐる　九月号

あきゆきも健次もゐない夏芙蓉　　　十月号
回らない椅子に坐りて十三夜　　　十一月号
透明な袋に秋を詰めてをり　　　十二月号
イースト菌まだふくらまぬ小六月　　　一月号

身辺詠に佳吟の多い竹本悠は、十二月号の「秋を詰めて」以来、抽象的な作品を詠むようになった。「ゆく年」の句も同様である。上五中七の「ゆく年の人を待ちたる」と来れば、従来の作者なら「改札口」とか「バス停」とかを下五に据えて安心しきっていたはずだ。しかし、今月号の「非常口」を持って来たことによって、突然、非日常的な世界を展開させた。当然のことながら、非常口で人を待つことなどあり得ないからである。非常口は非日常の象徴であり、ここで待ち合わす存在は異界の人間達であるからだ。次の私の一句を参照すれば理解できるだろう。

五月の鷹非常口より修司来る

竜の玉寂しき星に似たるかな　　　岡田滋

同時作に、

十二月叛逆の扉《と》を開くるなり

がある。二句とも、私の影響を強く受けた作品だが、作者の中で消化し、自分の世界を切り拓こうとしている。まず、次の私の二句を参照してほしい。

泳ぎゐて寂しき星と思ひけり

叛逆の十七文字や鷹の天

「竜の玉」は十二月の「しゃん句会」の兼題であり、当日特選をとった。「寂しき星」とは、地球のことであり、天の川のことではない。私の淋しき星の句は、東京中央支部の句会で選者全員が特選にとったが、寂しい星を天の川と解釈して私を失望させた。岡田滋の「竜の玉」は、ラピスラズリー色の球体を、地球と見立てたわけである。下五の「似たるかな」が上手い。

朗らかにラガーの耳のつぶれをる　伊藤実那

同時作に、

紅葉のひかりのなかの二人かな

がある。「ラガー」の句は、十一月の「しゃん句会」の兼題であり、特選をとった作品。伊藤実那は竹本悠が「はちまん句会」で頭角を現してきたと同様に、「しゃん句会」に参加したこの半年間で力量を上げてきた。昨年の河作品批評から拾ってみると、

つばくろや棒高跳びの少女跳ぶ　「河」八月号
花いばら産んでもらつても困る　十月号
死にてより父と呼ばるる人へ雪　〃
経理課の机に西日差しにけり　十一月号
ダイキリを飲む父とゐて月涼し　十二月号

荻窪にしづかな雨や秋燕忌　「河」一月号

がある。並べてみて気がついたことがある。伊藤実那の「父」という存在も、どうやら「幻」らしい。寺山修司の詠う「父」と同様である。だから「河」十二月号の「ダイキリを飲む父」は美しい幻なのだ。ダイキリを飲む父などどこにもいない。話を伊藤実那の「ラガー」の句に戻すと、中七下五にかけての「耳のつぶれをる」の措辞が的確。そのうえ、上五の「朗らかな」だ。上五の表現によって耳のつぶれたラガーの表情まで見えてくるではないか。「映像の復元力」も効き、前例のない一句となった。

最後に、銀河集、半獣神、河作品から今月号の佳吟と作者名を列挙する。

降る雪や母のむかしを父に売る　滝平いわみ

表紙がどきどき冬日の卓をしづかにせよ　山口奉子

二十六聖人冬天に澄む鳶の笛　酒井裕子

小春日の塩舐めてゐる麒麟かな　坂内佳禰

極月の海を見てゐる黒き靴　渡部志登美

どこまでも蒼き道あり冬帽子　大森健司

竈猫いつか水辺に辿り着く　野田久美子

鷹渡る太古の空のありにけり　小川江実

空白のページを埋める夜の雪　佐野幸世

散らかしてまた片づけて日の短か　井桁衣子

義士の日の朝の食パン焦がしけり　末次世志子

霜月の痰《たん》壺《つぼ》赤き目蒲線　大多和伴彦

着ぶくれて愛に逸《はぐ》れてゐたりけり　川越さくらこ

グラスワイン赤たつぷりと山眠る　浅井君枝

鯛焼の腹に一物ありますか　春木太郎

雑踏にゐての淋しさ聖夜くる　吉川一子

一位の実いくつ食べたら鳥になる　林貴美子

手袋や黄色い時間が置いてある　西川輝美

毛皮着て海を漂ふやうな夜　神戸恵子

月光を呑みて白鳥翔《た》ちにけり　板本敦子

着ぶくれて背のなき椅子に坐りけり　青柳冨美子

売れ残る秋刀魚のやうに眠る父　菅城昌三

紅をして前歯の美《は》しき七五三　山田史子

何方へ枯葉吹かるる命吹かるる　岡本律子

父連れて黙つて秋の逝きにけり　荻原美恵子

椅子のないピアノが鳴いて十二月　林風子

ジャズ高音ヴィレッジの寒気切り裂けり　西尾五山

猪肉の赤／十四歳にみたぬひらめき／　長谷川眞理子

とある店笑ひ声してしぐれけり　蛭田千尋

風花や子に逢ふ事のいつかある　松岡悦子

晴も褻も同じ服来て冬うらら　市川悦子

くさめして父のざんげを聞き逃す　藤田美和子

波ころし波をころして去年今年　尾辻のり子

義士の日の小径の花舗の灯りけり　三浦光子

短日やメモひとつづつ消してゆく　藤森政子

名の木枯る裸となりしより孤独　中谷美籠

歳晩のペットショップの飾り窓　朝賀みど里

レノン忌や暗夜の海を彷徨す　山口彰子

かまいたち壁のペンキは空の色　松村威

秋の夜を駆ける死にゆくもののこゑ　たぅち

おのが身を騙して使ひ冬に入る　舟久保倭文子

からつぽの時間を買ひに夜の秋　中田よう子

煮凝りの蒼きラジオの深夜便　肥后潤子

新宿てふ枯野を描くガラスペン　大友稚鶴

冬の田を一枚売りて飲みにけり　波多野翔子

立冬の火の山に向く画家の椅子　飯干久子

悴む手別れはいつも駅だつた　小林文子

冬銀河真つ赤な箱のチョコレート　岡部幸子

文鳥を十一月の手につつむ　木下昌子

停まらないエレベーターの中にゐる　島政大

寒菊の柩の部屋となりにけり　金子文吾

雪吊りの星を束ねてゐたりけり　北川保雄

花野にて母と神とを見失ふ　菊地嘉江

極月や刃先に落とすパンの耳　加藤紀雄

（平成二十年「河」二月号）

8 タバコの空箱

雪女郎実はわたくし印度人　春川暖慕

「獏枕」と題する同時作に、

やがてみな消えゆくものを冬銀河
うつくしき師走の空のありにけり

があり、両句とも佳吟。「師走の空」の一句は、シンプルにして立ち姿も良い。春川暖慕は、作者と生地を同じくする良寛に繋がる温かさと大らかなユーモアをもつ作家だが、今回の「雪女郎」の句は、文句なく笑える作品。私は、この句を思い出すたびに吹きだしてしまう。魂の一行詩は、現代俳句が近代意識の中で捨てた「笑い」を重要視しているが、「河」の中でユーモア句として成功しているのは、春木太郎、丸亀敏邦、斎藤隆顕、大多和伴彦、及川ひろしといった男性陣が圧倒的に多い。詩人の飯島耕一氏は、ある座談会で次の発言をしている。

僕は俳句というものは滑稽ということが基本にあるべきだという考えをずっと持っていま

して、極端にいうと滑稽でない俳句なんか何ものであろうかという（笑）。絶えずいろんな意味での笑いと滑稽がないと俳諧ではないんじゃないか。俳諧は江戸の昔から必ず笑いを内包しているものでね。

飯島耕一氏の発言を、よく嚙みしめていただきたい。私は一行詩集を出すたびに、必ずユーモア句を収録してきた。次の二句は、私の最近作である。

煤払ひこんなところにコンドーム
宝舟敷きて地獄に行きにけり

成人の日競馬新聞ひるがへり　渡辺二三雄

「手套」と題する同時作に、

冬空へつづくまひるの鳩の町
魚清の秤に冬日濃かりけり
手套なほ己が怒りの容《かたち》せり
口上の一幕閉ぢて師走かな
座頭に恋の噂や大熊手

があり、上野・浅草・向島といった下町の風情を六句にまとめている。「手套」の句は、どこか久保田万太郎調だが、「成人の日」は、渡辺二三雄独自の世界。「河」一月号に鎌田俊の次の句がある。

胡桃割る競馬年鑑開きつつ　鎌田俊

芭蕉は「発句とは取り合わせの妙」だと看破したが、まさに鎌田俊の作品は取り合わせの妙である。渡辺二三雄の「成人の日」の一句も、数多くの例句に対して意表を突いている。成人の日に開催されたレースの終った後の景が、中七下五の「競馬新聞ひるがへり」である。この句にも、ユーモアが内包されており、さらに現代人のペーソスがある。

残像のひりり風花ひりりひりり　北村峰子

同時作に、

不運でも不幸にあらず初御空

があり、癌と共生する作者の現在の感懐が一句に力強く示されている。「風花」の句は、反対に繊細な感覚を一句にしたためた。三度繰り返される「ひりり」は、感触と共に音楽的な効果をあげている。残像が「ひりり」とするのは、「風花」である以上、太陽を直視してであろう。つまり、視覚の「ひりり」だが、下五の「ひりり」は作者の顔や腕の感触である。そして、この「ひりり」は生きている証である。そこに作者の喜びが、聴覚として表現されているのである。次の私の句集『いのちの緒』の一句を参考に、北村峰子の作品を味わっていただきたい。

たましひのひりりひりりしたる夕桜

数へ日のひと日ひと日を遊びけり　鎌田俊

「げんまん」と題する同時作に、

いつぽんの葉巻をえらび年忘れ

がある。「年忘れ」は、十二月の「はいとり紙句会」の兼題で、例句としては、

ひそやかに女とありぬ年忘　松根東洋城
にぎやかに河豚食うて年忘れけり　森澄雄
紙ひとり燃ゆ忘年の山平　飯田龍太
薬のむ水かたはらに年忘れ　吉本伊智朗

がある。私の当日の句は、次のとおりである。

忘年のたとへば雨の神楽坂
忘年の指より昏れてゆきにけり

鎌田俊の句は、全く類例のない佳吟。実はこの作品、吉祥寺のバー「WOODY」で私が葉巻を選んでいる景である。煙草を吸わない鎌田俊が、ドライマティーニを飲みながらシガーを吸っている私を一句にしたかったのだろう。上五中七の「いっぽんの葉巻をえらび」の措辞が抜群に新鮮。一方、「数へ日」の句は、私の一行詩集『角川家の戦後』の、次の一句を踏まえてであろう。

数へ日のひと日ひと日の夕ごころ

私の「数へ日」の句は、平成十四年十二月の八王子医療刑務所に入所中の作品である。だが、鎌田俊のこの句の眼目は、下五の「遊びけり」にある。私の「数へ日」の下五の「夕ごころ」とは、決定的に異なっている。「遊び」ということについて、森澄雄さんが次のように書いておられる。

俳句は十七文字に季語を入れた小文芸と思いがちだが、虚空とともに、永遠に流れて止まぬ時間、今の一瞬に永遠を言いとめる大きな遊びである。我を捨てる遊びである。芭蕉も『笈の小文』の中で「造化にしたがい、造化にかへれ」と言っている。遊びと言えば日本人は軽んじがちだが、老子も「学を捨つれば憂ひなし」と言い、荘子も遊心を重んじ、孔子も遊びを人生至上の境地とした。古代中国の大きな思想である。（『新・澄雄俳話百題』下巻より）

同感である。勿論、若い鎌田俊のはすでに「遊び」の思想を体得したうえでの作品ではない。しかし、作品は作者を離れて鑑賞される以上、この句は鎌田俊の「我を捨てた遊び」と解釈すべきであろう。この観点に立って言うならば、今月号の「銀河集」の中で、唯一の最高得点4をとった、鎌田俊の一代の名吟と断言したい。

雨の夜の背のない椅子に春を待つ　　大森健司

私の獄中句集『海鼠の日』の中に、次の一句がある。

万愚節《ばんぐせつ》背のない椅子に坐りゐる

私の句の背景は、刑務所に入獄することが、最高裁で決定された時の感懐である。「万愚節」とは四月馬鹿のこと。そこに鋭いアイロニーがある。それに対して、大森健司は、寒い京都にあって、呼吸器系の持病をかかえて生きている。下五の「春を待つ」は、肉体的なこともさることながら、精神的な明るい何かを待つという、健司にとっては切実な思いなのだ。上五の「雨の夜」は、即ち、健司の今の状態を示している。中七の「背のない椅子」は、これまた大森健司の現在地である。共感を呼ぶ一句。

待春やガラスの壜の金平糖　　滝口美智子

二月の「河」東京例会で出席者からの高得点を、そして選者全員から特選、並びに秀逸を獲得した作品。句意は説明するまでもないが、中七下五の「ガラスの壜の金平糖」の措辞が鮮やか。赤・青・黄色の金平糖の色彩感がガラスの壜から直接読み手に伝わり、詠み手と読み手に季語の「待春」の感情が共有される。俳句歳時記のどの例句にも負けない秀吟である。「映像の復元力」の効いた一行詩。

降誕祭孤独な象が水を飲む　　松下由美

同時作に、

この枯野行けば父なる沖がある

ある街のパン屋に年の暮れゆけり
止り木にマッチを擦つて年ゆかす
女正月何も語らぬ椅子にゐる

があり、全て佳吟である。投句の五作品が全て特選となり、なおかつ「降誕祭」の一句で、今月号の次の二作と共に半獣神の最高得点4を獲得した。

マティーニ飲む雪しんしんと海へふる　川越さくらこ
短日やいくつの駅を通過する　菅城昌三

松下由美が最高得点4をとったのは、昨年の「河」七月号の次の句以来である。

メーデーや深夜のコインランドリー　松下由美

また五句の投句で総合点16をあげたのは、昨年の「河」六月号で堀本裕樹が、次の句をはじめとする作品五句で総合点16をあげて以来でもある。

黒いゴミ袋に梅が散つてゐる　堀本裕樹

「枯野」の句は、松下由美のテーマである「幻の父」であり、「女正月」の句は彼女のモチーフである現在地を示す「椅子」が使われている。「年ゆかす」の句は、松下由美の職場である銀座のバー「しゃんく」の身辺詠として成功した。今回、変化を見せたのが、一月の「はちまん句会」の特選をとった次の句だ。

ある街のパン屋に年の暮れゆけり

どの街であるかは読者の想像に委ねられ、その街のパン屋で年が暮れたと言っているだけだが、実に内容の深いしみじみとした一句で、私は山口奉子の次の代表句と並ぶ作品と判断している。また、「降誕祭」と比べても全く遜色ないどころか、上であるかもしれない。

長き夜の東京駅で待ち合はす

山口奉子の「長き夜」も、松下由美の「年の暮」も、季語が、威張っていない。これを純粋季語という。つまり一句の中で季語が自己主張することなく、さりげなく置かれていることを指す。このような作品は作ろうとして出来るものではない。ある日、ある時、ふいに頭に浮かんだ作品。当然ながら、作者には作ろうという意識はない。この句も、松下由美の代表作である。「降誕祭」の句の背景には、次の私の句がある。

街に雪象のハナ子の孤独な日

初代の象のハナ子は、戦後間もなく、敗戦に打ち沈んでいた日本に、インドのネール首相から贈られた。松下由美の象も、このハナ子を指している。松下由美の作品が素晴らしいのは、上五の「降誕祭」の「晴」に対する、中七下五の「孤独な象が水を飲む」という「褻」である。つまり、俳句でいうところの「もどき」である。一茶の次の作品が、その「もどき」の代表句である。

春雨や喰はれ残りの鴨が鳴く　　一茶

一茶の代表句に対して、松下由美の句が現代的であるのは当然だが、この句は前述の堀本裕樹の作品と同様に、「乾いた抒情」の代表句と言ってよい。

マティーニ飲む雪しんしんと海へふる　　川越さくらこ

同時作に、

大寒の夜をきしませ来る人よ

があり、この句も佳吟である。だが、「雪しんしん」の句は、最高得点4をとった、昨年の「河」七月号の次の作品以来である。

葉桜やホステス急募のドア開ける　　川越さくらこ

川越さくらこは、松下由美同様にバー「さくらこ」の経営者。「雪しんしん」の句の上五の「マティーニ飲む」に句の勢いがある。そして中七下五への「雪しんしんと海へふる」と畳みかけるスピード感がある。マティーニを飲んでいるのが、作者であろうが第三者の男であろうが、どちらでもドラマは成立する。海の見えるガラス張りのバーで作者ないしは中年の、あるいは初老の男がマティーニを飲んでいる。海の見えるバーは、多分、ホテルの最上階。海の上には、先ほどから雪がしんしんと降り続けている。カクテルの中でもマティーニは男の飲み物。作者の恋人と想像したい。音なく海へ落下する雪を見つめる二人の時間が読み手に伝わってくる。ふいに私の脳裏に高屋窓秋の次の一句が浮かんだ。

ちるさくら海あをければ海へちる　　高屋窓秋

焼きたてのパンにはさんでゐる孤独　　若宮和代

同時作に、

牡蠣鍋や夜のはりつく硝子窓

元日や音なく使ふ昼の水

があり、特に「牡蠣鍋」の句が良い。中七下五の「夜のはりつく硝子窓」の措辞が的確で「映像の復元力」が効いている。だが、今回は敢えて季語のない「焼きたてのパン」を取りあげる。作者には昨年の「河」十二月号に次の句がある。

皿一枚洗つて眠る良夜かな　若宮和代

昨年、母親を失い、さらに娘を嫁がせた作者は、満月の夜だからとはいえ、特別な行事をするわけでもなく、一人分の食事の皿を一枚洗って眠るという日常の延長でしかない。しかし、その日常の中にこそ詩は潜んでいる。今年の「河」一月号の次の作品も同様である。

ドアノブに冬の来てゐる木曜日　若宮和代

「魂の一行詩」は俳句ではない。「たましひ」と「いのち」を詠う現代の抒情詩である。季語があるのかないのかを問う前に、若宮和代のこの句のどこに季語が入る余地があるのか。大事なのは、季語のあるなしの下らぬ幼稚な有季定型論よりも「詩の真実」こそ問わねばならない。伝統俳句を主張する似非詩人からは、一度として私の意見に対してまともな反論がされたことがない。若宮和代の日常吟のこの句は、焼きたてのパンにはさんでいるのが、ハムでも、彼女の好きな茹で玉子でもなく、孤独という一点にある。十二月の「しゃん句会」で最高得点をとった若宮和代の句を、有季定型という色眼鏡を通さずに、直に味わってもらいたい。

何に殉じ岸上大作冬の空　梅津早苗

同時作に、

木枯にわがトラウマを吊しけり

風花の駅に常夜《とこよ》の父待てり

があり、特に「木枯」の句が良い。作品としては、「冬の空」より「木枯」のほうが上だが、今回は敢えて岸上大作を詠んだこの句を取りあげる。秋山巳之流の『うたげ』に、次の一句がある。

敗戦忌岸上大作展にあり　秋山巳之流

この句には、次の詞書がある。

三百枚の岸上大作論を書き下すが編集長は原稿と金をもって逃亡。

昭和三十五年四月、私は國學院大学国文科に入学したが、私を待っていたのは六十年の安保闘争とボクシングだった。その年の十二月の初旬、大学に行ってみると、朝から校内は大騒ぎだった。学生歌人の岸上大作が自殺したのだ、という。岡野弘彦氏の弟子である秋山巳之流が、最初に読んだ短歌が岸上大作であった。私が國學院大学一年生、秋山が二年生の時である。

血と雨にワイシャツ濡れている無援ひとりへの愛うつくしくする　岸上大作

汗わきくる掌は自らの手につかみながらもう不用意な告白はあらぬ　〃
昭和三十五年十二月五日朝、岸上は服毒自殺した。安保闘争に挫折し、連続的な失恋の後に、岸上は謎の遺書を残し久我山の下宿で薬を飲んだ。歌人の福島泰樹は、絶叫コンサートで今も岸上を歌い続けている。
岸上大作は謎の死を遂げたことで、寺山修司とは別の意味で、ある種の永遠性を獲得した。梅津早苗が岸上大作を詠んだのも、この謎の自殺にある。岸上大作の遺書、日記、短歌は、吉本隆明氏の小論がつけられ、『意志表示』の題で出版されている。上五に「何に殉じ」とあるのは、この謎の自殺である。また、下五の季語「冬の空」は、十二月五日の忌日を踏まえてである。私は岸上大作の作品を多くの人に読んでもらい、また詠んでもらいたいがために、梅津早苗の今月号の投句からこの句を選んだ。

悴みて岸上大作のゐる渋谷　角川春樹

そして又枯野の沖に人渉《わた》る　青柳冨美子

同時作に、
十二月赤いグラスをふたつ買ふ
透明なエレベーターゆく冬銀河
「枯野」の句は、十二月の「はちまん句会」の兼題で、出席者は次の投句をした。
いづれゆく枯野の沖に光あり　角川春樹

この枯野行けば父なる沖がある　　松下由美
枯野宛年賀状届きますか　　蛭田千尋
新宿西口枯野行てふバス探す　　石橋翠

青柳冨美子の「枯野」の句を、私は特選にとった。理由は、上五の「そして又」にある。沖を渉るものは死者である。そして、枯野もまた、死に限りなく近いイメージがある。

私の句も、松下由美の句もそうだ。私の句には、「秋山巳之流」という前書がある。青柳冨美子の下五「人渉る」は、生者であれば「人渡る」であろう。渉るとは、上空を移動することだ。例えば、鳥、太陽、雲などだ。勿論、大海を渉るという措辞もあるが、詩歌の場合、概して死者に用いられる。つまり、上五の「そして又」は、次々と死者が枯野の沖を渉っていくのだ。詩的イマジネーションの鋭い一句。

残りゐる聖樹に花舗の仕舞水　　及川ひろし

同時作に、
行く年の還らざるもの冴する
初明り水銀灯の青い孤独
がある。十二月の「はちまん句会」の兼題が「クリスマス」であった。前述の松下由美の次の代表句も、当日の投句であった。

降誕祭孤独な象が水を飲む　　松下由美

一方、メルヘンチックな私の次の句は、佳作が1点入っただけであった。

星空のなかへ聖夜の燐寸の火　角川春樹

私は及川ひろしの「聖樹」の句を特選にとった。

句の背景は、クリスマス・イヴの街の花屋だ。売れ残った聖樹に、花屋の主人が今宵最後の水を注いでいる。この聖樹も明日中に売れなければ、処分するしかない。そんな思いで、しかし、愛情を込めて水を注いでいる。生きものである花も樹も、単なる商品ではない。しかし、売れ残った花も樹も処分しなければ、次の樹も花も並べることはできない。及川ひろしの句には、いつも都会人のペーソスが滲んでいる。

初時雨茶杓《ちゃしゃく》を細く削りけり　神戸恵子

同時作に、

空凍つるどこにも帰りたくない夜

鉛筆の詩《うた》を食む音寒灯し

着ぶくれて心の鍵穴を捜す

平常心で寝落つは悲しクリスマス

があり、おのが心裏を詠んだこれらの同時作に比べると、「初時雨」の句は、むしろ大人しい作品。「初時雨」は、和歌伝統の京都を中心に、侘しさのなかにも詩情の華やぎのある美しい言葉である。茶も花も能も、中世の京で生まれた「阿弥芸術」である。神戸恵子の「初時雨」は、そうした中世の文化を背景として生まれた、謂ば季語の本意本情に添った作品。和服を着こなす作者の、佇まいを彷彿《ほうふつ》させる美しい一句。

風花や寂寥といふ詩の破片　西川輝美

同時作に、

ゆりかもめ日暮の窓にある不安
セーターの脱け殻を抱く午前二時
冬の虹私を置いてゆく時間

があり、どの句も寂寥感と不安感に満ちている。それが作者の現況でもある。下五の「詩の破片」は上五の「風花」にも、中七の「寂寥といふ」にもかかっている。「風花」は、青空にはらはらと散らつく雪を花と捉えた伝統的な美しい詩語。それだけに例句も、数多くの名句がある。そして、そのほとんどが自然詠であるが、西川輝美はその美しい詩語を、人間諷詠に転換させたことによって一行詩になった。

短日やいくつの駅を通過する　菅城昌三

今月号の「半獣神」の中で、次の二句と並んで最高得点4を獲得した作品。

降誕祭孤独な象が水を飲む　松下由美
マティーニ飲む雪しんしんと海へふる　川越さくらこ

サラリーマンのペーソスを詠むという点では、菅城昌三は「河」という結社の中で、一番の名手といってさしつかえない。過去の作品からあげると、

白き靴水曜といふ静けさに
人といふノイズの中の熱帯夜
愛鳥日一リットルの水を買ふ
割り算の余りにも似て春寒し

等、いくつも句をあげることができるが、今月号の「短日」の句は、わけても出色の作品。私もサラリーマン時代、京王線の桜上水から新宿駅に出ると、小田急線の箱根行を見るたびに、会社に出勤せず、このまま箱根行に乗ってしまいたいという誘惑に、何度もかられた。あるいはこのまま家を出て、蒸発してしまおうかとも思ったものだ。実際、私の場合、ほんとうに蒸発して飛行機に乗り、サハラ砂漠やパレスチナのゲリラ・キャンプや、麻薬三角地帯のゴールデン・トライアングルのゲリラ部隊に身を投じてしまった。しかし、気弱で伏目がちの菅城昌三は、そうすることができない。通勤する満員電車の中で、通過する駅を眺めているだけである。しかし、それ故に誰もが共感する日常吟が自然に生まれてくる。今月号の「短日」の一句は、菅城昌三の一代の名吟と言ってよい。

同時作に、

女正月ミラーボールが回り出し　石橋翠

新宿西口枯野行てふバス探す
吊り皮にぶらさがつたまま年逝かす
竜の玉ずつと淋しかつたわけぢやない
女正月コンビニ弁当あたためて

があるが、これらの句も寂寥感に満ちている。今年の一月、木剣を振るために伊勢の神武参剣道場に出かけた折、タクシーの中から風雨によって文字のかすれた看板があった。その看板にはディスコと書かれてあった。今どきディスコに客が来るのは、地方都市ぐらいだろう。いずれ今のカラオケもそうなるに違いないが、石橋翠の「女正月」にあるミラーボールが回る景と言えば、ディスコかキャバレーを思い浮かべる。女正月とあって、女同士が連れ立って出かけても、せいぜいディスコかカラオケぐらいだろう。あるいは居酒屋か。ミラーボールが回り出す侘しい場所に女正月の女達を連想するのは、ペーソスというよりユーモアに近い。もう一句の「コンビニ弁当あたためて」にいたっては、むしろ読み手が悲しくなる。しかし、「女正月」の季語にあって、類例のない佳吟を石橋翠は生みだした。

天と地より湧くシンフォニー初明り　　西尾五山

一月の「はちまん句会」の兼題が「初明り」。句会の参加者のほとんどが、西尾五山のこの句を特選ないし佳作に選んだ。今年の元日は、雲一つない群青の空で、見あげている内に音楽が聴こえてきた。その音楽は、人によって、クラシックであったり、シンセサイザーの美しい旋律であったり、場合によってはジャズであったりするであろう。

音楽が押し寄せてくる初御空　角川春樹

私は西尾五山の天と地を言祝《ことほ》ぐこの句を眺めた時、ドボルザークの「新世界より」が聴こえてきた。私が特選にとり、そのことを指摘すると、西尾五山の答えは、「そのとおりです。ドボルザークの「新世界より」です」であった。常々私が言っていることだが、一句の鑑賞は作者の心に添って感じとらなければならない。西尾五山の新年を言祝ぐ大きな詩心を、選者は汲みとらなければならない。そうすることによって、作者の感動を読み手も共有できるからである。久々に見せた西尾五山の句柄の大きな佳吟。

聖樹の灯タバコの空箱照らしをり　のだめぐみ

同時作に、

モノクロの冬を抱きしめ此処にゐる
ごみ箱を蹴つて孤独なクリスマス
見えぬもの袋につめて年逝かす

十二月の銀座「卯波」での「はいとり紙句会」は、のだめぐみが特選・秀逸・佳作のほとんどを独占してしまった。メンバーの大多和伴彦がいみじくも言ったように、この日は「のだめ祭」だった。十句の投句のなかでも、「聖樹の灯」の句は当日の高得点を獲得した。クリスマス・ツリーの点滅するあかりが煙草の空箱を照らしているという発想は、本来、大人の男のものだ。だが、歌手ＡＳＵＫＡとして作詞を手がけている作者のだめぐみにあっては、おのれ自身の経験や体験を詠むだけでは足りないのだ。だからある時は大人の男性の屈折を、またある時は少年のナイーブな心を詠うことが必要になってくる。例えば、「河」一月号の次の句だ。

ぼくたちは生きて枯葉となりにけり
クリスマス・イブ何か失ふ僕がゐる

二句とも、少年の魂の脆さを詠っている。歌手であるＡＳＵＫＡは煙草を喫わない。だから「聖樹の灯」は、作者の自画像ではない。だが、喫煙者も、喫わない者も、句会参加者全員の共感を得たのである。つまり、詩の真実ということ。詩は理知ではない。感動なのだ。都会生活者の寂寥感に、多くの人の心が共振れを起したのだ。「実よりも虚のほうが大きい」という魂の一行詩の精神を、のだめぐみの中ですんなり受け入れた結果である。

真夜中のコンビニの灯が冬ざるる　　岡部幸子

同時作に、

寒夕焼合鍵はもう使はない
凍星や屋台の豚骨スープ沸く

がある。昨年から作品抄批評に取りあげることの多い女流詩人の、一年間の軌跡を追ってみることにしたい。

女正月久しくはかぬハイヒール　　「河」三月号

春雷やワイングラスの水を呑む　「河」四月号
啓蟄や花屋が水をあふれさせ　五月号
ビー玉が次から次へ金魚生む　六月号
底紅やぼつぼつ逝くと父が言ふ　七月号
夜すすぎの娼婦の黒き下着かな　八月号
健次の忌都はるみが唄ふだらう　九月号
洗ひ髪さびしさがまたこみあげる　十月号
西鶴を伏せ秋茄子を焼いてゐる　十一月号
秋のこゑ朱塗りの箸を洗ひをり　十二月号
文化の日今日のおかずは深海魚　一月号

こうして並べてみると、昨年の七月号から目立って作品が良くなってきていることが読みとれる。というより、俳句から魂の一行詩への心の転舵《てんだ》が起ったということだろうか。今月号の「寒夕焼」にしても、「凍星」の句にしても一行詩にユーモアがある。それらの句に対して、「冬ざるる」の一句は、現代の風景に対する風刺と同時に、「乾いた抒情」ともいうべき視点が作品に加わってきた。

同時作に、

枯枝の折れたるままの家族かな　岡本勲子

鳰のこゑ垂れし乳房を抱きにけり
初化粧インフルエンザを蹴つちまへ
雪 女 集 金 人 に 付 い て き た

があり、詠み方が尋常でない。特に「鳰のこゑ」が良く、作品としては「枯枝」よりも上だが、仄聞《そくぶん》する環境を赤裸々に詠ったこの句が、私の胸に突き刺った。なぜかと言えば、魂の一行詩とは、無様でもおのれのいのちを乗せて詠う器だからである。例えば「河」一月号の次の一句だ。

落 葉 掻 く つ ら つ ら 時 給 八 百 円　石山秀太郎

職業欄にシルバー人材派遣の雑役夫と書かれていた石山秀太郎の現在地が、この一句である。そして、中七の「つらつら」の措辞にユーモアがある。岡本勲子のこの句に限ってはユーモアがあるわけではないが、中七下五の「折れたるままの家族かな」の措辞が、鋭利な刃物のように私の魂を刺したからである。

マルクスは遠き日のこと冬帽子　小川孝

同時作に、

革 マ ル の 彼 女 が 死 ん だ 冬 鷗
枯 野 ゆ く 全 共 闘 の 貌 を も ち
プチブルのたしなみひとつ温め酒

今月の「河」の作品に、東京中央支部の句会で投句された次の句に感銘した。作者が東大安田講堂事件を目撃して以来、いつの日か一句に詠もうとしてきた景である。

安田講堂一月空の青さかな　　小林政秋

小林政秋は五十八歳。小川孝は少し上かもしれないが、多分、ふたりとも同時代に呼吸していたはずだ。昭和三十五年、國學院大学に入学した私は、右翼にも拘らず六〇年安保闘争のデモに連日加わっていた。可笑《おか》しなことに、デモの後はボクシング・ジムで激しくリングで闘っていた。マルクスもレーニンも一通りは読み、トロツキーに、後にはチェ・ゲバラに共鳴した。小川孝とは明らかに世代が違うが、私はパレスチナのゲリラ・キャンプにも一時身を置いた。時とは、ある種ひどく残酷である。小川孝の「冬帽子」の一句も、複雑な思いで何度も読み返した。

赤いベル鳴り止まずゐる建国日　　岡田滋

同時作に、

天皇の日エスカレーター逆走す

がある。三十一歳の岡田滋は、私が「魂の一行詩」運動を開始した時点で「河」に入会した。謂ば魂の一行詩の申し子と言ってよく、最も私の影響を受けている若手である。秋山巳之流の句集『うたげ』に、「師は弟子を育てる。しかし、意外に弟子が師を成長させることは知られていなかった」という詞書をもつ句がある。

ふぐと汁芭蕉おごらずおもねらず　秋山巳之流

岡田滋一人ではないが、私もまた弟子によって作品が向上しているのは紛れもない事実である。秋山巳之流の言うように、師弟の歓を尽してこそ結社は初めて意味が存在する。岡田滋の作品に話を戻すと、上五中七の「赤いベル鳴り止まずゐる」の緊迫感が下五の「建国日」の季語を導きだした。赤い非常ベルは日常で鳴ることはない。つまり、現在の日本の状況を非常事態と作者は捉えているのだ。「天皇の日」の一句も同様である。紛れもなく、岡田滋は期待の新人。

女正月ひとりで作るジンライム　竹本悠

一月の「はちまん句会」の兼題が「女正月」だった。その時の高得点句が次の作品群である。

寂寥といふ水脈《みお》のあり女正月　角川春樹
女正月ミラーボールが回り出し　石橋翠
琴弾かぬ月日を思ふ女正月　青柳冨美子
小正月椀にちひさき鯛の鯛　及川ひろし
女正月何も語らぬ椅子にゐる　松下由美

なかでも竹本悠の「女正月」に、得点が集中した。「女正月」の季語に対して、中七下五の「ひとりで作るジンライム」は自祝の句。そして俳句歳時記の例句と比較すると、まさに現代的であり、かつ新鮮。多くの参加者から支持されたのも当然であろう。実はわたくし、この女正月の晩、ひとりでジンライムを作って飲んでいた。

神還る「BARさくらこ」に立ち寄りて　西辻公臣

西辻公臣の「BARさくらこ」は、今月号の次の句で一句の最高点をとった川越さくらこの店である。

マティーニ飲む雪しんしんと海へふる　川越さくらこ

「神還る」とは、旧暦十月の晦日、神々が出雲の旅から帰るのを迎える行事である。「河」一月号に、吉川一子の次の一句がある。

神還る日の駅蕎麦を吹いてゐる　吉川一子

多くの例句が自然諷詠であるのに対して、吉川一子の場合は人間諷詠。駅蕎麦を吹いているのは、作者の吉川一子だが、まるで神そのものが、駅蕎麦を食べて地元に帰るような景である。西辻公臣の句も同様で、神が帰る前に、ちょっと「BARさくらこ」に立ち寄って焼酎かウイスキーの水割りを呑んでいる景だ。神道の根本原理は、「神はわれなり。われは神なり。神われと共にあり」である。つまり、人間は神なのだ。神である作者が家に帰る前に、「BARさくらこ」に立ち寄った、ということである。吉川一子同様にほのぼのとしたユーモアの一句。この句の眼目は、中七の「BARさくらこ」の固有名詞が抜群に、効いている。「BARさくらこ」によって、作品に手触りがあるからだ。もっとも、家に帰れば、別な神が待っているのだが……。

最後に、銀河集、半獣神、河作品から今月の佳吟と作者名を列挙する。

義士の日の凍りつきたる擦過音　酒井裕子

障子よりくれなゐのこゑかかりけり　小島健

冬青空なんにもなくてなにかある　大森理恵

言霊が冬の花火となりにけり　福原悠貴

牡蠣割つて海に神話の生まれけり　松下千代

鵙の悲鳴なんと大きな入り日だろ　石田美保子

猟銃音水面を撥ねて枯深む　石工冬青

中天を鷹の流るる初御空　小川江実

世を捨てず世に逆らはず鮟鱇鍋　渡部志登美

護りぬけるか母が命を破魔矢受く　田井三重子

夕映えの煮つまる奥や梅香満つ　森村誠一

母の手にいのちの透ける寒たまご　小林政秋

ゼリー状の憂鬱つつむ白スェーター　宮京子

ピンボケのをとこがわたしお正月　春木太郎

まだ鳥となる気でいるぞ梅の花　愛知けん

笑ふ狐火その掌に世界は粉々だ　長谷川眞理子

冬薔薇伊豆のひと日をこぼさざる　秦孝浩

外套の重く懸かりし昭和かな　丸亀敏邦

藪柑子の庭よりバイエル聞こえけり　大多和伴彦

生きる場所寒九の水に舎利を研ぐ　蛭田千尋

風花や上り電車は行つてしまつた　中西史子

クリスマス帰りたくない家があり　窪田美里

虎落笛うす味に煮るがんもどき　岡本律子

歯みがきの尻まで搾り冬休み　西澤ひろこ

赤き花街にあふれて雪降れり　古池千勢子

母の骨拾ふ少年寒の入り　木下ひでを

冬の雨にんげんのほか濡れてをり　松永富士見
柚子風呂を出てしなやかな声をだす　末次世志子
たましひのはみだしてゐるどんどかな　藤森和子
雪嶺を太らせる風海より来　相澤深雪
スパゲッティ固めに茹でる四日かな　浅井君枝
うす日洩る祈りの膝の冬帽子　林風子
焼きあがるパンの匂ひも七日かな　鈴木季葉
寒椿五弁の花芯ゆるぎなし　市川悦子
福笑ひだんだん私に似てきます　鎌田志賀子

痩せるだけ痩せしキリスト冬夕焼　片山白城

冬の街白夜のごとき灯を点す　古村みどり

ブルースを踏む初レッスン靴真っ赤　飯川久子

侘助のくれなゐが散るしろが散る　平野道子

バリウム飲む白い枯野になつてゐる　野村浜生

ラガー等の体軀はがねの刃をこぼす　青木まさ子

初売や検品漏れのをんなあり　岩下やよい

星凍てて遥かな和音が降りて来る　松村威

義士の日や大ボラ吹きの男来る　丹羽康行

クリスマスソング運河に潮満ちて　飯干久子

午後四時のナイフに重き冬日かな　中戸川奈津実

襟立てて午前零時のバスに乗る　小田中雄子

生きることは音を生むこと去年今年　巳亦和子

前略で詰まつて木の実落つる夜　石堂絹子

白き馬冬野の果てに放ちけり　野地陽子

いのち一つわが掌に一つ寒卵　長岡帰山

水仙や母の居場所は車椅子　山崎節子

エピローグプロローグなき去年今年　金子文吾

寒椿削がれてゆきし風の音　大友恭子

（平成二十年「河」三月号）

9　燃えつきるまで

一日《ついたち》の夕映えに置くトウシューズ　　福原悠貴

「春待つ日」と題する同時作に、

着膨れてスーパーにゆく孤独な日

美しき手が大輪の雪降らす

がある。「美しき手」の句は、今年の二月三日に行なわれた東京中央支部の例会で特選をとった句。この日、立春の雪が降った。「美しき手」が大輪の雪を降らす、という発想が面白い。また、春の牡丹雪を「大輪の雪」と表現し得たことも、この句の手柄である。大輪の花のような雪の巧みな措辞だ。しかし、なんといっても上五の「美しき手」で勝負が決まった。「トウシューズ」の句は、一月の「しゃん句会」の特選句。この日の例会で最高得点をとった。「一日《ついたち》」は勿論一日一日のことである。「いちにち」ではない。「一日」が季語として成立するかどうかは、俳句に縛られての考えにすぎない。私は充分に元日を表すと判断を下した。「魂の一行詩」は、イコール俳句ではない。勿論、秀れた俳句は、秀れた「魂の一行詩」である。だが、俳句という言葉に拘束されるのは、間違いである。大事なことは、一行詩として成立しているかどうか、ということ。福原悠貴の「一日」の句は、中七下五の「夕映えに置くトウシューズ」の措辞が素晴らしい。何よりも映像がたちどころに浮かんでくる。元日の句としては、全く類想のない新鮮な一行詩。

初虹の燃えつきるまで見てゐたり　鎌田俊

「初虹」と題する同時作に、

ラジコンの飛行機がとぶ年忘れ

海鳴りを漉きたる雪の夜となりぬ

がある。「年忘れ」の句は、十二月の「はいとり紙句会」の兼題であり、従来の季語のイメージを一変させた佳吟。また「雪の夜」の句は、上五中七にかけての「海鳴りを漉きたる」という措辞が群を抜いている。海岸の付近は、海からの強風で紙を漉く程度の積雪でしかない。それを、海鳴りを漉いた雪だと表現したのは鎌田俊の言語感覚である。「初虹」とは春の虹のこと。春の虹が消えゆくまでを見つめていた状況を、「燃えつきるまで見てゐたり」と言い止めたのには感心した。この句は、季語である「初虹」の本意本情を一句のドラマに仕立てた作品。俳句歳時記の例句と比較しても遜色のない佳吟。

ちちははの世を思ひをり粥柱　小島健

「思ひをり」と題する同時作に、

立春の鳥ごゑの濃くなりしかな

があり、一句の発想としては「立春」の句の中七下五の「鳥ごゑの濃くなりしかな」の措辞に惹かれたが、「粥柱」の平凡ないのちの作品のほうが後世に残るであろう。つまり、発想としては、なんの変哲もないにも拘らず、一句として詠み手と読み手に共振れを起す普遍性を内包しているからだ。「粥柱」とは、一月十五日の小正月に粥に餅を入れて食べること、またはその餅のことをいう。例句としては、

鵯《ひよ》鳴いて相模《さがみ》は晴れぬ粥柱　原石鼎

丸餅も小豆も好きで粥柱　町春草

粥柱あめつち響きあふごとし　角川春樹

があるが、この句も歳時記の例句を凌いでいる。

早春の部屋に置かれしランドセル　松下千代

「ランドセル」と題する同時作に、

チョコレート買ひ足してゐる浅き春

寒の水飲み干し棒のごときかな

がある。「浅き春」の句は、バレンタインデーを面白く言い止めた作品。また「寒の水」の句は、二月三日の東京中央支部の例会での高得点句だが、発想としては必ずしもユニークという

わけではない。例えば次の私の二句がある。

水呑んで棒となりしよ広島忌　『信長の首』
のんですぐ背骨つらぬく寒の水　『一つ目小僧』

しかし、「早春」の一句は、私だけが特選にとったユニークな作品。俳句歳時記の例句をあげると、

早春の山笹にある日の粗らさ　細見綾子
早春の入日林中の笹を染む　水原秋櫻子
橋早春何を提げても未婚の手　長谷川双魚
早春の暁紅の中時計打つ　石田波郷

がある。しかし、松下千代の「早春」の一句は、全く新鮮で現代的な作品。中七下五の「部屋に置かれしランドセル」の措辞がイメージを膨らませ、ドラマトゥルギーがある。早春の冷々とした部屋の空気と、子供の不在がありありと読み手に伝わってくる。映像の復元力と季感の効いた一句。

珈琲の煮つまつてゐる春煖炉　滝平いわみ

「末黒」と題する同時作に、

みのもんたほどに末黒の芒かな
ブレンドでよいかと雪の喫茶店

があり、「春煖炉」と「雪の喫茶店」は兄弟句。この二句とも面白い。「春煖炉」の例句としては、

春煖炉名画の女犬を抱く　　富安風生
春煖炉わが患者らは癒えゆくも　　相馬遷子

があるが、煖炉といえば三橋鷹女の次の代表句が思い浮かぶ。

煖炉灼《や》く夫《つま》よタンゴを踊らうか　　三橋鷹女

煮つまったコーヒーなど誰も飲みたくないが、サイホンで落さない限り、この手のコーヒーを出す喫茶店が多い。春煖炉とコーヒーの取り合わせがピタリと決まった。

きさらぎのはかなきものが海に降る　　松下由美

同時作に、

数へ日のペットショップに日暮ゐる
年ゆくやゴッホの耳が落ちてゐる
縄飛びを廻す虚空の芯にゐて
一月一日空席ひとつありにけり

があり、全て佳吟。「河」三月号に続いて総合得点15をあげた。なかでも「きさらぎ」の一句は、二月の「はちまん句会」で特選5佳作3の総合得点18をとった最高得点句。「きさらぎ」「二月」は兼題であった。中七下五の「はかなきものが海に降る」がなんともいえず上手い。海に

降るものが「雪」なのか、作者の「思い」なのか、具体的なものを一切出さず、一句を抽象化してみせたのが手柄。一句の立ち姿も良い。文句なしの秀吟である。

新作のパンが並びて春立ちぬ　石橋翠

この句も二月の「はちまん句会」で特選4秀逸1佳作3の総合得点17をとった高得点句。「河」四月号では、蛭田千尋の次の句と共に最高得点4を獲得した。

美しきカタログ届く二月かな　蛭田千尋

「春立ちぬ」の一句は、石橋翠、一代の名吟。「はちまん句会」の出席者がこの句を特選にとった理由は、映像の復元力が効いているからだが、私が特選にとったわけは蛭田千尋の「二月」の句と同様に一行詩のなかで季語が自己主張していないことにある。つまり季語が季語として威張っていないことだ。これを「純粋季語」あるいは「季語の純化」とも言う。「春立ちぬ」という季語が、上五中七の「新作のパンが並びて」という、誰もが記憶を共有できる映像に対して、実にさりげなく置かれているからだ。それでいて季語が充分に働いているではないか。例えば、芭蕉の次の代表作と比べるとよい。

海くれて鴨の声ほのかに白し　芭蕉

冬の季語である「鴨」が一句の中でさほど目立つこともなく、それでいて充分に働いていることがわかるであろう。

北窓を開き明日もここにゐる　若宮和代

同時作に、

どの家も灯をこぼしゐる春の雪

があり、この句も佳吟。「春の雪」の句は、いわば客観写生だが、「北窓」の句は、主観の強い一句で、必ずしも写生とはいえない。高浜虚子の「客観写生」に対して反旗をひるがえした水原秋櫻子は「主観写生」である。現在の「ホトトギス」もいまだに「客観写生」を提唱しているが、それは自己の主情を述べることができぬ幼稚な方法論にすぎない。若宮和代の「北窓を開き」が良いのは、中七下五にかけての「明日もここにゐる」という断定的な措辞による。私が俳句の三原則としてあげた「映像の復元力」「リズム」「自己の投影」のうち、一番重要視したのは「自己の投影」である。「明日もここにゐる」は、明確な「自己の投影」。私が「魂の一行詩」を提唱するなかで、「象徴詩に向かう」であろうと述べた。季語は「いのち」であると同時に「象徴」である。若宮和代の「北窓を開き」も自分の心境の象徴なのだ。「心の窓」という言葉があるように、若宮和代は「心の北窓」を開いた、と言っているのである。現実としての、写生として北窓を開いたわけではない。「俳句」という古い北窓を開いて、心を自由に「魂の一行詩」を詠む覚悟だ、というのがこの詩の真実なのだ。若宮和代にとって、魂の一行詩だけが自分の存在証明なのである。過日、私は若宮和代から次の手紙を受け取った。その一部を抜粋する。

「冬蝶」の句の評を読んだ時、今の自分を素直に認めていいのだという安心感につつまれました。うまく言えないのですが、例えばそれは、樹齢幾百年という大樹に抱かれているような安心感、幸福感なのです。自分の存在をそのまま受け入れてもらえ、肯定してもらっている。つまり救われているという安心感なのです。

「冬蝶」の句とは、「河」二月号の次の作品。

冬蝶や日の差してゐる水たまり　若宮和代

「北窓を開き」の句は、「冬蝶」を凌ぐ優れた象徴詩である。

焚火して昭和の日暮に父がゐた　梅津早苗

私にとっても、昭和五十年に他界した父は昭和そのものであった。私がエグゼクティブ・プロデューサーを務めた映画「神様のパズル」の演出を、若者に人気の高い三池崇史監督に依頼した。地方ロケでマスコミのインタビューを受けた三池は、

「角川さんは、昭和的強さをもった昭和そのものの人です。いまや絶滅に瀕《ひん》するイリオモテヤマネコみたいな存在」

私は三池に褒《ほ》められたのか、貶《けな》されたのか、ヨクワカラナイ。ただ、私も昭和そのものと言われたことに驚いただけだ。梅津早苗の句は、現在の実景ではない。少女期に夕焚火をする父親を目撃していたのかもしれないが、句の解釈としては、夕暮に焚火をしていたら、そこに父親が立っていた、ということ。上手いのは中七下五の「昭和の日暮に父がゐた」の措辞だ。特に「昭和の日暮」である。この句も、主情性の強い「主観写生」である。「昭和の日暮」とは、言い得て妙だ。二とおりの解釈の可能な「日暮」である。文字どおりの昭和の時代の、とある日暮れ。もう一つは、昭和の終焉の時期ということ。多分、その二つがミックスされた「昭和の日暮」であろう、というのが鑑賞としてのありかたである。詩的イマジネーションの優れた一行詩。

四月一日レンタル家族に登録す　　鈴木季葉

同時作に、

恋の猫明日はふて寝と決めてをり

があり、ユーモア句として面白い。「河」二月号に鈴木季葉の次の句があった。

返り花戸籍にいちど人の妻　　鈴木季葉

「返り花」の一句は、おのが「いのち」を乗せた作品で、私の胸を打った。「返り花」の句は、「実」である。一方、「四月一日」は、勿論、「虚」である。それにしても中七下五の「レンタル家族に登録す」には舌を捲いた。この句、風刺と取れないこともないが、ユーモア句として鑑賞するほうが正しいだろう。つまり「恋の猫」と同様に受け取った。今月号の「河」に、北村峰子は次の句を発表している。峰子の句は、ペーソスである。つまり、「恋の猫」は本人の仮託である。

次の世もまた次の世も恋の猫　　北村峰子

陽炎や人のかたちで降りる駅　　川越さくらこ

同時作に、

マリア来てぬくめてゐたる寒玉子

があり、この一句も面白い。だが「陽炎」の一句は断然に良い。句意は、陽炎が人のかたちで駅を降りた、ということ。勿論、降りたのは人間であって陽炎ではない。しかし、川越さくらこは、人間そのものを陽炎のような希薄な存在と考えている。自分自身を含めてであるが。私は「魂の一行詩」を成立させる力は、次の三つだと考えている。

一、感性の力
二、イメージの力
三、自然体

川越さくらこの「陽炎」の句のインパクトは、この感性とイメージが際立つ作品。次の川越さくらこに対する挨拶句が、この句の解釈でもある。

陽炎や人のかたちに消えゆけり　　角川春樹

北風や去りゆくものに追ひつけず　菅城昌三

今月号の半獣神の中で次の作品と並ぶ最高得点4をとった。

新作のパンが並びて春立ちぬ　石橋翠

美しきカタログ届く二月かな　蛭田千尋

「北風」の一句は、サラリーマンのペーソスを描いた秀吟である。去ってゆくのは北風だが、この句の場合、北風が持ち去ったものだ。具体的な物ではなく、心理的なもの。例えば、「恋」「青春」「他者に対する愛」、「友情」といった存在である。その存在は、作者にとって掛替えのないものだ。掛替えのないものが北風と共に去ってゆくのに、追いかけても追いかけても近づくことができない。私は、それが菅城昌三という作者の「夢」あるいは「ロマン」と解釈した。ペーソスに満ちた秀吟は、夢の挫折と引き替えなのかもしれない。

誰がための雪の眼鏡かオホホホホ　鎌田志賀子

同時作に、

柊や鎖骨に蒼き夜が来る

天狼や国境こえる銀の鳥

躓いてさて躓いて雪女郎

がある。作者は八十七歳。「雪の眼鏡」の一句のようなユーモアは、いったいどこからくるのであろう。「魂の一行詩」に「笑い」や「滑稽」が必要であることは、何度も説いてきた。本物の一行詩人であるためには、ユーモア句を作品化しなければならない。上五の「誰がための」は、勿論ヘミングウェイの「誰がために鐘は鳴る」のパロディ。「雪眼鏡」は、雪の反射で雪眼になることを防ぐためのサングラス。イヌイットの人たちは木製の雪眼鏡を使用している。例句をあげると、

雪眼鏡みづいろに嶺々沈ませる　　大野林火
雪眼鏡山のさびしさ見て佇てり　　村山古郷
雪眼鏡そびらに過去を流しつつ　　文挾夫佐恵

があるが、いずれの句も鎌田志賀子に及ばない。下五の「オホホホホ」には、真実、脱帽した。雪眼鏡をしているのは人間だが、上五の「誰がための」とある以上、自分のためでなく第三者に対して、ということになる。私は、この第三者は人間だが、主格は雪女郎ではないか、と想像した。つまり、雪女郎が人間に対して呼びかけている一行詩だ。下五の「オホホホホ」と笑っているのは、即ち雪女郎ということになる。勿論、この雪女郎は作者かもしれない。ユーモア句として出色の秀吟である。

美しきカタログ届く二月かな　　蛭田千尋

「河」四月号の半獣神の中で、次の作品と共に最高得点4を獲得した秀吟。

北風や去りゆくものに追ひつけず　　菅城昌三

新作のパンが並びて春立ちぬ　石橋翠

「美しきカタログ」は、二月の「はちまん句会」の例会に投句された作品。特選3佳作3の総合点12をとった蛭田千尋、一代の名吟。石橋翠の作品批評で触れたことだが、この句は映像の復元力に優れ、新鮮この上もない「二月」の句だが、それ以上に感心したのは、「かな」という詠嘆の終助詞を使いながらも、季語である「二月」は、少しも季語であることを主張していないことだ。前述の「純粋季語」「季語の純化」ということである。そして、この立ち姿の良さにも感心した。一句全体が目に飛び込み、一瞬にして読者に記憶される作品。読者は、まず上五中七の「美しきカタログ届く」という措辞に目を奪われる。そして下五の「二月かな」で、なるほどと感銘する仕組みとなっている。二月の例句では、大森理恵の次の代表作と並ぶ秀吟である。

イタリアの地図を見てゐる二月かな　大森理恵

ビー玉の透きとほりたる余寒かな　西澤ひろこ

同時作に、

コンパスで円を描きて鳥雲に

灯の消えた真砂女の店や草萌ゆる

埋火や齢を静かに重ねをり

がある。西澤ひろこは、かつて次の作品を発表している。

蟷螂の恍惚として枯れゆけり　西澤ひろこ

この句に関して、私は次のような作品批評をした。

ひろこの作品の魅力は「かまきり」が恍惚となって枯れてゆくという、類想感のない表現力にある。著しい進境を見せた佳吟。しかし、ひろこは恍惚として枯れるどころか、若手の鎌田俊などを従えて、雌雄《しゆう》交尾中、また交尾後に雄を食ってしまう雌かまきり。やっぱり自画像か？

鑑賞文にあるとおり、雄を食ってしまう雌かまきりのような西澤ひろこが、「埋火」の句の、「齢を静かに重ねたり」するものか。私も相当悪辣《あくらつ》で嘘八百を詠むが、西澤ひろこの「齢を静かに重ねをり」には、頭を抱えてしまった。ひろこは私と同年だが、弟子であるひろこは師である私を越える嘘つき。一行詩は俳句の真面目な「実」の写生句と違って、嘘八百の「虚」でいいんだけどね。

しかし、「余寒かな」の一句には、本当に感心してしまった。「余寒」という季語は、「早春」と共に、使用するのが難しい。高浜虚子の次の代表句があるものの、体感としてありながらも、秀句を創るのは容易でない。

鎌倉を驚かしたる余寒あり　高浜虚子

虚子以外の例句を眺めると、西澤ひろこの「余寒」は、少しも負けていない。二月頃、透き通ったビー玉を見ていると、まさしく余寒そのものを感じるからである。ビー玉を素材に用いた一句としては、松下千代の次の句と並ぶ佳吟。

ビー玉の中に春の日揺れてをり　松下千代

テーブルにスーパーで買つた冬がある　のだめぐみ

同時作に、

滝凍てて透明な夜となりにけり
人の日の椅子に孤独の坐りをり
吹雪ゐるこころがことばを越えてゆく
スーパーに買ひ忘れたる冬がある

があるが、「買ひ忘れたる冬」と「スーパーで買つた冬」は兄弟句。両句とも、印象鮮明で面白い作品。「滝凍てて」は、昨年十二月十三日に行なわれた札幌中央支部の例会で、高得点をとった。あとの四句は、一月二十三日の「はいとり紙句会」での投句作品。「スーパー」は、詠み込みの兼題。二十五日に閉店する銀座「卯波」での、最後の句会であった。この日も、大多和伴彦や丸亀敏邦の言う「のだめ祭」となって、特選、秀逸、佳作をほぼ独占した。特に「人の日」の一句は、特選3秀逸3佳作1の総合点16を獲得して、この日の最高点句となった。しかし、作品としては、「吹雪ゐる」そして「スーパーで買つた冬」の二句のほうが上である。さらに言えば、「スーパーで買つた冬」よりも「吹雪ゐるこころ」のほうが作品としては上だが、新鮮さというか、のだめぐみ流と言ったほうが適切なスーパーの二句に惹かれたので、この句を鑑賞することにする。詠み込みに「スーパー」を、特に「ジャスコ」をと主張したのは大多和伴彦で、夏に「カクテル」の詠み込みを提案し、結果として全員の作品が面白かったのは事実だが、それにしても「ジャスコ」にこだわった理由がわからない。どうも大多和伴彦の行きつけのスーパーらしい。スーパーを詠み込んだ当日句は次のとおりである。

七種やジャスコのレジが愚痴を吐く　角川春樹
着膨れてスーパーにゆく孤独な日　福原悠貴
パンドラの箱を探しに紀ノ国屋　平岡瞳
ダイエーの灯りにありて仏の座　藤原敬之
ダイエーにネギだけを買ふ深夜かな　佐藤和歌子

当日、私は「買ひ忘れたる冬」を特選に、「スーパーで買つた冬」を秀逸にしていたが、スーパーの句は両句とも面白く、甲乙つけがたかった。その印象は今月の鑑賞文を書く段になっても変らない。「スーパー」という詠み込み自体が現代的で新鮮だが、芭蕉の言う「不易流行」は、一行詩の精神でもある。私は獄中で次の一句を詠んだ。

満月やマクドナルドに入りゆく　角川春樹

獄中句集『海鼠の日』のなかでも代表作と自負している作品。今回ののだめぐみのスーパー二句は、私の獄中での食に対する切実さはない。むしろ、作者本人の性格からくるあっけらかんとした明るさがこの句にも出ている。「買つた冬」と「買ひ忘れたる冬」の一切、具体的な物を出さずに抽象化したことによって、この二句が成功した。滝が氷って透明な夜になったり、人の日の椅子に孤独が坐っているよりも、遥かに新鮮な、そして手垢のつかない一行詩ではないか。のだめぐみが「魂の一行詩」に参加してまだ二年にも満たない。しかし、その感性とイメージの力は、従来の俳句では、許容されない、自由な心で、自由な言葉で一行詩の言葉の海を泳いでいる。

　カーテンの向かう春寒にゐる少年　　岡本勲子

同時作に、

　二ン月の落書き太平洋を流れけり

　ＡＴＭの列に鬼来て豆を撒く

がある。作者は七十六歳。彼女のライバルは栗山庸子。栗山庸子が昨年の河新人奨励賞を受賞したことから発奮。今年、河同人に推挙したが、「私も「河」大会の壇上で新人賞を受賞したい」と言って、断ってきた。奨励賞ではなく、新人賞というところが凄い。つまり、二十五歳ののだめぐみや二十八歳の伊藤実那をライバル視しているのか。それにしても、今月号の「春寒にゐる少年」は凄い。今月号の河作品では、西川僚介の次の句と共に最高得点4を獲得した。

　寂としてきのふがありぬ冬の水　　西川僚介

句意は説明するまでもないが、作者は室内にいてカーテンを開けると、街路に春寒の少年が立っている、と言っているだけである。しかし、カーテン一枚の外と内とでは、まるで次元が異なるような世界。極端に言えば、あの世とこの世のような断絶感がある。カーテンは鉄の扉のような存在だ。春寒の少年のイメージは読み手によって、さまざまな想像が膨らむ。カーテンの内側は春で、外側は冬なのだ。私には、孤独な少年の姿が見える。イメージの力の強い秀吟。

黒鍵の音色冷たきジャズピアノ　岩下やよい

同時作に、

この星は家なき子を生む毛糸玉
如月やひとりの茶碗片付ける
愛の付くカードは添へずバレンタインデー
春兆すとある一日脚色す

があり、特に「春兆す」が面白い。「音色冷たきジャズピアノ」の句意は説明するまでもないが、上五中七の「黒鍵の音色冷たき」の措辞に自己の投影がなされている。この一句を成立させているのは、モチーフの新しさ、つまり「流行」である。そして、五句全体を眺めても同様の感想を抱いている。岩下やよいの特徴は同じ淵脇護門下生の川越さくらこの深い情念と比較すると、現代的な倦怠感と軽さにある。それが彼女の持ち味なのだろう。「河」の毎月の岩下やよい作品は、最近著しく進化を見せているが、まだ不安定なところがある。しかし、多分、本年度の後半は爆発的な力量を発揮する予感が、私にある。また「魂の一行詩」運動の推進的な作品を発表するに違いない。

吹雪く夜のとほくの海に母がゐる　　岡田滋

同時作に、

夕暮れはいつもひとりの蕗の薹
海市《かいし》から届きし詩《うた》のありにける
冴え返る渋谷の街を往きにけり
寒の水たましひ無銘でありにける

がある。現在の河新人賞候補の作家たちの中で、唯一の男流である。かつての俳句の女流たちの擡頭の時代に比較すると、今や男性作家が擡頭しなければならなくなった。今まで岡田滋について何度も触れてきたように、彼は私が、「魂の一行詩」運動を開始した時期に、「河」に入会した。まさしく「魂の一行詩」の申し子であり、最も私から影響を受け、本来、俳句が男の文芸であるように、男性的な力強い一行詩を発表するようになった期待の新人。「河」の編集に携わる堀本裕樹や鎌田俊に追いつくのは、単に時間の問題にすぎない。「吹雪く夜」の一句は、私の一行詩集『ＪＡＰＡＮ』『角川家の戦後』『飢餓海峡』等の作品の影響を受けて生み出された作品。京都の生家から家出して上京した岡田滋の家族観が、色濃く写し出されている。中七下五の「とほくの海に母がゐる」は、従って「幻の母」である。幻であるが故に、切なく美しい一行詩となった。

ジャズの香のをとこと眠る冬の底　　中戸川奈津実

同時作に、

氷柱の蒼き月光閉ぢ込めり

春の雪ねんねんころりは鬼の唄

があり、両句とも佳吟である。私が中戸川奈津実に注目したのは、「河」二月号の次の一句である。

冬三日月何をしてきた手だらうか

「河」一月号で四句欄に初登場、わずかな期間で河作品の上位に定着した恐るべき新人である。「河」入会前に、すでに短詩型のなんたるかを学びとっていたように思われる。しかし、従来の俳壇の俳句的俳句とは異質で、「魂の一行詩」運動を展開中の「河」こそ奈津実の立つ場所であった、といま私は理解している。

「氷柱」の一句は、中七下五の「蒼き月光閉ぢ込めり」が面白いが、「月光」を「時間」に替えたらもっと面白いかもしれない。次の形がそれだ。より抽象性が高まるからである。

夜の氷柱《つらら》蒼き時間を閉ぢ込めり

「春の雪」の一句は、下五の「鬼の唄」としたことで句が一変した。それが成功したと言ってよい。

「冬の底」の句は、三句の中で一番完成度が高い。「ジャズの香のをとこ」と言うだけで充分リアリティがある。確かに私の経験からも、それが言えるからだ。のだめぐみは「ASUKA」というアーティスト名でデビューしたが、私が彼女をプロデュースすることになったのは、外資系のOLにも拘らず歌手の匂いがプンプンしていたからだ。しかし、この句が成功したのは下五の「冬の底」にある。「冬の底」の措辞は、読み手にさまざまな想像を与えることができる。冬の時代という言葉があるように、「冬」には暗くて苦しいイメージがある。しかも、さらに「底」という表現だ。まるで救いようのない状況に作者とジャズメンが共存しているからだ。しかし、読み手はこの作品を「実」ととる必要はない。「詩の真実」として、この一句を眺めればよい。

春めくやドロップ缶のまるい蓋　竹本悠

同時作に、

あの時のニコンを磨き寒牡丹

があるが、昨年の「河」九月号に次の句がある。

朝顔市ニコンの中に父がゐる

ニコンの所有者は、多分作者の父であろう。その父のニコンを磨いていると解すべきだ。下五の「寒牡丹」は被写体と考えられるが、冬の季節の花の象徴と解することもできる。「春めく」の一句は、二月の東京例会で特選1秀逸1佳作4の総合点9を獲得した作品。中七下五の「ドロップ缶のまるい蓋」の措辞が、上五の「春めくや」を導き出した佳吟。

寂としてきのふがありぬ冬の水　西川僚介

今月号の河作品で、岡本勲子の次の作品と共に最高得点4をとった秀吟。

カーテンの向かう春寒にゐる少年　岡本勲子

西川僚介は過去に次の句を発表している。

とある日の花を買ひをり啄木忌

秋めくや空にありたる水のいろ

実力は充分にありながら、毎月の投句を欠詠しているのは、実に残念だ。「冬の水」の一句は、一月の「はいとり紙句会」の兼題「冬の水」で私の特選をとった。西川僚介、一代の名吟と言ってよい。「冬の水」を導き出す上五中七の「寂としてきのふがありぬ」の措辞に舌を捲いた。「きのふ」という存在を「寂として」とは普通持ってこれない。せいぜい「静かなる」か「静かにも」だ。言語に対する鋭敏な感覚がなければ生まれる作品ではない。

柊挿し此の世を鬼がまはしをり　橋本知保

橋本知保は、「河」に入会してまだ二カ月にして「柊挿し」の一句で特選をとった。この句の手柄は一にも二にも中七下五の「此の世を鬼がまはしをり」の措辞にある。一般的には幻想的に思われるかもしれないが、そうではない。この世界を動かしているのは、まさしく鬼のごとき組織と人間である。私は自分の獄中体験を通して、そう断言できる。それを橋本知保の感性が捉えたことを評価したい。

真夜中のシャワーを浴びてクリスマス　　和田康子

あまたあるクリスマスのなかで、この一句に強く惹かれた。上五中七の「真夜中のシャワーを浴びて」という表現の新鮮さに瞠目した。何故に真夜中のシャワーをクリスマスの晩に浴びているのか、正確には作者にしかわからない。しかし、はっきりしているのは、エロス（生命）の輝きである。シャワーを浴びているのが作者であると考える必要はない。従来の俳句は、一人称の文芸と考えられてきた。しかし、「魂の一行詩」はそうではない。一人称であろうが、三人称であろうが一向にかまわない。大事なのは「詩の真実」である。この句にセックスの匂いを感じるかもしれない。つまり「恋の句」あるいは「愛欲の句」。それで結構ではないか。また、真夜中のシャワーを浴びているのが家族かもしれない。それも結構ではないか。この句が佳吟であるのは、一句のドラマ性にあるからだ。

最後に、銀河集、半獣神、河作品から今月号の佳吟と作者名を列挙する。

鮟鱇は耳が痒くてならぬといふ　　春川暖慕

骨揚げを待つ間の雪の熄まずなり　　坂内佳禰

次の世もまた次の世も恋の猫　北村峰子

累々と濤切石の寒さかな　酒井裕子

別れきて枕の中に雪が降る　田井三重子

寒明の天衣無縫の位かな　市橋千翔

ひらひらと女下りくる春の坂　石田美保子

木も石も明るさのあり春隣　井桁衣子

やらはれし鬼ひよつこりと止り木へ　原 与志樹

河豚喰べて身のあちこちに余罪あり　大森理恵

仲見世の日の入りはなの花菜漬　滝口美智子

冬の海どこも正面ばかりなり　川崎陽子

一木の父なるごとし雪解光　佐野幸世

冬の坂空に向かひて歩きゆく　竹内弥太郎

ほつといてちようだいバレンタインの日　春木太郎

早春のペン先すべるスタイル画　市川悦子

湯豆腐やすこし崩れて生きてゐる　及川ひろし

をとこふたり余寒のなかを聖橋　斎藤隆顕

むささびやダ・ヴィンチついに空飛べず　木下ひでを

雪像のたましひ遊泳してゐたり　飯川久子

立春大吉わが自画像よ何を待つ　浅井君枝

霞網円周率が目を覚ます　愛知けん

蛇穴を出て大陸の鼓動かな　西川輝美

ペリカンの喉もも色に寒明くる　巳亦和子

むささびの闇をわづかに翔び残す　丸亀敏邦

海の底にチャリー・パーカーの鳴る二月　廣井公明

顔どつと流れ寒暮の交差点　前迫寛子

いざなみの神に紅梅ほぐれけり　末次世志子

枇杷の花静かに昏れて人恋し　阿部美恵子

箱のティッシュ翔つかに日脚伸びにけり　藤森和子
百人町出て恋猫となりにけり　佐藤佐登子
寒土用シーラカンスを腋に飼ふ　佐藤尚輔
コロンブスの卵と春の立ちにけり　杉林秀穂
どのやうに雪を掃いても父が居る　前原絢子
だまし絵を抜ければ菜の花ざかりかな　中西史子
大寒波きりんにジャケツ着せてやる　宮京子
口笛の花菜の風にのつてくる　吉川一子
鬼やらひ積木の部屋に窓がない　松永富士見

Ｇ線上のアリアと吹かれ冬の鳩　谷川房子

立春やブリキの猫が客を呼ぶ　松井清子

恋猫のまたあらはれる金曜日　浮田順子

鯛焼の近海ものを二匹買ふ　岡部幸子

己が影背負ひ大鷲降り立ちぬ　徳田正樹

祝者どんと夜明けの珈琲のみにけり　飯干久子

洗礼の赤子春光掬ひをり　菊地嘉江

立春のきこきこひらく鰯罐　肥后潤子

春立つや空の巣箱に日の差して　加藤しづか

木枯しの廻してゐたる理髪燈　長戸路績

料峭の息深く吹くガラス工　福原満恵

月光を浴びて氷柱の育ちけり　吉野圭

数へ日やふはりと沈む赤い皿　玉井玲子

心音の海鳴りに似る二月かな　伊藤実那

シャンプーを泡だて春の来たりけり　大友麻楠

牛小屋に日脚伸びたる牛の声　円山春夫

恋猫の哀しみをまた繰り返す　中田よう子

あれから八年中原中也の雪が降る　五島幸恵

春愁やをんなは体に海を持つ　加藤ひろこ

はらからといふ血のありて鮟鱇鍋　野地陽子

パレットの色整へり春立つ日　福島安子

建国日カラオケルームに独りゐる　谷山博志

約束を守れずにをり蕗の薹　西村直恵

メール鳴りて初空くれなゐ返信す　船村安則

（平成二十年「河」四月号）

10 見えぬ星

蕗の花紙飛行機が越えてゆく　福原悠貴

「春の虹」と題する同時作に、

早春の鍵穴から夜がするする
泣きやめば沖に大きな春の虹

がある。特に「早春の鍵穴」が良い。下五の「夜がするする」の表現が巧みだ。「蕗の花」は、二月の「しゃん句会」の兼題。当日の投句で印象に残ったのは、次の作品。

蕗の薹朝日まつすぐ差しにけり　松下千代
エプロンは白と決めをり蕗の薹　若宮和代
ふきのたう大風の日となりにけり　堀本裕樹
夕暮れはいつもひとりの蕗の薹　岡田滋
約束を守れずにをり蕗の薹　西村直恵

私の当日の投句は、「福島勲氏へ」という詞書がある次の一句。

風狂のいのち惜しめよ蕗の薹　角川春樹

蕗の薹は、早春、雪解けを待ちかねたように、萌黄色の花穂を土中より出す。摘んで食べるとほろ苦い風味があるが、味噌にすり入れたり、てんぷらなどにして春の食卓を飾る。代表的な例句は、

蕗の薹食べる空気を汚さずに　細見綾子
襲《かさ》ねたる紫解かず蕗の薹　後藤夜半
蕗の薹おもひおもひの夕汽笛　中村汀女
ゆめ二つ全く違ふ蕗のたう　赤尾兜子
笑ひ声ころげて蕗のたう覚ます　角川照子

がある。福原悠貴の句は、例句を眺めても、全く類想のない作品。早春の野原に紙飛行機を飛ばす少年の姿が、ありありと見える。模型飛行機を素材とした、松下千代の平成十八年「河」十二月号の次の作品と並ぶ佳吟。

秋天に模型飛行機落ちにけり　松下千代
珈琲館に青き絵の在り春の雨　酒井裕子

「罔象女《みずはのめ》」と題する同時作に、

春の雪郷社の神は罔象女
涅槃図の猫と鼠の睦《むつ》みけり

がある。罔象女は水の神である。また、涅槃図にはいない猫が鼠と睦み合っている句には、ほのぼのとしたユーモアがある。

一方、「春の雨」の句は、三月の東京例会で、次の二句と共に特選をとった作品。

白魚のひれのさらなる白さかな　青木まさ子

一椀の貝のすましや鳥帰る　佐藤佐登子

三句とも秀吟である。酒井裕子の「春の雨」の句は、私がとった特選以外は、並選が3だけであった。しかしながら、この句、明るく暖かい春の雨に対して、珈琲館の青い絵は、不思議なほど暗い。作者は珈琲館の椅子に座りながら、正面の青い絵を見詰めている。外は雨だ。「明」と「暗」。「内」と「外」。そして、句には登場しない作者の現在地である椅子。「在り」は「ある」を強調するために選択された語彙。全てが印象鮮明な一句。「青い絵」の存在で日常のドラマ性のある作品となった。

青い鳥飛び出す絵本日脚伸ぶ　井桁衣子

「飛び出す絵本」には、郷愁がある。まして上五の「青い鳥」とくれば、甘酸っぱい感傷が漂う。例えば、母の膝で眠る暖かさだ。それが下五の季語「日脚伸ぶ」を導き出す。「春の雨」でも、「春隣」でもない。季語が自己主張することなく、「純粋季語」として一句の中に溶け込んでいる。そして、これ以上の季語はない。前述の東京例会以外の句では、次の句と共に惹かれた作品。

地下鉄へ入る春愁のギタリスト　渡辺二三雄

枕から今蝶々が出て行つた　山口奉子

「中将湯」と題する同時作に、

夜ざくらや波打ち寄せる家の中

があり、この句も良い。中七下五の「波打ち寄せる家の中」は、実景ではなく、夜ざくらに対する感触である。夜ざくらの感覚を、このように言い止めた作品に出会ったことはない。

一方、「蝶々」の句は東京例会でも、特選1秀逸3佳作3を獲得した。この句も、勿論、実景ではない。胡蝶の白昼夢である。中国の古典を、現代詩に翻案した作品。この句を特選にとった滝口美智子は、この蝶を黄色と言ったが、少なくとも白い枕カバーから出る蝶の色は、白ではない。読み手によって蝶の色はさまざま。私は青色をイメージした。

地下鉄へ入る春愁のギタリスト　渡辺二三雄

「春愁」の例句として、代表的な作品をまず並べてみる。

春愁や葉がちとなりし花の雨　日野草城

うすうすとわが春愁に飢もあり　能村登四郎

春愁の渡れば長き葛西橋　結城昌治

以上の句は、「春愁」を使って成功した作品だが、渡辺二三雄の作品と比較すると魅力がない。

私の感想を率直に言えば、「それは確かにそうだろう」で終ってしまう。つまり、一句の中のドラマ性が希薄なのだ。渡辺二三雄の作品を実景ととる必要はない。どの例句を眺めても、現代の抒情詩とは言えないではないか。「春愁」の句は最高得点4を獲得した渡辺二三雄の傑作と言ってよい。

風光る脱ぐに脱げない靴であり　　北村峰子

脱げない靴とは、具体的な靴ではなく、作者が脱却できない過去の、あるいは現在の「思い」である。例えば、家族、絆、未練、執着といった類の目に見えないもの。どちらかと言えば「負」の感情である。それに対して上五の「風光る」は「明」。抽象的な存在を、靴という具象的な物を持ってきて、「風光る」で転換させた現代詩に近い象徴詩。

蕗のたう堂々と老いたまひけり　　滝口美智子

「卒業証書」と題する同時作に、

ウエストミンスターチャイム菜の花に埋もれ
三月十日ぢんちやうげ匂ふ

がある。三月十日は東京大空襲の日。私はこの日のまさに火の海となった東京を見ている。だが、滝口美智子は、歴史的事実の日の実景を詠んだまでである。しかし、その事は「詩の真実」とは関係なく、両句とも映像の復元力の効いた作品。「蕗のたう」は、父親に対するオマージュである。滝口美智子には次の代表句がある。

父ひとりかげろふを喰みこぼしをり

滝口美智子、一代の名吟と言ってよい右の句は、切ない。「かげろふを喰みこぼす」という父と、今回の「蕗のたう」の父と比較すると同一人物とは到底思えない。前者は壊れゆく父であり、後者は矍鑠《かくしやく》たる存在である。しかし、「詩の真実」としては、どちらでもよい。中七下五の「堂々と老いたまひけり」は、手放しの父親讃歌であり、詠み手と読み手が共振れを起す一行詩の佳吟。

かげろふの中を父来て帰りけり　　松下由美

同時作に、

ゆく年といふ一枚の絵を剥がす

一月一日私の席はありますか

きさらぎや宅急便の水の箱

象のゐる街に来てをり春の虹

があり、全て佳吟である。また、五句の投句で総合得点15点を「河」で三カ月続けてとったのは初めてである。松下由美の特徴は、一句の物語性にある。「ゆく年」「春の虹」「一月一日」「かげろふ」は、まさにそれを裏付けているが、「きさらぎ」の句には、それがない。しかし、私はこの句に一番惹かれる。フランス現代文学のアンチ・ロマンの手法である。存在するのは、宅急便で届けられたペットボトルの水である。なんの物語性もない。しかし、早春の二月の透明な空気が、ペットボトルの水にも及んでいる。冷たい水は光沢を放っている。水それ自体は無意識である。しかし、瑪瑙《めのう》、水晶、翡翠《ひすい》に閉じ込められた水は、意識を持ち、古来、神社の御神体、お守り、家宝として大切にされてきた。水は器を持つことで、意識を持ち、人間に働きかける。物が単なる物でなくなり、物自体が語りかけてくる。「水のような一行詩」と私が言うのは、無意識、無技巧でありながら、その透明な一行詩は時間が経つにつれて光を放ち始めるからである。

松下由美の「きさらぎ」の一句が、水のような一行詩というわけではない。即物的に水の箱があるだけだ。この句の良さは、むしろ乾いた現代の抒情詩であることだ。

一方、「かげろふ」の句は、松下由美のモチーフである「幻の父」である。第二十八回角川春樹賞を受賞した折の、松下由美の「受賞のことば」に、幻の父が語られている。

蟬の声がしはじめると、想いは京都の空に飛ぶ。時刻は覚えていないが、それは確かに夏の盛り。見知らぬ家の布団に伏した人の顔を、幼い私は母と少し離れたところでじっと見つめていた。それが父だったと、後に聞かされたが、私には父の記憶がない。ただ臨終寸前のその光景が、不思議な瞬間として、心に刻まれている。父を知らない私は、「父」という感覚が欠落したまま、混沌とした憧れを持ち続けた。あれから四十年余りが過ぎた。そして私は再び「父」に会った。実体ではなく「魂の一行詩」という「魂の父」である。

この稿を書きながら、どうしても滝口美智子の今月号の父の句と、美智子の次の代表作が頭に浮かび、消えようとしない。

父ひとりかげろふを喰みこぼしをり

蕗のたう堂々と老いたまひけり

バレンタインデー少し残業して帰る　　松永富士見

同時作に、

落款《らっかん》のごとき椿よ東慶寺

風光る少女の胸の貝釦

囀りや電子レンジが回り出す

があり、二月、三月の東京例会、三月の「はちまん句会」の特選並びに秀逸をとった作品。例えば、「囀り」の一句は、特選1秀逸3佳作2の総合得点11を獲得し、「バレンタインデー」は特選3秀逸1佳作3の総合得点14を獲得し、二月の東京例会でのトップの得点をとった。また、今月の五句は総合得点14を獲得し、15点の松下由美につぐ。

「風光る」の句は、現代では見かけなくなった溌剌とした少女の生命讃歌であり、眩しいのは胸の貝釦よりも少女の全身が発するオーラである。また、「囀り」の一句は、日常の中の細やかなドラマを言い止めた作品。「囀り」という外の「明」に対して、室内の電子レンジは「暗」というほどではないが、ある種の倦怠感が滲み出ている。さらに、外の自然音に対して電子レンジの人工音も醸《かも》し出されている。

一方、「バレンタインデー」も、チョコレートと無縁な中七下五の「少し残業して帰る」の措辞に舌を倦いた。比較するうえで、例句をあげると、

楽器提げバス待つバレンタインの日　中川石野
老教師菓子受くバレンタインデー　村尾香苗
白鳥の田に来るバレンタインの日　佐川広治
バレンタインデー積らぬ雪の降りにけり　角川春樹
バレンタインデー浅蜊が舌を出してをり　大森理恵

がある。しかし、「バレンタインデー」という「晴」に対して、中七下五の「少し残業して帰る」の「褻」は、俳句本来の「もどき芸」として、全ての例句を凌いでいる。「魂の一行詩」の重要な課題である、日常の中の物語性の代表句と言ってよい。半獣神の中で最高得点4を、次の作品と共に獲得した松永富士見、一代の名吟である。十七文字に人生が浮かぶ傑作。

薄氷《うすらい》を雲のごとくに跨《また》ぎけり　丸亀敏邦
白魚のひれのさらなる白さかな　青木まさ子
貝寄風《かいよせ》の砂の城よりオルゴール　川越さくらこ

同時作に、

若鮎のまなこを過ぐる光かな

帯とけば思慕のごとくに花の雨

がある。「花の雨」は匂うような色気のあるエロスの佳吟であり、「若鮎」の一句は、芭蕉の「物の見えたるひかり、いまだ心に消えざる中《うち》にいひとむべし」の発言のとおり、俳句も魂の一行詩も、「物のひかり」を掴み止め、永遠の時間の中にある「今」を言い止めることだ。例えば、私の次の一句がそれである。

いま過ぎしもののひかりや猫柳　　角川春樹

「若鮎」の一句は、私の「猫柳」に匹敵し、「貝寄風」よりも優れた作品だが、一方、「貝寄風」の不思議な感覚が私を惹きつけてやまない。「貝寄風」とは、陰暦二月二十日前後に吹く風をいう。この風により難波の浜に吹き寄せられた貝殻で、大阪四天王寺の聖霊会の筒花の造花を作るというので、この呼び名となった。例句としては、

貝寄風や難波の蘆も葭も角　　山口青邨

貝寄風に乗りて帰郷の船迅し　　中村草田男

貝寄風や河豚の屍の腹を見せ　　鈴木真砂女

がある。川越さくらこの「貝寄風」の句は、私に北村峰子の次の一句を思い起こさせた。

寒月光集め砂城のでき上がる　　北村峰子

私は峰子のこの句に対して、次の鑑賞を書いた。

「砂上の楼閣」を「砂城」と言い換えたのも面白い。冬月の光を集めて砂の城となったといっているだけだが、この幻想的な光景は当然崩壊することを前提として詠まれている。つまり、最近の峰子作品に現れる自分自身の肉体と精神の崩壊の危機意識である。幻想的で美しい一行詩でありながら、まさに鬼気迫る作品となっている。

川越さくらこの砂の城は、幻想的ではあるが北村峰子ほどの切迫感は感じられない。下五の「オルゴール」が一見、なんとも穏やかで微笑ましいからだ。しかし、それにしては「貝寄風の砂の城」とは何なのか。貝寄風によって砂の城は、直ぐに崩れてしまう。それとも貝寄風によって砂の城ごときものが出来上がった、とでもいうのか。多分、作者の「貝寄風の」の助詞の「の」は、「や」のような切れ字の代用ではなく、……にある、……にいる、……における、と言った場所を示すために使用されているのだろう。つまり、句意としては、貝寄風の中の砂の城よりオルゴールが聴こえてくる、ということだろう。それでは、何故に「早春」ではなく、「貝寄風」を持ってきたのか。ここではやはり、「風の中」の砂の城でなければならないわけがあるに違いない。平成十九年「河」九月号に川越さくらこの、次の作品がある。

崩 壊 の 後 の 一 人 の 端 居 か な　　川越さくらこ

さくらこのこの句について、「河」九月号に次の鑑賞を載せた。

川越さくらこの「端居」は実景ではない。「虚」である。しかし、このドラマトゥルギーは

「端居」が「家族団欒」の象徴として使用されていることに、読者はまず気づいてほしい。その家族団欒の崩壊の後に、作者は一人端居しているのだ。

川越さくらこの「貝寄風の砂の城」は、前回の「崩壊の後の一人の端居」と兄弟句と言ってもよい。前後関係から言えば、「砂の城」の崩壊の後に「一人の端居」がある。「貝寄風」は、早春の透明で明るい風である。それに対して、崩壊寸前の砂の城からオルゴールが聴こえてきた、と解釈すると、なんとももの哀しい、アイロニーとなる。一見、メルヘンチックな裏に恐ろしい危機感を孕む、グリム童話集のような一行詩。これがこの句の正体である。

菜の花や明日はく靴の見つからず　西川輝美

同時作に、

帰るべき部屋なき少女胡桃《くるみ》割る
夕桜孤独な鼻がぶら下がる

があり、全てが結びついている。帰るべき部屋のない、孤独な少女に、明日はく靴が見つからない、ということだ。この少女は、作者である西川輝美の分身である。明日はく靴が見つからない作者に対して、上五の「菜の花」の季語が絶妙な働きを示している。つまり中七下五の「暗」を上五の「明」に転換させたわけである。西川輝美が久々に見せた佳吟。

誰にも会はず復活祭の水を飲む　若宮和代

同時作に、

エプロンは白と決めをり蕗の薹

春の虹もう頰づゑはつかずゐる

がある。「蕗の薹」「春の虹」は、二月の「しゃん句会」の兼題であった。私の投句は次の作品である。

福島勲氏へ
風狂のいのち惜しめよ蕗の薹　角川春樹

春の虹見えざるものをこぼしけり　〃

「しゃん句会」での若宮和代の「蕗の薹」の句は、特選4の高得点であり、「春の虹」は秀逸にとられた。二句とも、若宮和代らしい日常吟の句だが、「復活祭」の句は、前二作と少し様子が違う。「復活祭」とは、キリストの復活を記念する祭で、春分のあとの最初の満月直後の日曜日である。例句としては、

胸に享《う》く復活祭の染卵　石田波郷

藪を透く桃のさかりよ復活祭　木下夕爾

祈るべく木椅子は浅し復活祭　鈴木栄子

復活祭神父の腰に鍵あまた　有馬朗人

鎧扉の海にひらかれ復活祭　朝倉和江

があり、それぞれ佳吟である。木下夕爾を除けば、復活祭というキリスト教の行事に即して一句が成り立っているが、若宮和代はそうではない。復活祭の「晴」に対して、「誰にも会はず」「水を飲む」という「褻」である。まさに俳句の「もどき」そのものである。復活祭だからといって、染卵を享けるのでもなければ、教会で祈るわけでもない。誰とも会わずに、家の中か、外かを問わず、ただ水を飲んでいるだけである。そこには、意識としては浮かび上がってこない寂寥感がひそんでいる。昨年の「河」十二月号の作者の次の作品がそれに近い。

皿一枚洗つて眠る良夜かな　若宮和代

もう一句、「河」三月号の次の作品が、「復活祭」の水を飲む景の裏側にある。

焼きたてのパンにはさんでゐる孤独　若宮和代

謝罪会見倦《う》みたる亀の鳴きにけり　石橋翠

同時作に、

目をあけてゐられぬ海よ菜の花よ
小さい春が寄せては返し花舗の窓
ブロッコリー真正直とは困つたもの
黒猫が狙つてをりし流し雛

があり、それぞれ違った角度から一行詩が詠まれている。「菜の花」は、早春の海と共に眩しさを強調した視点だし、「小さい春」は裏側に三寒四温を隠して、下五に花屋の窓を据えたことにより景がパッと拡がった一句。「ブロッコリー」は、真正直な人間が周囲に撒き散らす迷惑さを皮肉り、「流し雛」はユーモアのある作品だが、「はちまん句会」の兼題であった「亀鳴く」は圧倒的にユニークで、ユーモアがあり、さらに「風刺」が効いた佳吟。にも拘らず、私と堀本裕樹の二人だけが特選にとり、他は佳作にもとらなかった選句眼のなさに失望した。「亀鳴く」という季語自体にユーモアが含まれるが、これほど面白い句に出会ったことはない。「はちまん句会」の「亀鳴く」の兼題句は、次のとおりである。

化石の街泳ぎきつたる亀が鳴く　小林政秋
亀鳴くやお前はどんな海を見た　角川春樹
ニューヨーク時間の亀に鳴かれけり　〃
鶴よりも亀のひとこゑ待つてをり　鎌田俊
靴下の亀鳴くほどの丈なりき　〃
ライブハウス亀背伸びして鳴いてゐる　竹本悠
亀鳴くや金の成る木に水をやる　松永富士見
ハンガーに鳴かない亀を吊しけり　松下由美
亀鳴くや車内にヘッドフォンあふれ　堀本裕樹

以上のとおりだが、特選2秀逸2佳作3総合得点13を獲得したのは、及川ひろしの次の句であった。

前略といふ貌をして亀鳴けり　及川ひろし

薄氷《うすらい》を雲のごとくに跨《また》ぎけり　丸亀敏邦

今月の半獣神の中で次の二句と共に最高得点4を獲得した作品。

バレンタインデー少し残業して帰る　松永富士見

白魚のひれのさらなる白さかな　青木まさ子

「薄氷」は二月の「はいとり紙句会」の兼題であったが、俳句歳時記の例句をあげると、

葛桶に薄ら氷ゆらぐ宇陀にをり　能村登四郎

薄氷《うすごおり》ひよどり花の如く啼く　飯田龍太

薄氷を昼の鶏鳴渡りゆく　野澤節子

薄氷に透けてゐる色生きてをり　稲畑汀子

があるが、これはという名句もない。今あげた句は、例句の中でもましな作品だが、丸亀敏邦の「薄氷」は全てを凌ぐ一代の名吟である。中七下五の「雲のごとくに跨ぎけり」の措辞は誰もが言えなかったこと。勿論、類想も類型もない。

白魚のひれのさらなる白さかな　青木まさ子

同時作に、

春宵の焦がれてをりしデュポンの炎

春休みサンドウィッチが乾きます

があるが、「白魚」の句が断然良い。「白魚」の例句をあげると、

あけぼのや白魚白きこと一寸　芭蕉
笹折りて白魚のたえぐ〱青し　才麿
白魚やさながら動く水の色　来山
美しや春は白魚かひわり菜　白雄
白魚の漁火となん雪の中　鈴木花蓑
白魚は水とともならず雪降り降る　大谷碧雲居
白魚のみごもりゐるがあはれかな　鈴木真砂女
篝火に飛び込む雪や白魚舟　松本たかし
思ひだけ白魚に柚子したたらす　細見綾子
白魚のさかなたること略しけり　中原道夫

と、白魚の名句が驚くほどある。私の句をあげると、

白魚にかくも愛《かな》しき眼《まなこ》あり　角川春樹

があり、白魚の小さな目に焦点を合わせた句だが、小さな鰭には思い及ばなかった。そこに焦点を合わせたことが、青木まさ子の手柄である。白魚自体よりも、その小さな鰭の白さを詠った例句は存在しない。青木まさ子の傑作である。

凍鶴《いてづる》とならねば見えぬ星もあり　前原絢子

同時作に、

灯に似たる男が去りて余寒かな
ネックレス切れ総立の樹氷林

がある。「凍鶴」の句は、二月の「はいとり紙句会」で私が特選にとった。銀座の「卯波」が閉店し、銀座「かちわり亭」で行なわれた第一回目の句会で、私が特選にとったのは次の句である。

春光の坂ありかもめ来たりけり　堀本裕樹
黄水仙どんな夜明けがあるだらう　のだめぐみ
春愁のスペイン坂に暮れにけり　〃
薄氷を雲のごとくに跨ぎけり　丸亀敏邦
春浅しものの果てなる瀬のひかり　平岡　瞳

北海道の釧路湿原には丹頂鶴の群棲が見られるが、前原絢子の「凍鶴」は、その丹頂鶴を指しているのかもしれない。例句をあげると、

去年《こぞ》の鶴去年のところに凍てにけり　水原秋櫻子
凍鶴に忽然《こつぜん》と日の流れけり　石橋秀野
子供らにいつまで鶴の凍つるかな　石田波郷
水飲みて凍《いて》を強めし凍鶴よ　鷹羽狩行

があるが、全て凍鶴を客観視した作品ばかりである。それに対して、前原絢子の「凍鶴」は、

作者自身が凍鶴になり切るという発想の新しさが手柄である。さらに、凍鶴にならなければ見えない星もあるという視点は、まさに詩の中にしか成立しない物語性だ。このような感覚は、従来の俳句の世界では否定されてきた。「盆栽俳句」の立場から言えば、「観念的」、「生活感」がないなど、詩とは無縁な発言を浴びせられることになろう。前原絢子が久々に見せた佳吟である。

扉《と》を開けて帰る場所なき弥生尽　のだめぐみ

同時作に、

春愁のスペイン坂に暮れにけり
手で挽《ひ》いたコーヒーの香に春立ちぬ
黄水仙どんな夜明けがあるだらう
鞦韆《しゅうせん》や過ぎゆく日々に手を振れり

があり、全て佳吟。河作品の五句投句の総合得点15を獲得した。三月の「はいとり紙句会」の兼題は「三月」「弥生」で、特選3をとったのは、私の次の二句とのだめぐみの右の句だけであった。

ある晴れた日の三月を踏みにじり　角川春樹
三月や水より空の流れゐる　〃

また、「春愁」と「黄水仙」の句は、二月の「はいとり紙句会」の特選句である。兼題は「黄水仙」、詠み込みが「坂」であった。私の投句は次の二句である。

きさらぎの柿の木坂に日暮ゐる　角川春樹

午後の日のテーブルにある黄水仙　〃

私の古典的な柿の木坂に対して、のだめぐみは現代のスペイン坂を持ってきた。さらに「黄水仙」の一句は、私の新鮮さを意識した上五中七の「午後の日のテーブルにある」に対して、のだめぐみは中七下五に「どんな夜明けがあるだらう」を持ってきた。歌手としてのASUKAは、映画「神様のパズル」の主題歌を担当しているが、カップリング曲「ある日、どこかで」はのだめぐみの作詞である。そこには、「魂の一行詩」がふんだんに盛り込まれている。その作詞の手法が「魂の一行詩」にも影響を与えた結果が、「黄水仙」の季語に対して「どんな夜明けがあるだらう」となったわけである。それは「鞦韆」の句についても同様である。「鞦韆」という古典的な季語に対して、中七下五の「過ぎゆく日々に手を振れり」とは、従来の俳句的発想からは生まれてこない。古典としての季語を使えば、どうしても俳句らしい俳句を作ってしまうが、若いのだめぐみの言語感覚は、季語の本来的な意味を無視して、言葉が持つ魅力、つまり季語の再発見を自分の肉体を通して、彼女の言語として再生産しているように思われる。昨年の「河」十月号、十一月号の、のだめぐみの作品がそれを示している。

クローゼットの中ひそやかな解夏の夜　「河」十月号

過ぎてゆく時間のごとし処暑の椅子　十一月号

そのことは、今回の「弥生尽」の句についても言えることだ。昔は三月と書いて「ヤヨヒ」

と読んでいた古典的な季語に対して、上五中七の「扉を開けて帰る場所なき」の措辞を持ってきた。例句をあげてみよう。

臈《ろう》たけて紅の菓子あり弥生尽　　水原秋櫻子

秋櫻子の句は、山本健吉氏の言う「きれい寂《さび》」の美しい作品。上五の「臈たけて」は中七の「紅の菓子あり」にかかるが、下五の「弥生尽」という言葉と見事に響き合っている。一句全体が短歌的な抒情詩である。それに対して、のだめぐみの上五中七は、まさに作詞的な現代詩である。この句はのだめぐみにあっては「虚」ではない。両親と決別して、扉を開けても帰る場所のない現実なのだ。その厳しい現実が、次の句を生んだ。

父とか母とかどこかに浮かんでゐる二月　「河」七月号
父といふ日が足もとに転がつてゐた　九月号

春愁やギターリストの細き指　　上田郁代

同時作に、
啓蟄《けいちつ》や混み合つてゐる始発バス
壺焼きや心の中に開かずの間
三月や街に孤独を捨てに行く
があり、どの句も良く、総合得点14で、のだめぐみにつぐ河作品の第二位である。春愁のギタリストの句では、渡辺二三雄の次の秀吟がある。

地下鉄へ入る春愁のギタリスト　渡辺二三雄

それに対して、上田郁代は「ギタ－リストの細き指」と持ってきた。「春愁」は、「や」という切れ字を使っているものの、下五の「細き指」にかかっている。つまり、「春愁の細き指」ということだ。「細き指」に「春愁」を発見したところが、この句の手柄である。上田郁代の作品が私の目に止まるようになったのは、「河」三月号の次の作品である。

深秋や昭和の香ある喫茶店
ポッペンを吹いて行く秋惜しみけり
極月や魔女のブーツを買ひにゆく
大判のマフラー巻いて自爆する
真夜中に恋文燃やす雪女郎

二月この一つ外せば積木崩し　佐藤聡美

同時作に、

なかつた事にして春愁に紛れ込む
勝手に氷が二月の器に落ち
千日かけても嫌いになれない理由

がある。どの句も、具象というより抽象的な現代詩。なかでも「積木崩し」の句が面白い。「積木崩し」は、普通、家族崩壊のメタファーと考えられるが、この句の場合、文字どおり積木遊びの建造物が、一つ外すことによって崩れてしまうこと。メタファーは「二月」にある。私の次の句が参考になる。

ある晴れた日の三月を踏みにじり　角川春樹

私の「三月」は、人間関係とそれに付随する事象のことである。佐藤聡美の「二月」も、作者以外には正確に理解できない人間関係、ないし事象のメタファーだろう。例えば、堅固な人間の絆（家族、友情、恋愛といった精神的な繋り）も、たった一つの出来事で積木のように、いとも簡単に崩れてしまうの意である。佐藤聡美の今回の投句五句は、総合得点13で第三位だが、今年に入ってからの作品を眺めてみると、

酔うて候ふ角の氷が啼いて秋　「河」一月号
獄に棲む冬の蟻一つ食うてみる　二月号
聖夜に銃声それでも五木ひろし　三月号
冬木の芽いのちのねぢを巻き直す　四月号

といった句が並ぶ。感覚的な一行詩だが、三月号の「聖夜に銃声」は説明できない魅力がある。

CDのタンゴに変はり雛《ひいな》の夜　竹本悠

同時作に、

本棚の真空管ラヂオ囀れり

がある。「雛祭」は、三月の「はちまん句会」の兼題で、特選をとったのは竹本悠と藤田美和子の次の句である。

銀紙の鶴二つ折る雛の夜　　藤田美和子

私の当日の投句は、次の二句である。

雛の日や夕べのBARにひとりゐる　　角川春樹
灯ともして2LDKの雛まつり　　〃

竹本悠の「雛の夜」は、私の「灯ともして2LDKの雛まつり」の景だ。雛祭だからといって、一戸建ての家でない限り雛壇があるわけではない。リビングの棚に小さな一対の雛人形があるくらいだ。CDの音楽がなんであったかわからないが、途中でタンゴのCDに変えたという句意だが、この句にも日常の細やかなドラマ性がある。つまり作者の気分が、明るいタンゴの曲を好んだということは、「鬱」というほどでないにしても、明るさとは、懸け離れた状況だからだ。タンゴの「明」に対する心理的な「暗」である。そして、それが「雛祭」の「晴」の背景として置かれている。

早春やフィルムのないライカ持つ　　伊藤実那

同時作に、

人待ちの少女白鳥の首をして
修羅界に降りて桜を浴びにけり

がある。修羅界の句は、私の獄中句集『檻』の次の一句を思い出させた。

わが生は阿修羅に似たり曼珠沙華　角川春樹

私の魂の故郷は天の川である。私は人生をゲームとして遊ぶために、水の星である地球に生まれてきた。しかし、輪廻転生のたびに、私の生まれた時代は修羅界である。その修羅界にあっても、獄中にいた時でさえ、桜の落花を浴びているのだ。そして、今年も花の吉野に行き、桜の吹雪に見《まみ》えることになろう。伊藤実那の生もまた、私と同じかもしれない。

一方、「早春」の句は、いかにも伊藤実那らしい作品。例えば、次の句だ。

死にてより父と呼ばるる人へ雪　「河」十月号

ダイキリを飲む父とゐて月涼し　十二月号

伊藤実那の「父」という存在は、「幻」である。寺山修司の詠う「父」と同様である。だから「河」十二月号の「ダイキリを飲む父」は美しい幻なのだ。私の一行詩集『飢餓海峡』に次の二句がある。

光る風父のライカを首に吊り　角川春樹

春光や父の手擦《てず》れの二眼レフ　〃

父の形見であるライカも二眼レフも、当然フィルムは入っていない。伊藤実那のライカもフィルムがないと言っている以上、本人のものではない。持ち主は「幻の父」である。「早春」という透明な輝きのなかの、不在の父の暗喩としてのライカなのだ。

死に近き人と牛乳飲んでゐる　阿川マサコ

同時作に、

桃咲いて空はみづいろだと思ふ
うづまきは命の原初《はじめ》水温む
なめらかに開脚前転春が来る

「水温む」の一句は、生命の誕生というより宇宙誕生と同時に、うずまき状のパラレルが発生した。また、全ての生命の遺伝子は螺旋状である。螺旋状の遺伝子は、現在もうずまき状で膨張を続ける宇宙そのものである。また「水温む」は羊水のメタファーである。そして「桃咲いて」の句は、中七下五の「空はみづいろだと思ふ」を導き出すために選択された季語。下五の「だと思ふ」の据え方が見事である。

一方、「牛乳」の一句は、アイロニー。阿川マサコは「川柳大学」を経て「河」に入会してきた。「川柳大学」を主宰した時実新子の言う「川柳は俳句と違って意地が悪い」を裏付けるような作品。季語はないものの、見事な人間諷詠の佳吟。

春浅しものの果てなる瀬のひかり　平岡瞳

平岡瞳の「春浅し」は、二月の「はいとり紙句会」の特選句。出席者全員を驚かせた作品。上五の「春浅し」に対して、中七下五の「ものの果てなる瀬のひかり」は、銀河集の作家でも言えない措辞。彼女は「魂の一行詩」を始めて、まだ二カ月しか経っていない。私の目指す「澄んだ水のような一行詩」を、いとも簡単に平岡瞳は作ってみせた。佳吟である。

最後に、銀河集、半獣神、河作品から今月号の佳吟と作者名を列挙する。

大くさめして踏んぎりのつきにけり　小川江実

鶏鳴のどこにもあふれ斑雪《はだれ》村　小島健

いづこにも鳰ゐて北をひらきけり　滝平いわみ

戻れない橋の向うに春の虹　松下千代

陽炎や父なるものが鳥となり　大森健司

鳥雲に入る抽斗はからつぽに　野田久美子

風船の中に無音の夜が来る　大森理恵

探梅行酔うて駱駝になつてをり　春川暖慕

鶴よりも亀のひとところ待つてをり　鎌田俊

流れ着く恐竜の骨春満月　川崎陽子

鳥雲に砂色の街残りけり　石田美保子

虚虚実実羽をしづかに寒鴉　田井三重子

樹氷見ゆところ迄ゆき戻りけり　内田日出子

落ちてゐる手袋星と声かはす　竹内弥太郎

木の家の天窓雪解はじまりぬ　佐野幸世

午後独り梅の香れるカフェにいて　森村誠一

乳房とふ月と日を抱き花冷す　宮京子

春情や兎まつ赤に塗りつぶす　梅津早苗

消しゴムに花の匂ひや春愁　神戸恵子

胡蝶蘭時間の袋燃えている　愛知けん

春の雪窓辺に置かるトゥシューズ　松岡悦子

ぜいたくは素敵目刺の朝ごはん　春木太郎

ランドセルに翼が生えて春の泥　武正美耿子

銀紙の鶴二つ折る雛の夜　藤田美和子

花冷や人の置き去る人の影　肥后潤子

ものの芽や駅前ライブに客二人　木下昌子

年金も命も減りぬ二月尽　片山白城

早春の皿にあふるる玉子とぢ　市川悦子

花の種まく西行の日なりけり　蛭田千尋

ふらここや哀歓の日の遠離る　廣井公明

日脚伸ぶ油絵に色重ねゐて　菅城昌三

春愁のカメラアングル少しずれ　岡本芳子

ボヘミアングラスのむかう春の雲　青柳冨美子

少女ひとり春の光を射貫きけり　三浦光子

啓蟄やペットボトルの水の音　斎藤隆顕

虐殺はバレンタインの日なりけり　西尾五山

春スキーあなたの影にもうつけず　谷川房子

春愁やガラスの中の見知らぬ魚　吉野さくら

朧夜に寝かすひとりのパンの種　佐藤佐登子

初めてのをんなは娼婦紫木蓮　谷山博志

春キャベツ他人のことは考へず　岡本勲子

二ン月の大きな口を開けてゐる　中田よう子

虫出しの雷や抽斗あけつぱなし　玉井玲子

霏々と雪ひとりの部屋は悲の器　舟久保倭文子

春浅しナイフに残るレモンの香　倉林治子

ジャズバーの止り木にゐて春寒し　はやしゆうこ

水涸れて名のなき道となりにけり　東　恵理

ただいまー春の匂いがしたよ今　本田真木

人間を脱皮弥生の蛇となる　中戸川奈津実

永き日のいづこもテナント募集中　朝賀みど里

雛流し錆つきし身の蝶番　蒲地裕子

春愁といふ錯覚におろおろ歩く　加藤ひろこ

黄砂降る赤き涙の言ひ訳に　田口果林

放浪や俺はまだ枯野にゐる　岡田滋

ふらここの中空にある孤独かな　大友麻楠

胡桃割り死を待つだけの部屋がある　橋本知保

永日や女優が足の爪を切る　島政大

へらへらと蝌蚪に尾が出て足が出て　岡田みつこ

春闘や寝てばかりゐるうちの猫　秋山恬子

野火猛るむすめに叛の兆しあり　佐田素子

逃げ水の砂漠を越えてゆきにけり　鈴木昭二

菜の花やもうこれつきり泣きません　鶇一平

菜の花や遥かな顔をしてひとり　三角千里

マドレーヌほどよく焦げて日脚伸ぶ　山西澄子

風船が吊してしまふ時間がある　鮎川純太

立春や駅の出口がみつからぬ　小林文子

死に生まれし妹寝枕に立ちあげし風船　船村安則

（平成二十年「河」五月号）

11　一椀の貝

白梅や越後の空のかたあかり　川崎陽子

「かたあかり」と題する同時作に、

ネーブルを齧《かじ》り何から話さうか
全身を濡らして蝶の生れけり

がある。「ネーブル」の句が特に面白いが、「白梅」の句の立ち姿の良さに惹かれる。「かたあかり」は、「片あかり」で、変り易い日本海沿岸の空の、一部だけが光明のように輝く状態を指している。季語として選ばれた上五の「白梅」が、中七下五の「越後の空のかたあかり」を支えている。早春のまだ肌寒い越後にあって、白梅の凛々とした美しさが、長い冬を終えて迎える春の喜びに満ちている。この句をしばらく眺めていると、一見平凡な措辞だが、いつまでも読み手の心に灯る作品。《句品》という言葉がある。一句に備わる品格ということだ。作品鑑賞に《句品》を重要視したのは、飯田龍太が最初だが、森澄雄さんも句の鑑賞にこの言葉を用いることがある。「白梅」の句から感じたのは、まさに《句品》ということだった。そのことが、この句の鑑賞として一番適切な表現であろう。

菜の花や好きなのはやっぱり笑顔　　小川江実

同時作に、

雛飾る昭和丸ごと生きしかな

があり、作者の年輪を感じさせる佳吟。「菜の花」の一句は、滝口美智子の次の一句と共に、銀河集の作品の中で最高得点4をとった。

さしものと染め抜いてあり遅桜　　滝口美智子

「菜の花」の例句の中で、これほど魅力的な作品はない。作品は作者から離れて鑑賞するのが常道だが、時に、作者と作品があまりにも合致しているケースがある。「菜の花」の一句が、それだ。中七下五の「好きなのはやっぱり笑顔」の措辞が抜群に良い。小川江実の笑顔は、とても素敵だが、この句の場合、第三者の笑顔が好きだと言っている。笑顔の素晴らしい人物は、子供なのか、大人なのか、少年なのか少女なのかも示されていない。読み手のイマジネーションに作品は委ねられている。一読、二読、三読する内にこの句から離れ難い感動が湧きあがってくる。

三月の東京例会に私が投句した次の作品は、秀逸1佳作4と、当日あまり評価されなかったが、「河」五月号に山田絹子が一文を載せているので引用する。

雨降つてやさしい春となりにけり　角川春樹

この作品は春樹主宰から特別に「この句は、無技巧、無作為、無内容のものであるが、このようにごく自然体の作品も大事と思い出句してみた」と注釈がありました。

あまりにシンプルで単純なので、私は選ぶことができなかったのでしたが、句会後、何日か経ってふとノートに記したこの句を眺め、「あれっ」と感嘆の声をあげました。心に降る慈雨のように、淋しい私の心情に、それはあふれるばかりのやさしさで迫ってきました。私を包む春風のように。

小川江実の「菜の花」の一句は、私の「やさしい春」と同様に、無技巧、無作為、無内容の作品である。手垢のついた作品や鑑賞ではなく、無垢の心で一句を創り、鑑賞することが大事なのである。父・源義は技巧を主張する輩に「魂の作物」は生まれないと看破した。画家で小説家の池田満寿夫に次の一文がある。

俳句とは発見である。いや俳句とは発見されるためにあるのだ。「古池や蛙飛びこむ水の音」これは芭蕉の発見である。何故これが今日まで残っているのか。時代を超えて常にこの句が発見されてきたからである。

小川江実の「菜の花」の一句は、私が発見し、「河」の読者が発見し、多くの人々に発見してほしい作品。

花吹雪凶器となりて遊びけり　北村峰子

同時作に、

げんげ田で不器用なわたしをたたむ

葱坊主いのち乞ひなどするものか

があり、作者の自画像が浮かびあがる作品。

一方、「花吹雪」の句は、自画像というより願望であろう。私の第一句集『カエサルの地』に次の一句がある。

晩夏光ナイフとなりて家を出づ　角川春樹

私の場合、ナイフという凶器は、思春期のやり場のない怒りや狂気の象徴であった。北村峰子の「凶器」も恐らく同様であろう。癌と共生する作者にとって、自暴自棄になる衝動と葛藤する時期も、当然あったであろう。この句の眼目は、下五の「遊びけり」にある。「遊び」を人生至上の境地とした、古代中国の大きな思想であることは、「河」三月号の鑑賞で触れたが、下五の「遊びけり」によって、一句が救われるばかりでなく、ある種の「放下《ほうげ》」の一句と解釈することが、可能になった。それにしても、中七の「凶器となりて」のインパクトが凄い。

彼方へと歩きはじめる朧の木　野田久美子

同時作に、

恋猫の月の裏側見て戻る

蛇穴を出でて廃墟の塔ひとつ

があり、「朧の木」の世界がなんとなく理解できる。かつては人間でさえ見ることのできなかった月の裏側を恋猫が見てもどったり、バベルの塔のような廃墟の塔を穴を出た蛇が眺める世界である。勿論、猫も蛇も擬人化である。とすれば、「朧の木」も、擬人化としての存在である。彼方へと歩きはじめるのは、人間であるが、人間では辿り着けない銀河の果てまでも、「朧の木」は未知の世界に向かって歩き始める。「朧」は、現実と異世界のあいまいな世界を表現している。

平成十八年「河」十一月号に、野田久美子は次の一句を発表している。

穴惑《あなまどい》遠くまぶしい水がある　　野田久美子

その時の私の鑑賞文を引いてみる。

野田久美子の作品「穴惑」は、作者自身である。「遠くまぶしい水」は、作者の過去ともとれるし、未来に対する願望とも考えられる。「まぶしい水」は、永遠に手に入れることのできない逃げ水であり、しかも目に見えるがゆえに、冬眠を拒み、この世に執着する蛇は、さまざまな「惑い」を抱えている。「穴惑」の一句は、象徴詩として秀吟。

私の鑑賞文は、今回の「朧の木」にも当て嵌まる。つまり、未来に対する願望である。野田久美子の「朧の木」の一句は、「穴惑」と同様の幻想的な象徴詩として捉えるべきだろう。

さしものと染め抜いてあり遅桜　　滝口美智子

四月の東京例会で特選3佳作1総合得点10をあげた作品だが、今月の銀河集の中で小川江実の次の句と並ぶ秀吟。

菜の花や好きなのはやつぱり笑顔　　小川江実

「遅桜」の例句としては、次の作品がある。

一もとの姥子《うばこ》の宿の遅桜　　富安風生
遅ざくら朝日優しく上りけり　　草間時彦
遅桜北指す道の海に添ひ　　野澤節子
遅桜河口に雨のつづきをり　　宇多喜代子

があり、特に富安風生の句が代表作。また富安風生以外の作品は自然詠。風生作品の良さは、人間の営みを登場させたことで人肌の温もりのある作品に。その中には、懐かしいという感情も含まれる。滝口美智子の「遅桜」も、同様である。上五中七の「さしものと染め抜いてあり」の措辞が、どこか下町の懐かしい温もりを表現してあますところがない。しかし、この句の手柄は、その懐かしい景に季語の「遅桜」を持ってきたことだ。これを「季語の恩寵」と言う。季語に甘えた作品には、このような感動は伝わらない。俳句歳時記のどの例句にも遜色のない名吟である。

春雨や銀座の花を買うてより　小島健

小島健の「春雨」の句は、一見、変哲もない平凡な作品に見えるかもしれない。今月の銀河集の作品を眺めても、手の込んだ理知的な句が目立つ。しかし、「春雨」には、全くそれがない。陶芸家の北大路魯山人は、志野、織部、備前によるものが得意であったが、彼に次の名言がある。

贋物《にせ》と本物は紙一重である。その真贋《しんがん》は見抜く鑑賞者の目で決まる。

父・源義は秀れた鑑賞者で、所持している骨董品の数々は全て本物であった。骨董屋の持ち込む作品を、一週間眺めて飽きない物だけを購入した。飽きない作品は、たとえ贋作であったとしても、本物を超えると考えたからである。源義の骨董品に対する解釈も、北大路魯山人の陶芸に対する発言も、極めて重大だ。真の鑑賞者だけが、その作品の魅力を発見するからである。このことは、小島健の「春雨」の一句にも言える。つまり、飽きない作品ということだ。そして、この句の良さは、すでに何度も作品批評で触れたが、季語が自己主張しない「季語の純化」「純粋季語」としての「春雨」にある。

荷風忌や薔薇いつぽんの予約席　大森理恵

「荷風忌」は、四月三十日、小説家・随筆家の永井荷風の忌日。例句としては、

荷風忌や精養軒のオムライス　佐藤紫城

荷風忌の踊り子がガムを嚙む楽屋　伊藤黄雀

があり、二句とも永井荷風の自画像が浮かびあがる佳吟。四月の吉野で行われた「はいとり紙句会」の詠み込みは「レストラン」だった。私は次の作品を投句した。

ティファニーの角で人待つ春の雨　角川春樹

ティファニーはトルーマン・カポーティの小説で、オードリィ・ヘップバーンが主演した映画「ティファニーで朝食を」から、宝石店をレストランになぞらえた。

しかし、投句しなかった次の一句がある。

荷風なきアリゾナにゐて春惜しむ　角川春樹

アリゾナは荷風の愛した浅草の洋食屋だが、むしろレストランの名というより、アメリカのアリゾナ州がイメージされたほうが面白いと考えた。結局、投句しなかったが愛着のある一句。季語の「春惜しむ」は、荷風忌の四月三十日を意識した。大森理恵の「荷風忌」も、レストランの存在が隠されている。中七下五の「薔薇いつぽんの予約席」の措辞が上手い。これで景がパッと明るくなり、読み手のイメージが拡大されるからである。第一回日本一行詩大賞受賞者の佳吟。

花夕焼この世にとどまるもののなし　松下由美

同時作に、

ノブのない二月のドアがそこにある

ハンガーに鳴かない亀を吊しけり

淋しさや四月の雨の動物園

があり、全て佳吟である。また、五句の投句で総合15点を「河」で四カ月連続してとったのは初めてである。「四月の雨」は、四月に行われた井の頭自然文化園での吟行句。「二月のドア」は、私の獄中句集『海鼠の日』の次の一句から、イメージしたものと思われる。

年ゆくや獄に取っ手のない扉　角川春樹

「鳴かない亀」は、三月の「はちまん句会」の兼題「亀鳴く」を逆手にとったユーモア句で、松下由美に今まで見られなかった「笑い」や「滑稽」を意図した作品。

「花夕焼」は、今月の半獣神の中で、佐藤佐登子の次の作品と共に最高得点4を獲得した。

一椀の貝のすましや鳥帰る　佐藤佐登子

季語の「花夕焼」は、平成十九年「河」六月号の高田自然の次の一句からとった。

花夕焼あしたへ続く吾の今　高田自然

「花夕焼」という措辞の発見は、従来の「夕ざくら」という手垢のついた言葉を使ってきた私にとって、実に新鮮。私の造語である「花時雨」に匹敵する新季語と言ってよい。

今年の春、「花夕焼」の季語を用いて何句か試みた。

花夕焼きのふといふも遠い午後　角川春樹

花夕焼詩歌は常に寂しかり〟

松下由美の「花夕焼」は、西方浄土をイメージした作品。それが、中七下五の「この世にとどまるもののなし」の措辞を導きだした。私の「花夕焼」を上回る秀吟。

花ふぶき武は美しきちからなり　小林政秋

同時作に、

幸福な家族の食卓さくら散る
手のひらに明るき春の愁ひあり
春昼の居間にひとつの湯呑あり
母の為す父へ化粧や桜ちる

があり、作品を読む限りは父親の死を悼む連作で全て佳吟。松下由美に続いて総合15点を獲得した。特に、「春愁」と「春昼」の作品は悲しみに流されることなく、「明」に転換させたことで成功した。

一方、「花ふぶき」の一句は、父の死の連作から離れて、私の武道を詠んだ作品。「武は美しくあらねばならない」というのが私の持論である。日本の敗戦後、日本の武士道をテーマにしたベネディクトの『菊と刀』が大ベスト・セラーとなった。ベネディクトはアメリカの女性文化人類学者で、日米戦争が不可避であった時期に、アメリカ政府の依頼で日本研究の一貫として同書を著《あらわ》した。それに対して小林政秋は、武士道を「花と刀」に見出した。四月の東京中央支部の句会で最高得点をとった作品である。

キャッチボール春がいつたりきたりかな　　春木太郎

同時作に、

つくしんぼ大人のくせにこどもかな

春ショールそのまま首をしめてくれ

があり、「春ショール」の一句に爆笑した。こんなに笑ったのは、平成十九年「河」七月号の、次の一句以来である。

肝心なときに腰痛青蛙　　春木太郎

「キャッチボール」の句は、三寒四温の季感をユーモラスに言い止めた作品。毎年のことながら、今年もまた春は行ったり来たりだった。

花の雨走って走って逝ってしまった　　斎藤隆顕

同時作に、

振り袖のカタログ届く万愚節

がある。「花の雨」の句は、詞書のないものの三月十四日に行われた「秋山巳之流さんをしのぶ会」を前提として詠まれた悼句。今月の半獣神作品の中で次の句と共に最高得点4を獲得した秀吟。

花夕焼この世にとどまるもののなし　松下由美

一椀の貝のすましや鳥帰る　佐藤佐登子

「花の雨」の一句は、秋山巳之流の代表作である次の句を念頭において詠まれた。

走る走る走るラグビーの男　秋山巳之流

勿論、斎藤隆顕の「花の雨」は、秋山巳之流のことと限定する必要はない。そのうえ、逝ってしまった人物が男とは限らない。しかし、俳句が男の文芸と考える以上、走って走って逝ってしまったのは、やはり男と考えるべきだ。秋山を偲ぶ当日は、桜の開花直前の豪雨だった。走って走って逝ってしまった男に上五の「花の雨」は、これ以上はないと思える季語だ。そして、この句の季語として「いのち」が宿っている。全力疾走で生を全《まっと》うした全ての男たちへのレクイエム。

テレドラに泣いて三つめの桜餅　鎌田志賀子

同時作に、

私亀です鳴いてもいいかしら

がある。鎌田志賀子は八十七歳。「河」の女流では珍しいユーモア作品を発表している。今年の「河」四月号に次の一句があり、私を驚かせた。

誰がための雪の眼鏡かオホホホホ

人間はどんなに悲しいことがあり泣いたとしても、日に三度のご飯を食べる。テレビドラマに泣いた作者は、それでも三つめの桜餅を飽かずに食べている。俳諧は、その出発の時点から「笑い」と「滑稽」を内包しているが、単なる写生ではユーモアもヒューマニティも生まれてこない。人生に「遊び」がなければユーモアは生まれない。従って、ユーモアはある種の年輪や経験が不可欠となる。恋の句、ユーモア句を生んでこそ一流の一行詩人といえるのだ。

花冷えや電脳都市が蒼ざめる　梅津早苗

同時作に、

いくたびも死水呑んで桜咲く

蝌蚪の夜や盲ひてしまつたオイディプス

があり、どの句も現代詩の世界。一方、「花冷え」の一句は、映画でいえば「トロン」、「ブレードランナー」、「マトリックス」等のサイバーパンクの世界である。現実というより、近未来の電脳都市と花冷えとの取り合わせが奇想なのだ。少なくとも、私はこのような一行詩を読んだことがない。あるいは現代短歌や現代詩の世界では、近未来都市を詠《うた》うことはあったかもしれないが、盆栽俳句の世界では全く見られなかった新しい試みであろう。梅津早苗の電脳都市が蒼ざめるのは、花冷えによってである。すると、電脳都市の未来にあっても、桜は存在し続けるということになる。それがこの句の面白さとなっている、といえようか。

亀鳴くや含み笑ひの甘納豆　丸亀敏邦

同時作に、

花いかだ追うてゆく水ありにけり

があり、一句としては「花いかだ」のほうが上等かもしれないが、今回は「亀鳴く」のユーモア句をとりあげることにする。「亀鳴く」の背景は、坪内稔典の代表作となっている次の一句である。

三月の甘納豆のうふふふふ　坪内稔典

稔典の上五の季語「三月」と中七下五の「甘納豆のうふふふふ」とはなんの関係性もない。一方、丸亀敏邦の「亀鳴く」は、稔典の句を踏まえたうえでユーモア句として成立させてしまった。このような本歌取りは、古代より詩歌の世界で許容されてきた。問題は、本歌を超えたかどうかにかかってくる。稔典の虚の世界を借りて、ユーモア句に転換させたのが、この句の手柄である。またそのことは、知識と教養をベースにして笑いのめす談林俳諧の伝統でもある。

一椀の貝のすましや鳥帰る　佐藤佐登子

同時作に、

職退きて花見の靴を磨きをり

があり、この句も佳吟。「鳥帰る」の一句は、三月の東京例会の投句で、選者の山口奉子と私だけが特選にとった佐藤佐登子の一代の名吟である。今月の半獣神の中で、次の句と共に最高得点4をとった。

花夕焼この世にとどまるもののなし　松下由美

花の雨走って走って逝ってしまった　斎藤隆顕

上五中七の「一椀の貝のすまし」とは、蛤の潮汁《うしお》であろう。例句としては、

南《みんなみ》に海蛤のすまし汁　大野林火

がある。佐藤佐登子には角川春樹編の『現代俳句歳時記』にも収録された次の名吟がある。

顔見世にかなふ寒さとなりにけり　佐藤佐登子

十年前の東京例会で「顔見世」の句を発見した時の感動は、今でも鮮やかに思い出すことができる。その後も、私が「河」の主宰になった平成十八年十月の東京例会では、

杜氏《とうじ》来る赤き手編みのチョッキ着て

があり、東京中央支部の十二月の句会では、

つるし柿粉《こ》吹《ぶ》く夜祭来たりけり

の秀吟がある。しかし今回の「鳥帰る」は、「顔見世」以来の作品である。まず、映像がとび込んでくる。白濁した潮汁に箸をつけると、季節からいって鳥の帰る頃だなあ、という作者の感懐が伝わってくる。一句全体が春の季感に満ち、空気の匂いさえしてくるではないか。しかも、季語が少しも威張っていない。季語の「鳥帰る」が一行詩の中に絵のように納まっている。俳句は発見されなければならない。発見されることによって、文学史に残ってゆくのだ。主宰の役割といえば、最初の発見者となり、その鑑賞文を書くことだ。勿論、作品の真贋《しんがん》を見抜く主宰者の審美眼があってのことだが……。

生きること逃水を追うてゐるやうな　浮田順子

浮田順子の「逃水」も、佐藤佐登子と同様の三月の東京例会での作品。句意は説明を必要としないが、人生の哀歓の伝わってくる作品。

浮田順子といえば、平成十八年十二月の東京中央支部でトップの得点をとった次の一句がある。

義士の日やシャンプー台に首預け

夕暮れの花散る海に逝きにけり　のだめぐみ

同時作に、

地下鉄のホームに角の落ちてゐる

春雨やいつかどこかのこゑがする

四月八日傷ついて開くドアがある

があり、全て四月の吉野山で行なわれた「はいとり紙句会」の作品である。兼題は「花」「落し角」「春泥」「四月八日の仏生会、虚子忌」であった。当日、私が特選にとったのは、のだめぐみほか次の三句である。

春泥やあの日渡したチョコレート　平岡瞳

春泥の一本道を帰りけり　大多和伴彦

灌仏《かんぶつ》や母とはさういうものですか　佐藤和歌子

なかでも、「花散る海」の一句には、「四月七日、戦艦大和水上特攻」の詞書があり、当日の特選5佳作1の総合得点16を獲得した。しかし、出句にあたって詞書は不要と考えたらしい。勿論、詞書のないほうが大和に限らず、水上特攻の犠牲者全員の鎮魂となろう。六十二年前の四月六日、まだ桜の莟の時期に沖縄に向かった戦艦大和以下の船団は、四月七日、アメリカの戦闘機によって撃滅された。救助された乗組員が佐世保港に辿り着いた時、満開の桜を見て発狂した兵士もいたという。のだめぐみの一句は、そのドラマをあますところなく、わずか十七音の一行詩に言い止めた。

花散るや夕日に白きベビー靴　大友麻楠

同時作に、

鍵穴に合ふ鍵探し春の暮

沿線の空が真つ赤に聖金曜日

がある。「聖金曜日」は、キリストの受難と十字架上の死去を記念する日で、例句としては、

聖金曜のオルガン低し辛夷の芽　古賀まり子

があるが、季語としては一般的ではない。古賀まり子の句は、キリスト教の行事に即しているが、大友麻楠の場合は日常の中のドラマトゥルギーに視線を移した。また「春の暮」「花散る」の二句は、四月の東京中央支部の句会で特選をとった。「春の暮」の一句は、作者の心理を具象

化して見せたが、発想としては必ずしも新しいとはいえない。しかし「花散る」の一句は、景も鮮やかで中七下五の「夕日に白きベビー靴」の措辞が良い。そして、この句も日常の中の細やかなドラマに目を付けて成功した。しかも、花が散るという古典的な季語に対して、「夕日に白きベビー靴」の取り合わせが見事。

春光のをとこもすなる手淫かな　　中戸川奈津実

同時作に、

春暁や罰を数へて遊びをり

血の赤のぬらりと落つる竹の秋

がある。中戸川奈津実も阿川マサコも、かつて時実新子の「川柳大学」に所属していて、私も彼女たちの作品を毎月眺めていた。時実新子の死をもって「川柳大学」は解散。改めて二人とも「河」に入会し、水を得た魚という古い表現がぴったりなほど、河作品の上位に定着した。「春光」の一句は、紀貫之の「土佐日記」を念頭に置いた作品。例の「をとこもすなる日記といふものを」の件である。この句のインパクトは下五の「手淫かな」。私の一行詩集『飢餓海峡』には次の二句がある。

建国日公衆便所に手淫する

花季《はなどき》の手淫に耽《ふ》ける真昼かな

私は奇麗事ですます盆栽俳句を否定している。勿論、秀れた俳句は秀れた一行詩でもある。

だが、「手淫」という言葉は従来の俳句では忌避されてきた。しかし、手淫をしたことのない男に私は会ったことがない。だから詩語ではないが手淫という言葉を一行詩に使用してきた。問題は、手淫という言葉を使って詩が成立するかどうかにかかってくる。私の「建国日」の一句は、強烈な一行詩であると自負している。時実新子は、かつて私にこう語った。
「俳句と違って、川柳は意地が悪い」
なるほど奈津実の一句は、一行詩としては少し弱いが、川柳的な意地悪さを、古典を借りて表現したのだと納得した。

けふのことすでにかげろひゐたりけり　　玉井玲子

同時作に、

花種にこぼる重さのありにけり

があるが、「かげろひ」の句が遥かに良い。今月の河作品の中で唯一の最高得点4をとった。玉井玲子の「かげろひ」の句を眺めていたら、私の次の二句が頭に浮かんできた。

昨日より今日を杳《はる》かに洗鯉
おぼろなるもののひとつにおのれかな

ある日、ある時、昨日《きのう》と言わず今日を遠いと感じる時がある。いち日が終ろうとする時、今日のことがすでにおぼろになったり、陽炎のように思えることがある。玉井玲子の作品は、詠み手と読み手の心が共振れを起す心にしみる秀吟である。

陽炎や裸足のわたしが立つてゐる　伊藤実那

同時作に、

手づくりのマーマレードや風光る

があり、「風光る」の季語を使った新鮮な一句。玉井玲子と同様の「陽炎」の句に惹かれた。陽炎の中に、素のままの、裸足の伊藤実那が立っている。同時作の、次の一句が参考となろう。

生臭き過去を隠して春ショール

陽炎は、作者の生臭い過去をも消却してしまうだろう。だが逃げ水と同じように、追いかけても追いかけても辿り着くことはできない。陽炎の中に立つことは、永遠にないかもしれない。しかし、もし陽炎の中に立つ日が来たら、私は私を取り戻すだろう、という作者の願望がこの一行詩を成立させた。

とある日の四月の雨に打たれけり　岡田滋

同時作に、

花の日の無銘の一樹でありにけり
放蕩の血を流しゐるさくらかな
俳壇といふたましひの枯野かな

があり、「枯野」の句が、岡田滋らしく、そして面白い。確かに、今や俳壇など枯野に等しいからだ。しかし、作品としては「四月の雨」が断然良い。他のどの句も饒舌すぎる中にあって、「とある日の四月の雨」はシンプルで、余分なものが一切ない。あるのは雨に打たれている作者だけだ。これだけで充分に日常のドラマ性が伝わってくる。また、一句の立ち姿も良い。私の次の一句が参考となろう。

雨降つてやさしい春となりにけり　　角川春樹

いのち買ふスーパーに菜の花も買ふ　　倉林治子

同時作に、

堅香子《かたかご》や空の真ん中さびしすぎ

真つさらな桜を活ける壺がない

があり、両句とも良い。長らく病気療養のために投句を中断していた作者の久々に見せた一行詩が「菜の花」の句。上五の「いのち買ふ」は本来ならスーパーでなく、病院と考えられるが、倉林治子にとってみれば「いのち」の一語は、観念ではなく、切実な問題であったろう。食料品ばかりでなく、医薬品も花も売っているスーパーであれば、「いのち買ふ」の上五もユーモアへの転換として納得できるというもの。さらに中七下五の「スーパーに菜の花も買ふ」という「買ふ」のリフレインが笑いを強調している。また、従来の俳句にはない新鮮さが魅力となっている。

夕ざくらこの世のほかに椅子がない　竹本悠

竹本悠の「夕ざくら」の一句は、四月の東京例会で特選1秀逸2佳作4の総合得点11を獲得した。平成二十年五月に刊行された福島勲の一行詩集『憑神』に次の二句があり、竹本悠の「夕ざくら」の参考となるので、ここにあげる。

後生などあるべくもなく髪洗ふ　福島勲

人日や見えるものしか見たくなし　〃

もう一つ、私の次の一句と比較してほしい。

湯豆腐やこの世のほかの世を想ふ　角川春樹

竹本悠の「夕ざくら」の句も、福島勲の「髪洗ふ」も、この世の他に自分の居場所がないと言い切ったところが爽やかだ。私自身は、輪廻転生も霊界の存在も実在することを承知しているが、それによって現実の自分が振り回されることは真っ平だ。むしろ、いっそう来世を信じることなく、現世を精いっぱい生きることのほうが遥かに健康で清々しい。この世で幸せでない者が、あの世で幸せになることなど絶対にあり得ない。竹本悠の句の中七下五の「この世のほかに椅子がない」の措辞は、作者の感懐として潔い。そして、それもこれも上五の「夕ざくら」という季語の「いのち」にかかっている。私がたびたび河衆に自分のいのちを乗せて一行詩を詠えと言っているが、竹本悠の「夕ざくら」の句も、その好例のひとつと言ってよい。

最後に、銀河集、半獣神、河作品から今月の佳吟と作者名を列挙する。

大虛子の逝きしその日のきつね雨　田井三重子

逆噴射したる家族も夏に入る　大森健司

摘草や記憶となつてゆく家族　春川暖慕

連翹黄に行かう行かう仏の国へ　石田美保子

初花やレディスセットの水雲《もずく》汁　酒井裕子

青い風オープンカーに乗せてゆく　福原悠貴

車座のまん中に春惜しみけり　鎌田俊

帰る場所ありてふらここ揺らしをり　滝平いわみ

通りすがりの蠅が株価を言うてをる　山口奉子

花あかり詩《うた》もいのちも一筋に　井桁衣子

オルガンを鳴らすのは誰啄木忌　松下千代

貝寄風やいつも一人の造船所　渡部志登美

泥靴を花のひかりに洗ひけり　竹内弥太郎

落花かなテロのごとくに愛終る　川越さくらこ

ゆく春や真つ赤な椅子が一つある　若宮和代

からふるな帽子に変はる復活祭　市川悦子

さくらさくらさくら内なる非常口　愛知けん

囀りやみんな同んなじメーキャップ　西尾五山

利休忌や茶室に美しき春の影　神戸恵子

ひとつづつことばおぼえてつくしんぼ　鈴木季葉

ディオールの口紅さして灌仏会　浅井君枝

花の中別の昔が夕焼けて　前原絢子

朧夜の記憶は遠く膝を抱く　西川輝美

摩天楼のガラスの鎧つちふれり　松永富士見

揺らして飲むグラスの中の春の海　石橋翠

痛くないやうに殺してねと桜　宮京子

ざふざふと芽吹きの山のこゑ渉《わた》る　窪田美里

三月のうさぎ飛び出す帽子かな　大多和伴彦

野遊びの少女にもらふ青い時間　中西史子

春愁やグラスの底に残る色　岡部幸子

ロボット犬うなづいてゐる弥生尽　藤森和子

パレットに花の盛りを絞りけり　山田絹子

春星のひとつが唇を吸ひにくる　岡本勲子

鳥雲に思ひ出切売りしはせぬか　朝賀みど里

呑みこんではらわた見せる大蛇、母　阿川マサコ

髪切つて卒業の日はヘップバーン　上田郁代

紙風船とぢこめてゆく悲鳴あり　東恵理

戦争が神父のやうにやつて来る　清水恒

つちふるや掌に紅白の呑み薬　池田たけし

初夏や青いシューズが砂利を踏む　島政大

桜咲く只今フルート練習中　鴨一平

花冷のモルトの放つヨード臭　岩下やよい

虫出しやわれどん底を抜けられず　舟久保倭文子

昼と夜の顔のふたつの牡丹かな　西川僚介

浴室に転がつてゐる春うれひ　中田よう子

三月や橋より魚をのぞき見る　秋山恬子

春ねむし点訳聖書はかどらず　星和貴

弥生尽止まつた時計をはめてをり　横山雄二

（平成二十年「河」六月号）

12　一生賭けて

修司忌のその方舟に乗りなさい　　松下由美

同時作に、

春深し卵ひとつが置いてある

五月雨や流離の果てに父の椅子

がある。「春深し」の一句は、先行する形の次の一句が、平成二十年「河」二月号にある。

卓上の人参ひとつ日暮るる　　松下由美

「人参」の句も佳吟だが、「春深し」はさらに抽象性が高く、卵ひとつの存在感を強く押しだし、下五が「日暮るる」ではなく、「置いてある」のほうが良い。また、「五月雨」の句も、平成二十年「河」三月号の次の一句と比較すると、作者の成長が明確に感じとれる。

この枯野行けば父なる沖がある　　松下由美

「五月雨」の句は、「父なる沖」の抽象性に対して「父の椅子」と具象に転換したかに見えるが、そうではない。「父の椅子」は「父の居場所」の象徴だからである。しかも上五から中七にかけての、「この枯野行けば」の説明的な叙述に対して、中七の「流離の果ての」がさらに深化を見せているからだ。わずか数カ月の間に、モチーフを深化させていることに読者は気づくはずだ。例えば、林佑子の一行詩集『虎落笛売ります』に次の一句がある。林佑子の父親は昭和二十一年八月一日にモンゴルの収容所で死亡するが、その父を千鳥ヶ淵の慰霊碑に訪ねての作品。

父の日や千鳥ヶ淵に来てしまふ　林佑子

「父の日」の一句は、平成十六年「河」九月号に次の形で発表した。

父の日や千鳥ヶ淵に来てをりぬ　林佑子

下五の「来てをりぬ」と、推敲された「来てしまふ」では、全く違う。「来てをりぬ」は単なる報告にすぎないが、「来てしまふ」となると、意図せずして、心の深いところで、気がつくと千鳥ヶ淵の慰霊碑の前に立っていた、ということになる。俳句から魂の一行詩への転換がこの句を秀吟に成立させたのだ。

同様のことが、松下由美にもいえる。

五月十八日の俳句文学館で行われた「河」東京例会では、おびただしい数の「寺山忌」が投句された。その中で特選にとったのが松下由美の「修司忌」であり、秀逸にとったのは竹本悠の次の一句である。

寺山忌箱船は帰ってきた　竹本悠

私の句集『いのちの緒』に、次の一句がある。

方舟に乗れず寺山修司死す　角川春樹

寺山修司が晩年になって監督した映画に「さらば箱舟」がある。松下由美も竹本悠も、その映画をモチーフにしている点では同じだ。だが、決定的な違いは勿論中七下五の「その方舟に乗りなさい」の呼びかけにある。俳諧には、本来読者への呼びかけが内蔵しているものだが、現代の俳句にはその機能が失われ、大半が作者のモノローグとなってしまった。その点、松下由美の作品は直截的なダイアローグで、しかも命令形になっていることで強いインパクトがある。それが従来の俳句とは決定的に異なり、小説や戯曲のような物語性を生む結果となった。

　春灯のしづかに今といふ時間　　酒井裕子

「水の綺羅」と題する同時作に、

　海光に風船くくる三鬼の忌
　開けることなき香水の瓶並ぶ
　藤房の色深めたり水の綺羅
　八十八夜この空箱をとつて置く

があり、全て佳吟である。「三鬼の忌」の句は、船でも流木でもなく、物体ではない海光に風船をくくるという奇想が、季語の「三鬼の忌」と結びついている。つまり、発想そのものが、三鬼の句と結びついているのだ。例を上げると、

　秋の暮大魚の骨を海が引く　　西東三鬼

三鬼の句は「実」ではなく「虚」である。写実からは生まれることのない三鬼の「秋の暮」

のイメージである。

「藤房」の句は、現実の藤の花よりも、それを映す水の映像のほうがより美しく作者に感じられたのだ。例えば、吉野の竹林院の夜桜よりも、それを映す池のほうが幻想的で妖しい美しさを演出する。それと同じことだが、下五の「水の綺羅」の措辞が一行詩として成立させた。また「八十八夜」の一句は、いかにも女性らしい表現だ。中七下五の「この空箱をとつて置く」という発想自体が私などにはないし、「八十八夜」の作品としても類想がない。多分、とって置いた空箱には使い道がない。そんなことも連想させる日常のドラマトゥルギーがある。しかし、日常のドラマトゥルギーという点からいっても、「香水」の一句には、舌を捲いた。一句全体の立ち姿もよく、プレゼントされたか、あるいは作者自身が購入したかは別にして、多分、その両方だろうが、開けて使用することのない香水が女性の部屋に並ぶという景は、作者の日常の有様までを彷彿とさせる魅力的な作品。

一方、「春灯」の句は、私が詩の根源のテーマとしている時間意識だ。時間意識の欠落した俳人を詩人とは言わない。森澄雄さんの名著である『新・澄雄俳話百題』のあとがきに、次の一文を載せている。


俳句は十七文字に季語を入れた小文芸と思いがちだが、虚空とともに、永遠に流れて止まぬ時間、今の一瞬を言いとめる大きな遊びである。我を捨てる遊びである。

「永遠の今」という時間意識は、哲学にとっても根本命題である。時間を過去・現在・未来と直線上に捉えがちだが、実はそうではない。『存在と時間』の著者ハイデガーは、人間存在が有限の存在であるがゆえに、「現在」から過去と未来が生起すると考えた。

私は、自分の体験から、「永遠の今」とは「今の今」しか、実体としては存在しないと考えている。酒井裕子の「春灯」に話を戻すと、春灯の中にいるのは、作者である酒井裕子ひとりである。静かに流れる時間を呼吸しているのは自分一人である。そこには、過去も未来も存在しない。存在するのは、おのれという肉体をもった思惟する意識体だけである。そして、思惟する存在は「今の今」を呼吸している。「春灯」以外の季語では、全て意味を持ちすぎる。無駄なもの一切を省いた、人間存在の根源的な一行詩。勿論、秀吟である。

ジーパンの穴ひとつ増え春休み　松下千代

「ジーパンの穴」と題する同時作に、

若き夏走つて走つて来たりけり

青き踏むA、B、Cのビスケット

があり、まるで連作のような世界が展開されている。特に「青き踏む」の中七下五の「A、B、Cのビスケット」の措辞に感心した。勿論、従来の俳句からは生まれてこない発想の面白さだが、「河」の句会でも、千代のこのような作品はなかなか評価されない。「青き踏む」の例句として、充分、取りあげる価値の高い佳吟。一方、「春休み」の句も、上五中七の「ジーパン

の穴ひとつ増え」の措辞が新鮮。例句としては、

鉛筆一本田川に流れ春休み　森澄雄

があるが、今日性という点では松下千代に軍配が上がる。

花の日や彼方で呼ぶのは誰ですか　福原悠貴

「花の彼方」と題する同時作に、

風船や詩の風景に飛ばそうか

があり、松下由美の次の句と共に、「花の日」「風船」の両句とも、読み手に対して呼びかけの形をとっている。

修司忌のその方舟に乗りなさい　松下由美

「風船」の句の、中七下五の「詩の風景に飛ばそうか」の措辞の新鮮さに感心したが、「花の日」の一句の、中七下五の措辞は、抽象性が高く出来の良い作品。今月の銀河集の中では、松下由美、北村峰子の次の作品と共に最高得点4を獲得した。

五月雨や流離の果てに父の椅子　松下由美

たましひを鳴らして五月来たりけり　北村峰子

「花の日」の一句を鑑賞するうえで、私の句集『存在と時間』の、次の一句と比較したい。

父の日やどこかで人の呼んでをり　角川春樹

福原悠貴の「花の日」は、題が示すように「花の彼方」である。私の句の中七下五の「どこ

かで人の呼んでをり」と「花の日」の中七下五の「彼方で呼ぶのは誰ですか」の違いである。第一点は、口語と文語の違い。第二点は、モノローグとダイアローグ。第三点は具象性と抽象性。この違いは、俳句と魂の一行詩との大きな相違点で、従来の「盆栽俳句」では、福原悠貴のこのような作品を全面否定してきた。しかし、第一回の日本一行詩大賞、新人賞では、魂の一行詩の思想、作句理念、そして詩の方向性は高い評価を受けたのだ。福原悠貴の詩の方向性は間違いなく正しい。秀吟である。

　たましひを鳴らして五月来たりけり　　北村峰子

「五月来る」と題する同時作に、

　初 夏 の 海 へ と 開 く 滑 走 路

があり、映像の復元力の効いた「初夏」の季語に相応しい佳吟。一方、「五月来る」の作品は、「五月」という季節を擬人法を用いて一句全体を抽象化した秀吟。例としては、本年度の「河」六月号の、私の次の一句がある。

　ある晴れた日の三月を踏みにじり　　角川春樹

　癌と共生する作者にとって、「五月」という季節は、待ちに待った感がある。その喜びの表現が上五中七の「たましひを鳴らして五月」なのだ。たましいが鳴り響くとは、ベートーベンの「歓喜の歌」そのものと言ってよい。天も地も、鳥も草木も喜びに満ちている状態を指している。私の句集『JAPAN』に次の一句がある。

たましひに遅れていのち泳ぎけり　角川春樹

たましいに遅れて北村峰子のいのちも、喜びに満ちてくる。生き抜いた作者の生命感に満ちた一句。山本健吉氏の言う「俳句を方法論、あるいは存在論としてではなく、生命論として捕える」秀吟である。

放蕩の裏はさびしい春だつた　梅津早苗

「他者がゐた」と題する同時作に、

昭和の日詩のソノシートが回りだす

がある。かつて私は二十代の半ばに、カラー版「世界の詩集」とカラー版「日本の詩集」を編集し、出版した。美しい化粧箱入りの詩集には、ソノシートが付いていた。ソノシートには、声優や俳優の詩の朗読とバックに音楽が入っていた。それは詩集ブームを世の中に引き起こした。出版界への角川春樹のデビューであった。そして、同時に後年の映画と音楽と活字によるメディアミックスの、私の手法の先駆となった。勿論、昭和の時代である。私は昭和の時代の寵児となった。梅津早苗の「昭和の日」の一句は、私に対するオマージュとして受け止めた。

また「さびしい春」の一句も、「昭和の日」ほどではないが、この句も私に対するオマージュと受けとれないこともない。「歓楽極まりて哀感多し」とは、中国の皇帝の言葉だが、放蕩の果ては淋しさだけが残っていく。

「放蕩」を詠った次の一連の句が、梅津早苗の「さびしい春」の参考となろう。

放蕩やわれに蹼《みずかき》ある夕べ　角川春樹
放蕩や落花の道の濡れてをり　〃
放蕩の果てに灯籠流しけり　〃
放蕩や吹雪のやうな海を抱き　〃

からつぽの日曜日祭笛が聞える　若宮和代

「からつぽ」と題する同時作に、
ゆく春や熱いシャワーを浴びてをり
とある夜の浅蜊しづかに砂を吐く

がある。若宮和代は松下由美と共に、本年度の河賞を受賞した。若宮和代の詩の特性が細やかな日常の中のドラマトゥルギーにあることは、何度も河作品抄批評で述べている。そして、彼女の詩の生まれる根源が、本質的な寂寥感にあることもだ。河賞の選考委員の一人である松下千代が、若宮和代の詩の感性を認めながらも、作品がパターン化していることを指摘した。確かに、その指摘は的を射ている。千代が言うパターンとは、日常性のドラマトゥルギーを詠むという作句態度を指してのことだろうが、彼女の根源的な寂寥感を見落としていないだろうか。私は四月の東京例会で次の作品を発表し、トップの得点を獲得した。

花あれば寂寥といふ詩の器　角川春樹

西行であろうが、実朝であろうが、あるいは芭蕉であろうが、古来、詩人は孤独の中で詩を詠みつづけてきた。寂寥感は常に詩を生みだす根源であった。平成二十年「河」に発表したいくつかの、若宮和代の作品を検証してみることにする。

秋燈のわが身ひとつをつつみけり　「河」一月号
冬の空今日に閉ぢ込められてゐる　二月号
焼きたてのパンにはさんでゐる孤独　三月号
北窓を開き明日もここにゐる　四月号
誰にも会はず復活祭の水を飲む　五月号

ほぼ毎月、河作品抄批評に取りあげられる前述の一連の作品を眺めても、そこから浮かび上がってくるのは、日常の中の寂寥感である。歌人の釈迢空のどの歌も、古代的な寂寥感が詠み手と読み手の間で魂の共振れを起す。次の代表句は、ほんの一例にすぎない。

吹き過ぐる風をしおぼゆ。あなあはれ　葛の花散るところ　なりけり　釈迢空
葛の花　踏みしだかれて、色あたらし。この山道を行きし人あり　〃

若宮和代の今月号の「祭笛」の一句も、本年度の作品を並置してみると、同様に日常の中の寂寥感から生まれたことが解る。日曜日だからといって、作者の若宮和代にとって特別な曜日ではない。また休日でもない。上五の「からつぽの」の措辞に作者の万感の思いが読み手に伝わってくる。そして、中七から下五にかけての「祭笛が聞える」だ。「祭笛」という「晴」に対して、「からつぽの日曜日」という「褻」。若宮和代の一連の作品を、ある種のパターン化というのは簡単だ。だとすれば、釈迢空の一連の作品も、西行もパターンの繰り返しということに

ならないか。
自分の存在意義が見出せなかった若宮和代にとって、唯一、魂の一行詩が現世に生まれたことの証となった。私の処女句集『カエサルの地』のあとがきに、次の一文を載せている。

俳句は芸でもなければ、機知でもない。私にとって俳句は、趣味ではなく、生き方だった。生きている証が俳句だった。しかし、俳句とはそれ以上の、生と死の間《はざま》の意識としか言いようのない、不滅の文芸であった。

十四の目高が電車で帰りけり　山口奉子

昨年上梓した山口奉子の一行詩集『何か言ったか』には、おびただしい数の動物が登場する。例を上げると、

絶景の会長室のいぼむしり
何か言ったか死に際の油蟬
火蛾じつと命を量りまた狂ふ
辻斬りを見てきたやうな悴け猫
裏に棲む蛇がくつくつ笑ひけり

これらの動物は、勿論、擬人化なのだが、山口奉子の世界では、『不思議な国のアリス』に登

場する動物と同様に、人間語を喋る存在なのだ。だから「十匹の目高」も、目高のような人間たちではなく、日本語を喋る目高そのものなのである。それにしても、以前の動物達の皮肉な存在に比べると、今回の作品は童話のような優しさだ。

筍《たけのこ》を炊きこみ雨の夕焼けり　滝口美智子

滝口美智子は詩的感性の鋭い作家だが、本年度の「河」に発表された次の一連の作品を眺めてみると、むしろ詩的感性の鋭さを抑えた素直な表出に感銘を覚える。

二の酉の昼に行かうと言つたのに　「河」一月号
秋山巳之流氏
数へ日の太巻寿司を買ひにけり　二月号
待春やガラスの壜の金平糖　三月号
仲見世の日の入りはなの花菜漬　四月号
蕗のたう堂々と老いたまひけり　五月号
さしものと染め抜いてあり遅桜　六月号

今月号の「筍」の一句も、前述の一連の佳吟、秀吟と同じ系列に属する。「筍」の一句の中七下五の「炊きこみ雨の夕焼けり」の措辞は、技巧の目立たない、しかし、非凡な表現だ。映像の復元力もさることながら、一句に音楽がある。森澄雄さんの言う「俳句には音楽がなければならない」という意見に、私は全く同感だ。作句技術が見えるような俳人や詩人は二流である。技術を見せない技術こそ名人芸と言ってよい。

熱帯魚朝日あたらぬ部屋にゐる　のだめぐみ

同時作に、

蛇口から嘘を吐き出す寺山忌
ゆく春のピースをさがす木曜日
花冷えの夜のコートをまとひけり
逢へぬ日のわたしが腐る冷蔵庫

がある。なかでも「冷蔵庫」の句が面白い。一行詩集『角川家の戦後』に次の一句があり、その影響もあるだろうが「冷蔵庫」の季語によって、恋の句となり、私の作品より面白くなった。実は私の句は、八王子医療刑務所の獄中句で、毎日のように囚徒がつぎつぎに死んでゆくのを眺めながら、自分もまた死者の列に従《つ》いてゆくのではないかという感慨である。

わたくしが静かに腐るクリスマス　角川春樹

一方、「ゆく春」の句は、のだめぐみがＡＳＵＫＡのアーティスト名で主題歌を唄っている映画「神様のパズル」をモチーフにしている。宇宙の創造も、恋愛も、人生の出逢いも、全て神様のパズルで、ひとつひとつのピースが集まって形づくられている。私が製作した映画「神様のパズル」自体が、さまざまのピースが集まって完成した。それは、まさしく宇宙の意思によって創られたという感慨が、私にはあるからだ。私自身、宇宙の大プレイヤーによってこの世で遊ばされている。この考えは獄中で生まれた。私の言う「生涯不良」には、そんな思いも含まれている。
本年度の河新人賞を受賞したのだめぐみの「熱帯魚」の一句は、まさしく「のだめ調」。中七下五の「朝日あたらぬ部屋にゐる」の措辞は、上五の季語である「熱帯魚」に対して抜群の働きを示している。「朝日あたらぬ部屋にゐる」は「虚」ではない。歌手になる以前のOL時代の「実」である。しかし、詩の真実としては「虚」であろうが、「実」であろうが重要な意味を持たない。例えば、芭蕉の次の一句も完全な「虚」である。

一家《ひとつや》に遊女もねたり萩と月　芭蕉

そして、芭蕉の俳諧開眼となった次の一句もそうだ。

古池や蛙飛びこむ水の音　芭蕉

蛙が池に飛び込んで音を立てたというのは、芭蕉のイメージである。芭蕉の多くの句は、子規・虚子の言う写実ではない。その多くは空想句、つまり「虚」である。虚でありながら実以上の「詩の真実」を見出したのだ。のだめぐみの手柄は、朝日の当たらない部屋に対して、季語の「熱帯魚」を発見したことだ。何度も河作品抄批評で書いていることだが、これを「季語の恩寵」という。熱帯魚の季語によって、いかなる部屋に作者がいるか、読者はさまざまな想像を抱くことが可能になるからである。

アロハ着てわつはつはつと笑ひけり　春木太郎

と同時作に、

メーデーや小さな声を出してみる
夕焼やあしたもきつと生きてゐる

がある。「夕焼」の一句は、人生のペーソスを描いた佳吟。「メーデー」の句も同様である。「河」にとって春木太郎という作家の存在は大きい。しみじみとしたペーソスと一読爆笑させる力量に、私は心から敬服している。しかし、それ以上に、私は春木太郎の大ファンなのだ。「アロハ」の一句も見事な作品。このような「アロハ」の句を読んだことがない。中七下五の「わつはつはつと笑ひけり」の措辞に、私は舌を捲いた。

この人に一生賭けて馬鹿貝食ふ　　蛭田千尋

同時作に、

クレソンはいつも真つ赤な肉の上

がある。「馬鹿貝」の句は、四月の東京例会で高得点をとった特選句。平成十九年「河」七月号で、この句に先行する形の次の句を発表している。

薬の日馬鹿貝食べてゐたりけり　　蛭田千尋

「薬の日」とは、五月五日、山野に出て薬草をとること。その日にとった薬はとくに効きめがあるといわれた。蛭田千尋は荻窪の鮨商「金寿司」の女将である。そのことから、「馬鹿貝」が実に上手く使われている。「薬の日」の一句は、中七下五の「馬鹿貝食べてゐたりけり」がなんとも可笑しく、それでいて確かな景の見える佳吟。一方、「この人」とは、「河」の同人で主人の蛭田豊。上五中七の「この人に一生賭けて」の措辞に、爆笑した。これくらいのユーモアがあったほうが、句柄が大きくなるが、私が「この人」であるのは真っ平ごめん。

さみしくて逃水ゆきのバスに乗る　中西史子

同時作に、

つきあたりに春の終りが佇つてゐた

私の最近作に、次の一句がある。

カーテンの向かうに夏が立つてゐた　角川春樹

中西史子の「春の終り」の上五「つきあたり」がどんな場所であるのかは、私の「カーテンの向かう」よりも、より抽象的だが、読み手の想像力を膨らませる点では、私の句よりも面白い。「つきあたり」が街角なのか、路地なのか、あるいは壁やフェンスなのかは読み手のイマジネーションによって変ってくる。私は作者の心理的な閉塞感を思い浮かべた。

一方、「逃水」の一句は、極めて解りやすい。平成二十年「河」三月号に、本年度の第二回源義賞を受賞した石橋翠の次の一句がある。

新宿西口枯野行てふバス探す　石橋翠

勿論、枯野行のバスも逃水行のバスも存在しない。しかし、一句の抽象性の高さは、枯野よりも逃水のほうに軍配が上がる。そして上五の「新宿西口」と「さみしさ」とを比較すると、石橋翠の虚構性のほうが面白い。だが、中七下五の「逃水ゆきのバスに乗る」は、あたかも「不思議の国」行のバスに匹敵する物語性があり、私自身が乗りたいバスを選ぶとしたら、枯野行を探すより、逃水ゆきのバスに乗りたい。逃水の果てを眺めたいからである。

海明や今日開店のピザ届く　巳亦和子

同時作に、

プランターの中にも夏の来たりけり

があり、この句の作者の柔らかな心を思った。一方、「海明」の句は、さらに面白い。「海明」とは、一月下旬から三月下旬にかけて北海道に接岸していた流氷が沖に去り、出漁が可能になることを指すが、「海明」の季語を使った作品を読むのは私にとって初めてである。私は巳亦和子にピザを届けたイタリア料理店あるいはピザ専門店が、宮沢賢治の描く「注文の多い料理店」のような実在しないファンタジーに思える。つまり、「虚」ということ。芭蕉の言う「虚にゐて実を行ふべし」である。子規・虚子以来、俳壇は「写実」と「写生」を俳句の根本の思想に置いた。しかも「写実=《イコール》写生」という考え方で俳句に枷まで架けてしまった。本来、写実と写生はイコールではない。写実とは、いわばデッサンにすぎず、それでは俳句は写真や映像の下に位置することになる。写生とは本来、「おのが生を写す」ことである。作者の人生を、いのちを、こころを写すことなのだ。わずか十七音の文字におのれの「いのち」と「たましい」を乗せて詠うことなのである。

ある時、森澄雄さんが私にこう語った。

「俳人は神仏を信じなくてもよいが、「虚」を信じなければ駄目だ。でないと巨きな世界が詠めない。今の俳人は最も大事な「虚」が詠めなくなった」

話を巳亦和子の句に戻すと、「海明」の季語に対して、中七下五の「今日開店のピザ届く」の措辞が実に新鮮。そして、日常の中の物語性に惹かれた。なによりも一句全体として、実に魅力のある作品に仕上がっている。

春寒の少年時間買い足せる　愛知けん

同時作に、

鴉の巣飲めぬ話が椅子にある

があり、両句とも面白い。第二十五回角川春樹賞を受賞した鎌田俊の「竜天に」に次の一句がある。

ふらここや誰もたましひ買ひに来ず　鎌田俊

その時の選考座談会の一部を抜粋すると、

増成　「ふらここや誰もたましひ買ひに来ず」というのは、ほとんど分かりにくい。

主宰　「ふらここや誰もたましひ買ひに来ず」、これは特選句です。これは何かと言いますと、寺山修司の世界なんだよ。この句がとれないと、この全体の「竜天に」はとれないいんじゃないか。私は、この作品のなかでいちばんいい句はこれだと思っている。

大工町寺町米町仏町老母買う町あらずやつばめよ　寺山修司

という一連の短歌、ああいう世界だよ。これがこの作者の感性じゃないかという気がする。特選句三句のなかでも、この句がいちばん立ったね。

従来の俳句的見地に立てば、愛知けんの「春寒」の一句は、観念的の一言で葬り去られてきた。中七下五の「少年時間買い足せる」の措辞がほとんど分かりにくいということでだ。しかし、それは、単に選者の無知にすぎない。愛知けんの背景にあるのは中国の故事である「少年老いやすく学成り難し」だ。学を成就させるためには、時間を買うしかない、と少年は考えたのであろう。愛知けんのこの句の眼目は、季語である「春寒」を少年に連結させたことだ。この句は「春寒の」で切るのではなく、あくまでも「春寒の少年」で切ることは誰でも解ること。では何故、「春寒」なのか。「春寒」は、この場合、少年の心理と現在の位置を示している。平成二十年「河」四月号の岡本勲子の、次の一句が参考となろう。

カーテンの向かう春寒にゐる少年　岡本勲子

春泥の一本道を帰りけり　大多和伴彦

同時作に、

春泥や錆《さび》の味する抗《こう》鬱《うつ》剤

花の日のつるりと嚥《の》めしオブラート

落とされて鹿はおのれの角《つの》に遇ふ
たましひを花の汀に忘れけり

があり、全て四月の「はいとり紙句会」の吉野吟行の折の投句である。昨年十二月から二月まで続いたのだめぐみの句会第一位、通称「のだめ祭」を阻止した作品群である。句会の折、大多和伴彦は次の投句をして、参加者全員を苦笑させた。

花の日やのだめ祭にさせまいぞ　　大多和伴彦

「春泥」「落し角」「花の日」は、「はいとり紙句会」の兼題である。「春泥の一本道を帰りけり」は特選、ほかは秀逸句で、この吉野吟行句会は、「伴彦祭」となった。
「春泥の一本道」の句は、獄中句集『檻』の次の一句をあぶり出させた。

裸木のいつぽん道となりにけり　　角川春樹

私は他の囚徒と共に手錠をかけられ、縄で数珠《じゅず》繋ぎにされて千葉の検察庁まで護送された。千葉南署の留置所から千葉市内までの一本の並木道は、すでに全て裸木になっていた。
大多和伴彦の「春泥の一本道」は、私の体験である裸木の一本道に通じている。「春泥」の季語も、全てを奪われた人間の哀しみである裸木と通い合う。そして、下五の「帰りけり」である。この「帰りけり」も、蕪村の一代の名吟である次の句と、檻から出たばかりの私の句とも重なってくる。

葱買うて枯木の中を帰りけり　　蕪村
獄を出て時雨の中を帰りけり　　角川春樹

夕焼けて花の浄土となりにけり　岡田滋

同時作に、

花は葉に家族しづかに壊れゆく

がある。「花は葉に」の一句は、岡田滋の「実」である。一方、「花の浄土」の一句は、吉野の「花浄土」を想起させるが、岡田滋にとって「虚」である。しかし、必然的に「実」よりも「虚」のほうが巨きい。森澄雄さんの言うとおり、俳人は「虚」を信じなければならない。明治・大正の名句の多くは、写実ではない。兼題を与えられた、秀れた俳人の想念によって生まれた。だからこそ、名句として現在に残っているのだ。それは歴史が証明している。岡田滋は「花夕焼」の季語を使いたい故に、分解した形の「夕焼けて花の浄土」のフレーズを得たのである。だから岡田滋のイメージである一句のほうが、実景としての吉野の花夕焼よりも美しい詩になるのである。

少女らの赤いストローに夏立てり　浅井君枝

同時作に、

地下バーのグラスのチェリーに春逝かす

があり、この句も佳吟である。「夏立てり」の一句は、五月の東京中央支部の句会での特選句。読者はまずこの一句の立ち姿を眺めて貰いたい。一読して視界に飛び込み、一句がまなうらに焼きつくはずだ。しかも上五の「少女ら」と中七の「赤いストロー」が、実に鮮やかに連結しているではないか。そして下五の「夏立てり」だ。これ以上ないほど季語が一句に溶け込んでいる。つまり、季語が自己主張をしていないのだ。読者は「少女」「赤いストロー」にまず視線が行き、そして下五の「夏立てり」に納得する、という仕組みである。

部屋の色なにも変らず五月来る　　小林政秋

同時作に、

ハイボール指に音聴く立夏かな
薔薇のある微熱の部屋に戻りけり

がある。「薔薇のある」の一句が面白い。中七下五の「微熱の部屋に戻りけり」の措辞は、上五の「薔薇のある」に連結している。薔薇があることで、部屋が微熱を持ったという視点がいい。一方、「五月来る」の一句は、「五月」の「晴」に対して、上五中七の「部屋の色なにも変らず」は「褻」である。五月が来たからといって、部屋のカーテンや壁紙を変えるわけでもない。日常の中の細やかなドラマトゥルギーを一行詩として成立させた。

一駅の落花のなかを帰りけり　　伊藤実那

同時作に、

春光を畳むクレープ出来あがる

があり、この句も好感がもてる。そして、「一駅の落花」の句は、具体的な固有名詞を出さなかったことで、読者の想像力が膨らむ。平成十二年「河」十二月号の、次の私の一句が参考となろう。

一駅の秋の時雨となりにけり　　角川春樹

本年度河新人賞受賞の伊藤実那の資質の良さが、落花の句全体から感じとれる。

青薔薇を買つて地下街Aを出る　　青柳冨美子

今月号の半獣神の中では、のだめぐみの次の一句と共に、最高得点4をとった作品。

熱帯魚朝日あたらぬ部屋にゐる　　のだめぐみ

青柳冨美子の「青薔薇」の一句は、中七下五の「買つて地下街Aを出る」の措辞に私は賛嘆した。「地下街A」と現代的な、人工的な表記を、上五の「青薔薇」によって見事な一行詩に転換させた。そもそも「青薔薇」自体が人工の産物である。赤でも黒でも黄色でもない「青」を持ってきた手腕は非凡である。

椅子にまだ温もりのある花の雨　　上田郁代

同時作に、

ふらここやこの空席を埋めしもの

葉桜や最上階のワインバー

があり、「ふらここ」が良い。「花の雨」の一句は、上五中七の「椅子にまだ温もりのある」の措辞に感心した。誰もが同じ体験を持ちながら、しかし、誰一人として一句にしてこなかった作品。しかも、下五に「花の雨」を持ってきたのが手柄である。「時雨」であれば、全体が「暗」になってしまう。「梅雨」も同様。といって、若葉雨では明るさが出るものの、一句の艶が出てこない。

平成二十年「河」五月号では、次の一句を含めた河作品で、のだめぐみに続く第二位であったが、今月号では一位に踊り出た。

春愁やギターリストの細き指　　上田郁代

豆ごはん　ずつと家族でいたかつた　　阿川マサコ

同時作に、

六月の子供の首にある泉

があり、中七下五の「子供の首にある泉」という阿川マサコの視点が良い。一方、「豆ごはん」の句は、四月の東京中央支部の句会で私が特選にとった。

「豆ごはん」は、家族団欒の象徴である。それに対して、中七下五の「ずつと家族でいたかつた」は反語である。文字どおりに読めば、もはや家族が崩壊してしまった、ということだ。だが、この句も「詩の真実」であって、「実」と考える必要はない。日常の中のドラマトゥルギーである。時実新子の「川柳大学」で人間諷詠を身に付けた阿川マサコの佳吟である。阿川マサコも上田郁代同様に、本年度「河」五月号に次の句を含む河作品で七位に進出し、今月号で第二位となった。

死に近き人と牛乳飲んでゐる　阿川マサコ

食器棚の中に立夏の朝が来る　大友麻楠

同時作に、

晩春や赤いタオルが垂れる窓

があり、この句は四月の東京例会で私が特選にとった。中七下五の「赤いタオルが垂れる窓」の措辞が鮮烈である。一方、「立夏」の句は、五月の東京中央支部の句会で私は秀逸にとったが、「立夏」の句のほうが、「晩春」の句よりも、さらに新鮮であり、上五中七の「食器棚の中に」立夏を見出した手柄を私は買う。しかも、中七下五の「立夏の朝が来る」の措辞が上手い。つまり、立夏だけでも面白いのに、さらに朝を持ってきたところで清々しい一句となった。平成十八年「河」十月号の、鎌田俊の次の句と並べて鑑賞してほしい。

冷蔵庫の中にあたらしき夜が来る　鎌田俊

回転木馬ピンクの四月を廻りけり　岡本勲子

同時作に、

ソーダ水のストローくるくる恋敵

がある。作者は七十六歳。「ソーダ水」の句も、下五の「恋敵」の据え方に驚いた。おかげで顎が外れてしまった。これはウソ。

一方、「ピンクの四月」の一句に腰が抜けてしまった。これもウソ。回転木馬が廻るのは当り前だが、中七の「ピンクの四月」の措辞が凄い。なぜ四月がピンクなのか。かつて、角川春樹事務所の重役二人が次の句を発表して、大森理恵の失笑を買った。吉野の桜と京都の祇園祭の宵宮を詠んだ作品。

花咲いて吉野の山はピンクかな　丸山尚人

コンチキチン・パンツの中もコンチキチン　海老原 実

「ピンクの四月」は、桜の四月ともとれるが、岡本勲子の「こころの色」ととったほうがよいだろう。だから読み手としては、勝手に想像するしかない。それにしても、七十六歳の岡本勲子は、来世は大森健司の恋人となりたいという句を発表しているくらいだから、やはりこのピンクは恋の色だとしておこう。

最後に、銀河集、半獣神、河作品から今月号の佳吟と作者名を列挙する。

どの子にもいそぎんちゃくの孤独かな　小島 健

真っ青な海が食卓春の蠅　春川暖慕

メリンスの帯しめ昭和の日なりけり　鎌田志賀子

昼寝覚め夢の尻尾は赤い糸　大森理恵

修司忌の踏みしだかれしマッチ箱　石橋翠

鳥の日やカフェのテラスに電話鳴る　大森健司

惜春のあやつり人形動かざる　田井三重子

玄の雪源二の雪と降りつもる　小川江実

掃く先のこぼれ雀や夏はじめ　佐藤佐登子

フィレンツェの鴉水浴ぶ聖五月　渡部志登美

亀鳴いてクジ買ふ列につながれり　原与志樹

花時雨この世の外に降りしきり　森村誠一

葉桜やヒップホップの空がある　川越さくらこ

ウインドーに少し高価な春があり　大友稚鶴

夏燕シャッター通りのオリオン座　斎藤隆顕

立夏かなふたりの白き皿洗ふ　岡部幸子

昭和の日机の上になにもない　吉川一子

なめくぢや妬みし跡がきらきらと　佐藤尚輔

夏立つや水は近江にはじまれり　及川ひろし

みどりの手何をさがしてゐるんだらう　武正美耿子

花辛夷あすは真つ赤に咲いてやる　杉林秀穂

炊飯器にメロディー流れ四月尽　藤森和子

惜春や砂落ちきらぬ砂時計　西川輝美

百千鳥古墳は暗き口空けて　末次世志子

でで虫が転がすシングルライフかな　河合すえこ

茉莉花やプラトニッククラブ燃えきれず　藤﨑トク子

粽買うもれなく夕日の土管付　木下昌子

春の雨フランスパンの抱き心地　舟久保倭文子

それぞれの樹にそれぞれの五月の日　加藤しづか

王妃名の薔薇と過ごせしティタイム　飯川久子

更衣老いて人好き街が好き　岡本律子

田植機を親子で洗ふ子供の日　矢澤彦太郎

スカートに円周率や若葉風　相川澄子

竹の子や三割引の時間買ふ　松村威

陽炎や見知らぬ人も流れをる　長谷川眞理子

水底にコインの光る暮の春　三田村伸子

回転ドアあけて芽吹きの風の中　山田絹子

ファッション誌はらりと夏をめくりけり　髙橋圭葉

母のもの纏ひ母の日恙なし　岡本芳子

チエホフのむかしありけり夏帽子　木本ひでよ

筆入れの覚えなき種蒔きにけり　山田史子

モネの絵の風をまとひて更衣　柴田和子

チョイ悪なジャズ聴いてをり熱帯魚　吉田征子

たんぽぽになりたがる黄色の絵の具　加藤ひろこ

積木のベッド崩れる前に春が逝き　朝賀みど里

母の日やあなたのやうに生きられず　山下雅子

乳の上の薔薇の刺青半夏生　宮脇奈雅子

携帯の去年の虹が消せなくて　本田真木

乃木坂の夜を過ぎゆく撒水車　島政大

定年の赤いラジオで春耕す　小川孝

母と娘のやさしさごつこ花水木　松澤ふさ子

薫風やおやつのパンの焼きあがる　白畑広子

初夏の頃鍵の壊れた部屋にゐます　鮎川純太

カーブミラーより春がもう飛び出して　高橋敬子

お互ひが先立つつもり冷奴　山根美樹

朝焼や砂糖はひとつでいいですか　平岡瞳

啓蟄やどこへも行かぬスニーカー　山下繁子

（平成二十年「河」七月号）

Ⅱ

秋山巳之流という漢——句集『うたげ』をめぐって

平成十九年十一月七日、俳人の秋山巳之流が逝った。彼の最後の句集となった『うたげ』に詩人であり小説家の辻井喬氏が次の帯文を寄せている。

俳諧のおかしみが、風狂の趣のなかに花をひらき、その奥に生命の深淵が顔を覗かせている。

昭和六十年四月一日発行の「アサヒグラフ」のタイトルは「俳句の時代」となっていて、サブタイトルは「昭和俳句六十年」である。その中に秋山巳之流の一文がある。秋山巳之流の句集『うたげ』は、ほとんどの作品が挨拶句である。おびただしい数の俳人・歌人・詩人・小説家が登場し、例外を除いて一人に対して一句の挨拶句が並べられている。私は秋山巳之流が死ぬまでジャーナリスティックな編集者というイメージが主であり、次いで詩歌の批評家、最後に俳人という評価であった。秋山巳之流の第一句集『萬歳』の跋文を本人からの依頼で私が書いた。だが、第二句集『うたげ』は秋山巳之流から手渡されたにもかかわらず、パラパラ眺めただけで、編集者らしい気配りの挨拶句の連続に読む気を失ってしまい、彼の死までは開こうともしなかった。だが、全作品を通読してみると、秋山巳之流はまさに俳の人だと感じないわけにはいかなくなった。二十年以上前に書かれた「アサヒグラフ」の秋山の一文が、突然、大きな意味を持って私に迫ってきた。山本健吉氏の発言に対する、彼の受け止め方に私は注目したのだ。以下、引用する。

山本健吉氏の最近の発言、たとえば、

「俳句を方法論、あるいは存在論として捕えようとする気持ちが強かったが、近頃は、それを生命論として捕えようとする気持ちが強くなった。その結果、〝軽み〟とか〝即興〟とかいった方面に心が傾くのである。

あえていえば、この小さな十七音詩型を不死身たらしめているその根本のもの、その生命の灯の謎は、一体、どこにあるのか、ということだ」

「この小さな十七音詩型を不死身たらしめているその根本のもの、その生命の灯の謎は、一体、どこにあるのか」。秋山巳之流はこの山本健吉氏の発言に、自分なりの解答を出そうとその生涯を費やしたといって過言ではない。過言どころか、唯一の正確な私の解釈である。その謎を解く旅が、秋山巳之流の全仕事であった。句集『うたげ』は、俳人・秋山巳之流の生の証である。

句集『うたげ』には、おびただしい詞書があり、なるほどそれが面白いのだが、その中の詞書の中に、前述の山本健吉氏の発言を引用した次の一句があった。

神楽坂「すし幸」。俳句は存在論でなく、生命論であった。

襟巻や石原八束の下駄の音

詞書と石原八束を詠んだ一句と、いったい、どこで繋がっているのか全く不明だが、「俳句は存在論ではなく、生命論」という答えが、句集『うたげ』であることは疑いない。その観点に立たない限り、この句集の批評は成り立たない。しかしながら、幾人かの句集『うたげ』の鑑賞文を読んだが、誰一人として秋山巳之流の根底にある「生命論」に触れたものはいなかった。俳人の小澤克己氏は「よみがえる武士魂」という題で句集『うたげ』の鑑賞文を寄せている。私の、句集『うたげ』に対する批評の参考として一部引用する。

もののふのこころをいまにかぶとむし　秋山巳之流
森澄雄・矢島渚男の「われもまたむかしもののふ西行忌」論争への一作。真実「武士魂」の現在性が問われたものだった。その切実さを風化させぬ秋山巳之流の詠出が嬉しい。まさによみがえる武士道だ。
これをもって氏が『うたげ』一巻を貫道させていると強く実感した（略）。

「武」とは、いったい、なにか。昨年の十一月二十七日の讀賣新聞の夕刊に、私は「文芸の根幹に詩歌あり」という題で、「魂の一行詩」の短い一文を掲載した。それを引用する。

私は毎月、平成元年に亡くなられた恩師の剣道場で木剣を振っている。私の木剣は佐々木小次郎が使っていた木剣のレプリカで、通常の木刀よりも遥かに長く、重さも二倍ある。現役の国体選手でも一日に振れる量は千回程度だが、私の場合、一日に二万回を超えている。すでに人間のレヴェルをはるかに超えた神の領域に私は佇っている。道場の後輩の剣道家がその恩師の書き物を整理していたら、次の一文が見つかり、私への遺言だといって、私に届けてくれた。

歌は文の極みなり
舞は武の極みなり
文は義を究め
武は文を護るにあり
文を先んぜよ

私は神道と武道の達人であった恩師の一文に深く感動した。日本文化の根源に詩歌がある。詩歌こそ文芸の根幹である。武道は文化を護るためにある。武道の前に文化があり、詩歌を究めよ、という意である。まさしく私の武道は舞である。武道は美しくあらねばならない。私は恩師の亡くなられる前に、何冊もの句集を刊行していたが、恩師の遺言を読んで、改めて「いのち」と「たましひ」を込めて一行詩を創り続けてゆく覚悟だ。

武士道とは、愛するものを護るために、生命を捨てる覚悟をもって生きることだ。それ以外の武士道はない。愛するものとは、それぞれの価値観によって決まる。家族であり、恋人であり、故郷であり、祖国である。私の場合は、日本文化である。日本文化を護るためなら、私は生命を捨てる覚悟がある。その覚悟は二〇〇五年十二月二十九日号の、作家でエッセイストの阿川佐和子さんとの対談で言明した。

阿川　「ランティエ。」という雑誌は角川さんの肝煎《きもいり》ですよね。

角川　俺の総合プロデュース。見ればわかるとおり、角川春樹そのもの。

阿川　やっぱり、日本を考えて。

角川　もちろん。三島由紀夫さんじゃないけど、日本文化を守るためだったら俺も命捨てられるぜ。

阿川　おおっ。

角川　自分はリーダーとして、若者たちがこう生きたいと目標にする手本、灯台になろうと。しかも、前科一犯の、教科書には載らない灯台だよね。それが大事だと思うんだ。いわゆる格好つけのヒーローではない。裸の真実としてすべてを見せていく。

阿川　じゃ、自由に生きてる場合じゃないでしょう。責任ありますから。

角川　この俺がいいんだ。自由奔放の生涯不良がいいんですよ。

阿川　まだ不良やるんですかァ。

角川　当たり前じゃないか。

阿川　なんか勇気が湧いてきました。

角川　あ、よかった。

阿川　私も不良になろう。
角川　馬鹿、もう遅いっ！
阿川　大器晩成型だから。
角川　そうかい（笑）。

「もののふ」について、秋山巳之流の『魂に――季語をまとった日本人』から引用する。

ここで思い出すのが、過日ある機会を得て、「俳句現代」新年号（一九九九）の西行大特集の一つ、岡野弘彦氏と角川春樹氏の対談を傍聴した。これが実にスリリングな西行論であり、西行像に新しいスポットが当たる見事としかいいようのない対談だった。（中略）一つだけいうと、西行を〝もののふ〟と捉え直した両者の論に、スリルと迫力があったのだ。加えて、熱っぽい対談中、「河」の俳人小橋久仁氏が、「あの、森澄雄さんの句に、〈われもまたむかしもののふ西行忌〉というのがありましたね」と何気なく呟やいた。岡野氏も、そして春樹氏も、その森澄雄氏の一句に舌を巻いてしまった。しかし、何故、両氏が〈われもまたむかしもののふ西行忌〉の一句に舌を巻いたか、これは「俳句現代」のお二人の対談を読まなければ謎は解けないのである（わたくしが二人の対談を絶讃するのは、両氏がわが師匠であるためではない。客観的事実をいうだけだ）。時は過ぎた。芭蕉は《時》を、《生死事大無常迅速、君忘るるなかれ》と言い残した。それ故にこそ西行との乾坤《けんこん》無住同行二人に執着したのか。

岡野弘彦氏は、私との対談で次のように語った。

西行は一番どこから捉えるべきだろうと思って、いろいろ考えていたら、「もののふの歌」の問題に、ふっと思い到ったんです。古代の、例えば久米氏とか大伴氏とか佐伯氏とかもののふの歌ですね。たましいを管理し、歌によってそして常に自分のたましいと交換し合っている、あるいは歌で問答し合う、あの「もののふ」というものの歌の伝統に大きく流れているものがあるわけです。

秋山巳之流の評論集『わが夢は聖人君子の夢にあらず』の中で、「もののふ」について述べている。

そこで、「もののふ」とは、何なのか。そのことを手さぐりをしてみなければならない。「もののふ」の「もの」は、やはり物語りの「もの」と共通する「もの」なのであろう。「もの」とは、「霊《たま》」であり、いってみれば「精霊」なのだ。（略）「もののふ」とは、宮廷を守る威霊を持った者、その呪術を使える者、ということになるようだ。具体的には、石《いそ》ノ上《かみ》神宮にその系統が残っているそうである。これは、〈石ノ上ふるやをとこの大刀もがなくみのを垂て宮路通はむ〉（『拾遺集』・傍点秋山）の鎮魂歌に残っているのだ。この歌の「ふる」が呪術を現す詞といわれている。「もののふ」は結局、「霊」や「魂」の管理者であり、それ故に宮廷を守護する戦争の代表選手であった。それが、やがて新しい武士集団を形成していったのだ。
岡野弘彦のキー・ワードは「もののふ」であり「もののふの歌」びと西行法師なのである。「もののふ」の「たましい」の歌のやりとりの火花を散らす烈迫の世界を視なければ、氏は西行法師の世界は見えて来ない、と言うのであった。わたくしの感銘はそこにあった。芭蕉が《西行の和歌における、宗祇の連歌における、雪舟の絵における、利休が茶における、其貫通する物は一なり》（笈の小文）と断言し得たのも、なべて「もののふ」の「もの」（霊）の交感が烈しくあったからだ。
西行法師を芭蕉が生涯を賭して思慕し、追い求めたのは、彼の「もの」（霊）に触れるためでもあったのだ。芭蕉には、明らかに「もののふ」歌びと西行法師が見えていた。しかも、それは五百年も昔の「もののふ」であった。伊賀山中に生れた芭蕉の流れにも、「もののふ」の血を遥かより受け継ぐ、山部の民の「もののふ」の系統が濃くあったのかもしれない。（略）
秋山巳之流が芭蕉という存在を、西行の「もののふの歌」の伝承者であるという見解に、私も同感である。また、西行の生涯に貫通する数寄《すき》という中世の思想は、利休にも受け継がれ、さらに芭蕉の生涯を貫通する思想でもあった。芭蕉にとって、西行は「鏡」であった。西行という「鏡」におのれを写していた。「道」という日本人の好む思想には三つの側面がある。血統、道統、霊統である。芭蕉は西行の道統並びに霊統の継承者であるという自負があった。「もののふ」の伝承とは霊統の継承に他ならない。秋山巳之流もまた、芭蕉という「鏡」を通して、日本文化を見据えようとしていた。彼が『利休伝』を書く決心は、芭蕉という「鏡」を通した結果である。『利休伝』の冒頭に次のように述べている。

芭蕉は生涯、《一所不住》であった。休様（利休のこと）は戦国乱世に茶の湯一筋に生きた。そして《侘数寄常住》を茶の湯の肝要とした。芭蕉はんは、関ヶ原の合戦から既に六十年を過ぎた世に生きていた。それなのに、あるいはそれ故にか、一所不住の「狂」の旅に旅びととして短い生涯を終えた。（略）

秋山巳之流の句集『うたげ』の「あとがきに代えて」に、次の一文がある。姜琪東氏にあてた手紙の一節だ。


この夏、しきりに「志」ということを心に思っています。タテに腹を魔羅の根元まで大きく斬って、四キロほど内臓を摘出し、ようやく生き延びたせいでしょうか。「志」とは、もののふのものだったようです。武士《もののふ》の士の心です。

芭蕉はんも手紙の中で、「武士」と書いて、「もののふ」と読ませているほどです。

〈結社〉は主宰、そして会員という時代になってしまいました。しかし、〈結社〉とは、あくまでも師と弟子なのです。

「志」ある師と、同じく「志」をもった弟子の集まりが、〈結社〉でしょう。それでこそ、師弟の歓を尽すことができるのです。師弟の歓を尽してこそ、新しい俳句が生まれるのです。ですから、師も悩み、弟子も苦しむのでしょう。師弟の歓を尽して後、俳句とは何か、人生とは何かを識ることができるのです。わたくしはそのようなことが判れば、俳句は歓を尽すのみだ、と思うようになりました。

秋山巳之流の「志」とは、「もののふ」の士の心であるという考えは、説得力がある。「志を継ぐ」という言葉は、秋山流に言えば、即ち「もののふ」の心を継承するということになり、西行の「もののふの歌」を継承した芭蕉と同様に、秋山巳之流自身も「もののふの歌」の伝承者である、ということになる。私の恩師の遺言を繰り返せば、「歌は文の極みなり　文を先んぜよ」という意味もすっきり理解できる。恩師はまた、私にこう言った。
「文士は、もののふである」と。

句集『うたげ』の「あとがきに代えて」には、

「志」ある師と、同じく「志」をもった弟子の集まりが、〈結社〉でしょう。

と述べているが、平成十六年「河」九月号に、角川照子から私が「河」を継承したことに触れて、秋山は次のような一文を載せている。

結社は、主宰がいての結社である。しかし、照子前主宰は、一切選句に手を出さなかった。（中略）だが、これからは角川春樹新主宰の名実共の選句となるのである。主宰が替わるということは結社が変容するということである。

――俳壇がどうであろうと、「河」は志の高い結社にしよう。

これが角川春樹新主宰の宣言なのである。

「志の高い結社」とは、なんというさわやかな響きであろうか。

角川照子前主宰は、角川春樹新主宰に「河」を託し、「安堵」して旅立った。

盆用意ひとに託せし安堵かな　角川照子

句集『うたげ』のあとがきには、姜琪東氏宛ての手紙が、もう一通掲載されている。

東京もいよいよ梅雨最中です。お元気ですか。わたくしは、癌に〃ガンよ〃とやさしく囁いて、生き延びているところです。

栗の花人女を抱けぬ軀《み》となりし　巳之流

の一句が生まれ、急に切なくなってしまいました。ちなみに「人女」とは、森澄雄氏の詞で、「天女」に対するもののようです。

退院して、栗の花の匂いに包まれているとき、突然〃火宅〃というフレーズに頭をうたれました。男の軀を喪ったことが、やはりわたくしにはショックでした。俳句は、男の性に支えられてきた定型詩であることは、たしかでしょう。男の性が根を支えているゆえにこそ定型を保ってきたのが俳句です。物に語らせ、その物を支えているのが、男の性ではないでしょうか。

男の軀は喪いましたが、男の性を喪失したわけではありません。いよいよ、愛欲定型詩へ疾走するつもりです。（中略）

散文や詩歌と違って五七五の有季定型に〝恋〟や〝愛欲〟の句は、なかなか入り難く、よほどの腕がなければ詠めないものです。

わたくしは〝恋〟や〝愛欲〟が十七文字の有季定型に詠める俳人こそ、超一流の人だと常々思っていますが、いかがなものでしょう。

芭蕉は人のいう〈物我一智〉の熟した世界が〝恋の句〟あるいは〝愛欲の句〟であろうと考えています。

〈物〉と〈我〉が一致するのは〝恋の句〟においてもっとも美しいのではないでしょうか。

私は、秋山巳之流の処女句集の跋文を引き受けたが、その中で秋山巳之流のことを次のように書いた。

秋山俳句の大きな魅力は、氏の境涯性とユーモアにあるといってよい。（中略）

秋山巳之流氏は、現代俳句が捨ててきた滑稽や軽みや笑いというものを生得身につけた俳人といっていいと思う。

句集『うたげ』を秋山巳之流から贈られたにも拘らず、ロクに読もうとしなかったのは、おびただしい挨拶句に何の興味も湧かなかったからだが、挨拶句と挨拶句の間に、山本健吉氏の発言「俳句を方法論、あるいは存在論として捕えようとする気持ちが強かったが、近頃は、それを生命論として捕えようとする気持ちが強くなった」があり、その生命論としての佳吟が犇めいている。それは、氏の言う、

タテに腹を魔羅の根元まで大きく斬って、四キロほど内臓を摘出し、ようやく生き延びたせいでしょうか。（中略）

男の軀は喪いましたが、男の性を喪失したわけではありません。いよいよ、愛欲定型詩へ疾走するつもりです。

栗の花人女を抱けぬ軀《み》となりし　巳之流

生命論としての俳句を志すようになったのは、魔羅の根元まで大きく斬って人工肛門の軀になってからであろう。それでは、具体的な佳吟を句集『うたげ』から抽出してみよう。

その胸に花ふぶきをり京の夜

「歌びと富小路禎子さん」という詞書があるが、「その胸」は「わが胸」に他ならない。勿論、

この句は西行の傑作である、

春風の花を散らすと見る夢は覚めても胸のさわぐなりけり　西行

を踏まえての作句だが、角川源義の「花あれば西行の日とおもふべし」と同様に、一個の作品として成立し、癌と共生する作者の思いの深い佳吟。

夏来たる千宗易の謎よろし

「この人物につかまった」という詞書がある。千宗易につかまったことで、『利休伝』の労作が生まれたのだ。佳吟ではないが、作者の思いは理解できる。

蛇の衣摑みこの世をとどまらん

草茂る軀に未練のありにけり

句集『うたげ』の生命論から生まれた佳吟。

旅にゐて火宅なりけり夕蛙

思えば、角川源義その人も火宅の人だったが、彼が「鏡」とした芭蕉同様に、秋山巳之流もまた《一所不住》の漢だった。

田の中に取り残されし濁り鮒

実ではなく虚の一句。癌と生きることを余儀なくされた漢・秋山巳之流は、世の中に取り残された思いを持っていたのか。

糸を吐くごとく羅《うすもの》脱ぎにけり

男性機能を喪失したが故に、〝恋の句〟あるいは〝愛欲の句〟を詠もうと志した成果が、この句に現れている。

空蟬のかそけき音の消えにけり

釈迢空の繊細さと寂寥感が、この句の背景をなしている。釈迢空、岡野弘彦に連なる歌びととしての系譜を想起させる一句である。

八朔《はっさく》や胸だけ隠すことのあり

〝恋の句〟を志しての句だが、エロチシズムを感じるものの、それが表面に出過ぎている。

身のどこも汚さぬ田植をんなかな

秋山巳之流の生得のユーモアがあり、同時に風刺も効いている。

藻の花やもすこし生きてあそびたし

秋山巳之流の親しかった「河」の俳人・猪口節子のことが思い出される一句。彼女もまた癌によって十年前に死んだ。角川春樹編の『現代俳句歳時記』に猪口節子の作品を何句か収録したが、そのうちの一つ、秋山と同病によって短い生涯を終えた絶句が次の句。

はがゆくてはがゆくて藻の三分咲き　猪口節子

秋山巳之流の「藻の花」の句には、猪口節子が影を落としている。中七下五の「もすこし生きてあそびたし」の措辞は抜群である。俳句の生命論、私の言葉で言い換えると「いのち」と「たましひ」の一行詩。文句なしの秀吟である。

大文字消えし頃より昂りぬ

いかにも俳句らしい俳句。下五の「昂りぬ」は、おのが死を見据えての精神の昂りを表現した措辞。「自己の投影」が効いた作品。

栗の花人女を抱けぬ軀となりぬ
逢ひにきて毛虫の糸に触れてをり

一頁に収められた二句。「栗の花」は秋山の絶唱である。「毛虫の糸」は、エロスをユーモアに転換させたユニークな作品。

脱ぎすててめし食うてをり踊の子
地蔵盆やうやう風のいでにけり

「毛虫の糸」と同様の句だが、作品としては明らかに「踊の子」のほうが上質である。関西の「地蔵盆」の光景。中七下五の「やうやう風のいでにけり」が上手い。私の『現代俳句歳時記　改訂版』に、いずれ収録することになろう。歳時記の例句に負けていない。

花火尽き星の一つの流れけり
七夕や細きうなじにある黒子《ほくろ》

二句とも同じ頁に収められた美しい作品。彼の志す美しい〝恋の句〟として成功した。

健吉も健次も亡くて葛の花

山本健吉氏と中上健次を偲ぶ美しい追悼句。山本健吉氏の葬儀に泣きじゃくっていた中上健次の姿を、この句を眺めながら今、思い出している。

老人となりし日の来る野分後

不思議な一句だ。上五中七の「老人となりし日の来る」は、秋山巳之流本人の感懐だが、まるで小説のストーリィのような作品。

晩秋や家をすてたる男たち

火宅の人である秋山巳之流本人のことだけではない。西行・芭蕉に繋がる「寂しさ」の系譜の一句である。秋山巳之流の『わが夢は聖人君子の夢にあらず』の中で、折口信夫（釈迢空）の次の言葉を引用している。

折口信夫は、西行法師のことを次のように言った。《西行は、芭蕉が出るための前提であったということが出来る》（中略）

では、芭蕉について、折口信夫はどのように言っているのか。これが意外にも優しいのだ。《世の中の寂しさを知るものは、自分だ――そういう意識を芭蕉は持っている》と。それを折口は、もっと理解し易く次のように説明している。《芭蕉を私は昔からこう譬えている。通りがかりの人の肩をぽんと叩いて、お前もさびしいなあ……と、こんなことを言う人だ》と。折口信夫の芭蕉ついての解釈は、そのまま秋山巳之流に当てはまる。秋山巳之流は「火宅の人」であり、「寂しい漢」であった。今なら、そのことが痛いほどわかる。だから、「晩秋」の一句は、家をすてた男たち全ての挽歌である。

鈴虫の売らるるときを鳴きにけり

この句も、寂寥感に満ちた作品。そして詠み手と読み手との共振れを起す秋山巳之流の代表句である。秋山巳之流の句集『うたげ』の挨拶句の間にこのような哀愁漂う名吟が隠されていようとは、この原稿を書くまで全く知らなかった。秋山巳之流は誰よりもこの句集を私に読んで貰いたかったに違いないのにだ。それが悔やまれてならない。

虫の宿一所不住を通すかな

この句も芭蕉を「鏡」として写し出された秋山の素顔であり、「火宅の人」秋山巳之流の生き様であるが、同時に「寂しさ」が感得される作品。

さはやかにありたし魔羅の尚老ゆも

角川源義の秀吟に次の一句がある。

青すすき虹のごと崩《く》えし朝の魔羅　角川源義

『角川源義集』三百句の中の、男として、人間としての絶唱とも言える秀吟。昭和五十年、父・源義が肝臓癌で急逝する二カ月前の作品である。秋山巳之流の一句「さはやかに」は、父・源義の一句をあぶり出した。

葛掘りの無言のままに終りけり

銅板の踏絵顔なきをとこかな

この二句も一頁に収められているが、この二句に対して、平成十六年の「河」一月号に俳人・小澤克己氏が次の鑑賞文を寄せている。

このたび秋山巳之流氏の句集『うたげ』を読み、まず痛感したのが、「よみがえる武士魂」

ということだった。この句集は古今東西の多くの有名・無名人への挨拶句で成っている。その中で、

葛掘りの無言のままに終りけり

の一句に立ち止まった。この句には人の名は無い。最初、葛掘りを「墓掘り」と誤読してしまい、秋山巳之流氏は自らの墓を無言で掘り終えて、死に対する潔さを詠まれたのかなと思った。そう思った途端、胸が苦しくなり、涙が止めどなく溢れだしてきて、その先が読めなくなってしまった。そして西東三鬼の「穴掘りの脳天が見え雪ちらつく」や「田を植うる無言や毒の雨しとしと」を想起した。西東三鬼は、ニヒリズムを生きた男。俳句という文芸をエロスに変え、男という表現を貫道させた。到達したのは、ニヒリズムだった。その三鬼のニヒリズムは、常に死に直結していた。だから三鬼の俳句に「無常観」を覚えるのはそのためで、突きつめてゆけばニヒリズムと無常観は、死を基点にして均衡している。要は俳句で死にどういう風に潔く対峙するかだ。墓掘りが、葛掘りと分かったとき、作者の現実に対する存在性が分かった。それは、次に置かれた句が自画像のように思えて、また涙が溢れ出てきた。

銅板の踏絵顔なきをとこかな

無言の男の像が、この句では「顔なきをとこ」になっている。この句で作者は己の存在を潔く消そうとした。顔を消して、魂だけを一句の実存に貫道させたのだ。それゆえ切字「かな」の精神が生きてくるのだ。切字は「俳諧の誠」の刃。これを使い切れない者に俳諧の、

風雅の誠の真髄が分かるはずがない。いわば切字は武士魂そのものと言っていい。作者は武士魂をもって「をとこかな」と下五に置いたのだ。この下五が尋常ではないことはよく分かる。をとこは作者・秋山巳之流氏そのものなのだ。主観と客観を超えて、まさに眼前の景物（銅板の踏絵）と一体化する精神、ここに揺るぎのない武士魂が見えるのだ。

師と弟子と歓を尽せりねぶか汁

「あとがきに代えて」の秋山巳之流の一文を再び繰り返す。そこに結社と師弟のあり方が端的に示されているからだ。秋山巳之流の晩年の思想が浮かび上がってくる。

「志」ある師と、同じく「志」をもった弟子の集まりが、〈結社〉でしょう。それでこそ、師弟の歓を尽すことができるのです。師弟の歓を尽してこそ、新しい俳句がそこに生まれるのです。ですから、師も悩み、弟子も苦しむのでしょう。師弟の歓を尽して後、俳句とは何か、人生とは何かを識ることができるのです。わたくしはそのようなことが判れば、俳句の歓を尽すのみだ、と思うようになりました。（中略）
はるかなる悠久の思いのなかで、これからも俳句の歓、そして人間の歓、男の歓を尽したいと念じております。

しゃぼん玉岡野弘彦わが恩師

「師に出会ったのは十八歳になったばかりの頃」という詞書がある。秋山巳之流にとって短歌の師が岡野弘彦氏であり、俳句の師は角川春樹だと、終生言い続けてきた。

海鼠詠む角川春樹や檻の中

自らを海鼠といへる春樹かな

獄中に海鼠詠みをり不屈なり

俳の人海鼠となつてしまひけり

海鼠忌やさはさりながら海鼠嚙む

人名俳句とも言うべき句集『うたげ』は、ほとんど一人に一句だが、私だけが例外だった。「あとがきに代えて」には、巻末の「注」があり、最後の注は、

注9

いま獄中にある角川春樹がわたくしの俳句の師である。ここにわたくしの俳論というよりも、飯島耕一氏にわたくしがインタビューした談話を引用する。

飯島　現代詩のほうでも「我は刺すものにして刺されるもの」という、ボードレールの詩のような思いで詩を詠んでいる詩人も少なくなりました。「人間に優しい詩」「地球に優しい詩」ばかりが流行している（笑）。かつて詩の世界では「死刑執行人にして死刑囚」という精神があったのですよ。それが今はない。まして俳壇などは今や「我は撫でるものにし

て撫でられるもの」でしょう（笑）。詩も俳句も優しいばかりで胸がワルくなって来る。

――短詩型の「愛撫の時代」ですか（笑）。

飯島 日本人は囚人になった文学者に対して冷淡です。文学の世界は、どんな過ちでも、どんな罪も、取り返しのつくものなのです。そうでなければ詩や文学などやっていられない。どんなマイナスでも、どん底でも、どんでん返しのようにプラスに転化できる。正確にしなければいけないのは科学の世界であって、文学には間違いすら許される。「汚辱を聖なるものに変えることができる」というのが文学、とりわけ詩の世界なんです。ジャン・ジュネを思い出せばいい。洗いざらい全部を吐き出すのです。なかなかできないことではありますが、ある意味居直って、すべてをさらすべきでしょう。人は何もしてくれない。ぼくは失敗した詩人のほうがいとおしいですよ。戦後の詩人でも貶《おとし》められ無視された人がいる。時々その人のことを思い出す。アウトローの戦後の詩人もいた。俳句もそうです。詩、俳句、短歌、おしなべて詩の根源には悪があるはずだ。これを忘れて今や善良な市民詩人ばかり。角川春樹の優れた作品に対し、人々を鈍感にさせているのは、そんな風潮でしょう。嘆かわしいことです。

――芭蕉さんは、敗れた者、失敗した人しか味方してませんものね。

（「俳句界」二〇〇二年九月号）

いま獄中にある角川春樹がわたくしの俳句の師である、と書いた秋山巳之流が「俳句界」

二〇〇四年七月号に「『海鼠の日』への期待」と題して、俳句界への提言を掲載している。

「コカイン密輸事件で一九九三年に逮捕され、二〇〇〇年の実刑判決以来、表舞台から退いていた」（読売新聞、平成16・5・18）。

角川春樹氏が、今年四月八日、服役を終えて仮釈放となった。逮捕は今から十一年前である。（中略）

一度仮釈放となった平成六年十二月に発表した「敗れざる者」（『檻』ハルキ文庫）に、

花あれば花の吉野をこころざす　角川春樹

の一句が刻まれている。

花あれば西行の日とおもふべし　角川源義

この一代の名吟の印象を曳き、山本健吉にまで志は及んでいる、といっていいだろう。だが、最高峰の季語といわれる「雪・月・花」のうち、「花」の名吟となったこの句に、修羅のごとく対抗した句があるのだ。

そこにあるすすきが遠し檻の中　（『檻』所収）

角川源義の「花」に対して、春樹氏は檻の中から見た「すすき」で、現代俳句に新しく季語を再発見し、その表現を実現し得たのであった。

この一句は、簡単に生まれた句ではない。作者は言っている。

《鉄格子という「檻」に私の肉体が閉じ込められているわけだが、考えてみると、人間がこの世に生《せい》を受けた時から、肉体という「檻」に魂の「自由」を拘束され、さらに社会や国家という「制度」によって、二重の「檻」に「自由」を拘束されているわけである。

犬のごとく手足つながれ秋暑し（同前）》

角川春樹氏は、平成五年八月二十八日深夜に逮捕され、未決のまま勾留された千葉刑務所の拘置所では、

獄中の畳を歩く秋遍路

と詠んだ。

《刑務所は、徹底的に人間の心や魂を痛めつけるシステムである。陰湿な「いじめ」や精神的な虐待は常に黙認されているからである》

しかし、これに耐えたのは、《自分の獄中体験を俳句として表現したこと》にあった、と氏は書いた。未決勾留が解け、最初の仮釈放となった平成六年十二月十三日、

《獄中生活の間に完成したレインボーブリッジを車が渡りはじめると、雪もよいの午後の空から、冷たい雨がこぼれ落ちてきた。

獄を出て時雨の中を帰りけり》

春樹氏の犯した罪を詰問するまでもなく、これらの句群がおのずから語りはじめた。懺悔にも似た俳句表現というものを、計り知れぬ孤独感とともに読者ははじめて聴いたのであった。

獄を出て花の吉野をこころざす　角川春樹

実刑確定後二年半の服役を終え、このたび出獄となった俳人・角川春樹氏の一句である。ふたつの「獄を出て」は、明らかに氏の現実である。しかし、このたびの「獄を出て」には、十年前の句には見られなかった向日性がある。さらに、今回の「花の吉野をこころざす」は、自ら「花あれば」を超えねばならぬものだった。そこに通り過ぎた孤独な氏の歳月を改めて思う。

罪を犯すという負を背負った人間に、俳壇は冷たい。固く沈黙を守り通す。つまり、無視するのだ。なんとも文学者とは思えない行動である。

だが、獄を出た角川春樹氏がまず最初に言ったことが、「結社「河」の主宰を継承する」であった。すなわち、選句を生活の中心に置く、というのである。（中略）

森澄雄氏の作品を発表し続けるという生き方と、飯田龍太氏の沈黙を固く守るという生き方に、今日の俳人は何を学ぶべきであろうか。この二人の俳壇の巨人が現代俳句に及ぼす影響に、いまもっとも興味をもつところであるが、そこにもう一人、罪を償い、「獄を出」た角川春樹氏が加わった。

角川春樹氏が「河」の新主宰となり、結社をどう変えて行くのか。そして、実作においてどんな俳句を発表するのか。逮捕され、勾留され、そして二年半の服役に費やした、五十一歳から六十二歳までの十一年という歳月は、かつて風雲児といわれた角川春樹に何を齎《もたら》したのか。いうまでもない。それは、これからの氏の俳句作品そのものに現れることである。

秋山巳之流の句集『うたげ』がなぜ、一人一句の人名俳句にも関らず、例外的に私への五句の挨拶句を収録し、「あとがきに代えて」の末尾に、私に関する飯島耕一氏とのインタビューを載せたのか、一目瞭然である。しかし、今回初めて句集『うたげ』を繙《ひもと》くまで、私は秋山巳之流が私に寄せる思いを知らなかったのだ。

春雷やははのみごもる夜なりし

かの母のをんなを愛し白障子

母を詠ったこの二句は、エロスの匂いを放つ母恋いの詩《うた》である。ここに登場する母は、生身の肉体を持った存在だ。そして、その視点が新鮮。秋山巳之流にとって、俳句が「存在論」ではなく、「生命論」である証でもある。彼の言う〝恋の句〟あるいは〝愛欲の句〟とは、まさに生命論ではないか。

二十年前の、山本健吉氏の発言である、「俳句を方法論、あるいは存在論として捕えようとする気持ちが強かったが、近頃は、それを生命論として捕えようとする気持ちが強くなった。その結果、〝軽み〟とか〝即興〟とかいった方面に心が傾くのである」。

山本健吉氏の俳句論は、秋山巳之流の俳句観として『うたげ』が生まれた。それも次のような体験の後である。

初鏡魔羅の根元にメスの痕

硬き魔羅望めずなりぬ降誕祭

赤貝やをとこのいのち失へり

男性機能を喪失することと引き替えに、宇宙の存在は秋山巳之流にこれらの絶唱を与えたのか。それとも、詩歌の根源に「いのち」と「たましひ」があるごとく、詩歌とはもともと「悲の器」なのであろうか。斎藤茂吉の次の一首が句集『うたげ』に響いてくる。

つきつめておもへば歌は寂しかり鴨山にふるつゆじものごと　斎藤茂吉

西行、芭蕉に連なる「もののふの歌」の伝承は、同時に、人間の根源的な「寂しさ」の系譜である。故に、西行も芭蕉も巳之流も、ひと一倍、人恋しいのだ。次の四句がそれぞれ二頁に配置され、それを示している。

御降りやなにゆゑいのち長らへし
初夢やあいするひとのあればよし
闇抱いて生きるはまぐりまじはれり
そらごとの何故美しき今年竹

句集全体とは言い難いが、「もののふの歌」への関心は、評論集『わが夢は聖人君子の夢にあらず』によって結実したが、次の一句は、秋山巳之流の志を述べた丈の高い作品。

もののふのこころをいまにかぶとむし

詞書に「森澄雄氏に〈われもまたむかしもののふ西行忌〉の一句あり。矢島渚男氏が噛みついた」とある。それにしても、何故、下五の「かぶとむし」なのか。考えているうちに、秋山巳之流も参加していた句会の兼題が「兜虫」であり、『信長の首』に次の私の一句があることに思い到った。

もののふの貌して甲斐《かい》のかぶとむし　角川春樹

秋山巳之流の「かぶとむし」は、森澄雄氏に対する挨拶句であると同時に、私への挨拶句であったのだ。また遊び人であった秋山巳之流らしい次の句にも惹かれる。

遊びつつここまできたる夜長かな

秋山巳之流が京で遊ぶ色街は、祇園の花見小路の茶屋であり、次の二句がある。

師走かな花見小路にうどん食ふ

着ぶくれて花見小路をいでにけり

同じく、句会で秋山巳之流が投句し、私が特選にとった次の句は、集中の佳吟の一つである。

上 海 を 歩 む 魯《ろ》 迅《じん》 の 冬 帽 子

『うたげ』には、また次のようなブラック・ユーモアの作品がある。

楪《ゆずりは》 の 譲 る も の な ど あ る も の か

さらに、次のさりげないものの、「映像の復元力」の効いた作品に目が止まった。

一 畳 に ひ か り い れ た り 更 衣

詞書に「千宗易様の書簡。《世上の褒貶《ほうへん》難しく存じ候へども、是非に及ばす候》」とある一句は、上五の「茶の花」に千宗易を託しながら、自らの感懐を述べた作品に共振れした。

茶の花や生きてあることありがたし

そして、句集『うたげ』の最終頁に置かれた二句である。

渾 身 の 秋 山 巳 之 流 や 越 後 獅 子

ごまめ喰ふときをゆつくりかけなはれ

癌と共生しなければならなかった秋山巳之流が、渾身の思いで書いたのは、評論集『わが夢は聖人君子の夢にあらず』であり、評伝『利休伝』である。特に『わが夢……』は名著と言って差支えない。その中で、西行の次の一首と本歌取りの芭蕉の句についての一文に、ほとほと感じ入った。

とふ人も思ひ絶へたる山里のさびしさなくは住み憂からまし（傍点秋山）　西行

うき我をさびしがらせよかんこどり　芭蕉

芭蕉のこの句についての、釈迢空の解釈が凄い。

《此句は実は空想で、投げ遣りの気分を述べたのではなく、閑古鳥が、憂鬱な気持を更に悲しませてくれることを喜んでいる》（傍点秋山）と言う。確かに芭蕉の句には、今日の「写実」意識に勝る句ではなく、この手の「空想」の句が多い。芭蕉にこのような句ができあがるのは、《文学上の一種のまぞひずむらしいのである》（迢空は外来語は、すべて平仮名表記である）と。この折口評に、わたくしは少なからず驚いたのである。この句の文学上の一種の「まぞひずむ」は、悠久の西行法師から濁流の底を静かに、そしてひそやかに伝い、芭蕉にまで流れ出てきたものではないか。つまり、西行法師の歌にも、充分にそれがあるのだ。即ち、「さびしさなくは住み憂からまし」である。歌の上で、ほとんど自らをいじめ抜く。そこに、西行や芭蕉の文学意識上の快楽がひそんでいた。

渾身の秋山巳之流や越後獅子

この句について、山口奉子が平成十六年「河」四月号に、次のような鑑賞を寄せている。

病身の巳之流氏を間近に見ることがある。いや、病身の巳之流氏しか私は存じあげないのだ。お元気で、肩で風を切っていた、「彼の時代」を私は知らない。炯眼《けいがん》で、魅力的で、少し、よこしまな巳之流氏をようやく近くに観察できるというところなのだが。掲句、渾身の力で今を生きている氏の素顔が絶唱にも似てひびいてくる。

鼻唄をうたいながらやれてきたことも、そうはしたくないのである。できないのである。闘病というのは、おそらくそういうことで、さもなくば病気は氏をまる呑みにしてしまう。越後獅子が悲しいではないか。人の世の正月を無心に舞って、親方にいくばくかの銭を与える。文化の創造手としての巳之流氏から、いままで読者がもらった銭は、はかり知れないものがある。いつも重たい鞄を肩から提げて、大きな革靴を鳴らしながら坂道を登る巳之流氏よ、いつまでもクリエイティブであれよと祈らずにはいられない。

山口奉子の言う通り、いくばくかの銭を貰う門付け芸人である越後獅子は秋山巳之流本人である。

この頃の生活を、芭蕉は一つの文章に残している。即ち、《貰うて喰《くら》ひ、乞うて喰ひ、やおら飢《かつ》ゑも死なず、年の暮れければ》(「自得の箴《しん》」)として一句。〈めでたき人の数にも入らむ老の暮〉。「翁」といい、「老い」といい、芭蕉の自嘲、自虐的態度の烈しい文章と句だが、彼は現実の生活を書いているのだ。「貰う」も「乞う」も、西行を真似た僧侶の姿だから、実際には、托鉢に出たということを指すのだ。(『わが夢は聖人君子の夢にあらず』より)

秋山が《貰うて喰《くら》ひ、乞うて喰い、やおら飢《かつ》ゑも死なず、年の暮れければ》という芭蕉の姿を、おのれの身にダブらせていたのは紛れもない。しかしながら、山口のこの句から感じとった悲しさは的を射ていない。越後獅子はめでたい行事である。悲しさよりもめでたさを感得しなければならない。秋山の肉体は滅びつつあるが、彼の精神はむしろ昂然としているのだ。彼は芭蕉と一体化し、芭蕉のこころをおのれのこころとし、芭蕉同様の《一所不住》の生活に誇りを持って生きようとしているのだ。そして、「越後獅子」の句は、芭蕉の次の句を脳裏に描いて作られたのである。

めでたき人の数にも入らむ老の暮　　芭蕉

秋山巳之流の句集『うたげ』は次の句をもって終了する。

ごまめ喰ふときをゆつくりかけなはれ

季語である「ごまめ」は、栄養分が多く、年じゅう、まめに働けるという縁起のよいものとされている。遠い将来ではなく、明日死んでも不思議はない病を抱えて秋山巳之流は生きている。だが、やり残した『利休伝』も渾身の力で書き上げなければならない。それこそ、「ごまめ」のようにまめに働かなければならない。栄養分の多い「ごまめ」をゆっくり時をかけて食べなければならない。自分に残された時間はそんなにない。しかし、あせってもしかたがない。開高健に「悠々として急げ」というエッセイがあったが、秋山の句はまさにそれだ。そして、「ごまめ」はめでたい縁起ものだ。『うたげ』の掉尾にこれほどふさわしい句はない。もう一つある。これは秋山自身の「河」の「折々の鑑賞」にも書いてあった阿波野青畝のエピソードだ。角川書店主催の「歌壇俳壇新年名刺交換会」の席上に、当時、現役最長老の阿波野青畝が車椅子で現れた。すでに、その時、阿波野青畝は九十歳を超えていた。雑誌「俳句」の編集長であった秋山巳之流が敬意を表して挨拶すると、阿波野は秋山にこう言った。

「秋山はん、長生きしたほうが得でっせ」

関西風の阿波野のこのひと言に、秋山はひどく感銘した。関西出身の秋山が芭蕉のことを「芭蕉はん」と親しみを込めて書くのは、このためである。芭蕉の「軽み」について考え抜いた秋山巳之流の答えが、阿波野青畝のひと言を脳裏に描きながら、芭蕉の「軽み」の句ではなく、秋山巳之流の「軽み」の一句が、関西弁で書くことになった背景なのである。

句集『うたげ』は、私が静岡刑務所にまだ入所中に出版されたために、当然ながらここには収録されていない、秋山巳之流の次の作品群を触れないわけにはいかない。

私の『魂の一行詩』（文學の森刊）に収録した秋山の作品だ。彼は「俳句」というよりも「俳諧」という言葉を好んでいたので、俳人ではなく、俳諧師・秋山巳之流の頂点となる作品群を、ここに再録する。

虚子の忌の鰆《さわら》走りとなりにけり　　秋山巳之流

同時作に、

いづこより来りて去りしもの春と
おぼろ夜の一人のことば消えにけり
残雪やきこりの群れの駈け抜けり
春の鐘夢の中よりひびきこし

秋山巳之流は詩歌の批評家としても、現在、最も注目に値する作家である。俳句作品が俳句批評ほど面白くないと、私は長い間思ってきた。しかし、今回の「鰆走り」六句は、彼の頂点といっていい。末期癌の闘病生活を余儀なくされている作者の痛ましいばかりの作品群は、どうしようもなく私の魂と共振れをする。「魂の一行詩」とは、作者の魂と読者の魂が共振れすることが最も重要なのだ。詩《うた》とは、訴えることが語源となっている。私は今、秋山巳之流という詩人の詩を、訴えを直視しなければならない。

一句目の「春」とは、まだ見ぬ春そのものであり、「いのち」を指している。二句目の「こちら側」は、息をしていない「あちら側」に越境してゆく。三句目の「一人のことば」は、巳之流自身の言葉が消えようとしていること。四句目の「きこりの群れ」は死の幻想風景。父・源義が肝臓癌で死ぬ三カ月前の次の句と同様である。

浮人形なに物の怪の憑くらむか　角川源義

残雪を駈け抜けるきこりの群れなど、どこにも存在しない。巳之流の幻影の中でしか「きこりの群れ」は存在しない。樵《きこり》は本来ひとりで働く存在だ。五句目の「春の鐘」は、弔いの鐘なのだ。六句目の「鰆走り」など、どこにも存在しない。春を告げる鰆は、巳之流の生地、岡山県の瀬戸内で多く漁獲される彼の好物なのだ。そして虚子の忌。芭蕉同様に巳之流の心を占領した巨大な人物の忌日。虚子の日に走っているのは、鰆ではない。巳之流本人だ。芭蕉の辞世ともなった次の句、

旅に病《やん》で夢は枯野をかけ廻《めぐ》る　芭蕉

旅に病んで、夢の中の枯野をかけ廻っているのは、芭蕉本人である。この一句全体が幻の景であり、「放下《ほうげ》の一行詩」なのだ。一句の解釈を拒否する抽象画の世界、それが句の答である。秋山巳之流は、父・源義の時代から俳句を始めたが、彼の答はいつもはっきりしていた。

「ぼくの師は角川春樹です」

平成二十年「河」一月号に、私は次の一文を掲載した。

十一月七日、俳人・秋山巳之流が逝った。彼の句集『うたげ』に、詩人の辻井喬さんが次の帯文を寄せている。

「俳諧のおかしみが、風狂の趣のなかに花をひらき、その奥に生命の深淵が顔を覗かせている」

秋山巳之流は、私のことを「自分にとって唯一の師だ」と言っていた。秋山巳之流といえば、作家の中上健次の担当編集者であり、いつも二人で新宿二丁目で飲んだくれていた。その、中上も秋山も逝ってしまった。

健吉も健次も亡くて葛の花　　秋山巳之流

二丁目に健次も巳之流もゐる霜夜　　角川春樹

平成十七年「河」十月号の、「敗戦忌」と題する三句は、本人も気に入っていた佳吟である。

新宿へ血を売りにゆく氷雨《ひさめ》かな　　秋山巳之流

はじめての娼婦とすいか食ひにけり　　〃

広島の夜のをんなや敗戦忌　　〃

秋山の風貌といえば、サングラスに黒いコートが思い浮かぶ。彼はジャーナリステックな編集者であり、秀れた批評家でもあった。秋山の作品で強烈な印象を抱いたのは、平成十八年「河」四月号の、「鰆走り」と題する六句である。

私は秋山巳之流の「鰆走り」に感銘して、翌月の「河」に、「尿袋」と題して、癌によって人工肛門を余儀なくされた秋山巳之流を詠んだ。

花の世にひと日ひと日の尿袋　　角川春樹

おぼろ夜の彼《か》の世の橋を渡るなよ　　〃

そしてひとり落花に放下の一行詩　　〃

花冷やあの世のバスを待ちながら　　〃

今月号の「河」には、秋山巳之流の死を悼むじつに多くの作品が投句された。
秋山の死を知った晩から、私の中に次々と一行詩が天から降ってきた。
私にとって、秋山巳之流の死は、いったい何だったのだろう……。

尿袋提げて銀河の人となる　角川春樹
いづれゆく枯野の沖にひかりあり　〃
霙ゐる健次と巳之流の来る夜は　〃
尿袋冬の星河《せいが》を渉《わた》りゆく　〃

秋山巳之流は、いかなる意図で、生者と死者、有名無名のさまざまな固有名詞が登場する、人名句集『うたげ』を上梓したのであろうか。
平成十六年「河」一月号の、秋山巳之流句集『うたげ』の鑑賞を書いた小澤克己氏の一文を抜粋すると、

思えば、西行も武士だった。わずか二十三歳にて出家して歌僧になったが、西行はまさしく終生を通し武士魂による歌を貫道した。（中略）
西行は確かに時代とは絶縁したが、現実（人・宇宙・自然）とは切れていなかった。それは、西行の武士魂による愛だったのだろう。ゆえにその現実の存在性の証を、「庵」という人生観によって日本的「無常観」を止揚してしまったのだ。この止揚という「切れの精神」は、

実に秋山巳之流句集『うたげ』の詠出空間とも一致している。つまり、多くの登場人物との交流の場となっている「うたげ」こそ、西行流の「庵」なのだ。この「うたげ庵」ともいうべき時空に、作者の現実における存在性の意味と意義がある。

なんと空疎な文章だろう。西行に対する知識も研究も御粗末極まりないし、第一、鑑賞文の体をなしていない。句集『うたげ』は、西行流の「庵」とは、いったい句集の何を読んだと言えるのか。句集『うたげ』は彼の生命論の詩なのだ。句集の題を『うたげ』としたには、作者自身の意識、無意識にかかわらず、そこに大きな理由がなければならない。まずは本人の、「あとがきに代えて」の注を引用してみる。

注5

タイトルの「うたげ」は恩師岡野弘彦の個人誌「宴の座」にあやかった。それには、長年にわたる編集者としての仕事が、わたくしのうたげでもあったという意味合いが籠められている。随所に人の名（拝借させて頂いたうたげの人々）が頻出するのは、それ故であった。

注6

また、「河」の先師角川源義の第二句集が『神々の宴』であったのを思い起せば、奇しくもこの世、あの世の人々のうたげ、ということになるのであろうか。

注に書かれた『うたげ』の題の謂《いわ》れは、その通りであろう。しかし、秋山巳之流を最もよく知る私の考えは、少し異なる。秋山巳之流という漢は、確かに「火宅の人」であり、「無頼の人」であったが、彼ほど寂しがり屋であり、人恋しさの烈しい人物は、近頃、見かけなくなってしまった。そのうえ、「お祭り」好きの俳諧師だった。句集『うたげ』は、ヘミングウェイの「移動祝祭日」なのだ。「死」というものが必然であるという一般的な考えに立って、この句集が編まれたわけではない。「死」は、明日、わが軀に起っても不思議でない現実にあって、生きている内に上梓したかったのだ。

今、現実に秋山巳之流が死んだ後に、初めてこの句集『うたげ』を読んだ感想は、生者と死者に関らず、また交流の濃淡に関らず、一種の、秋山らしい生前葬を行っているのだ。タイトルが芽出度《めでた》いのは、神道的解釈で言えば、紅白の段幕の中で、親しい人々と酒を飲みながら、自分を語って欲しいからなのだ。神道では、人の死は「神あがり」と言って祝福するのである。死んだ人物は「神」になるのだ。先に逝った山本健吉氏や中上健次と共に「神々の宴」に、「宴の座」に加わるのである。サービス精神の旺盛な秋山巳之流は『うたげ』に登場する多くの人々に、こう言っているのだ。

さらば、友よ！

うたげ果て寒さをまとひ帰りゆく　　角川春樹

秋山！　俺は初めてお前に言う。

さらば、友よ！

（平成二十年「河」三月号）

泥鰌党——福島勲句集『憑神』をめぐって

私の獄中句集『海鼠の日』に、次の一句がある。

江戸っ子の九代目継がず泥鰌党　角川春樹

「福島勲氏は」という詞書がある。この句の背景は、福島勲が平成元年六月に上梓した処女句集『祭扇』の序文にある。私が書いたその一文を引用すると、

江戸ッ子の九代目継がず浮人形

作者が建築家であることは、私もよく知るところだが、「江戸ッ子の九代目」を継がなかった稼業が何であったかを読者は知らなくても、この一句で、彼が生粋の江戸ッ子であることは充分に納得できるし、次の作品群を眺めることによって、更に作者の生き様すらも手繰り寄せることができよう。

あさくさや八十八夜の豆腐笛
糸瓜忌やそばやの箸のささくれて
太箸の御慶なきまま使ひけり

八方を開け喪の家の鬼やらふ
葛西より雨の近づく花菖蒲
朝の爪とばして祭の日なりけり
人のゐて灯の美しき針祭
をりからの雨に納めて雛かな
渡し舟待つ間に鳴らすラムネ玉
割り箸の袋はみ出す十二月
羽子板市ついで詣りの稲荷かな
年越しの水打つて稲荷大明神

読者は、東京の下町を地色とする右の十三句をあげただけで、作者の心根まで見えてくるはずだ。例えば、「羽子板市ついで詣りの稲荷かな」の一句で、読者は思わず笑みを誘われ、「ついで」に作者の心のありどころが思い浮かべられないだろうか。いかにも江戸ッ子気質とうかがい知れる性格の陽気さ、大ざっぱさ、優しさが作品からじかに発してくるではないか。（略）

福島家の稼業は江戸時代から続く鳶職である。そのことを福島勲は大変に誇りに思っていたが、結局、稼業を継いだのは孫らしい。平成十二年「河」八月号に、次の一句がある。

九代目を孫に継がして初鰹

日本人は夏の食べ物として、鰻または泥鰌を好むが、両方を好物とするより、どちらか一方を偏愛する。歌人の斎藤茂吉は極端な鰻派で、幾首も歌にしているが、次の一首はユーモラスな中に茂吉の真骨頂が出ている。

これまでに吾に食はれし鰻らは仏となりてかがよふらむか　　斎藤茂吉

一方、江戸っ子の久保田万太郎は泥鰌派で、次の一句がある。

ひぐらしや煮ものがはりの泥鰌鍋　　久保田万太郎

当然、江戸っ子の福島勲も泥鰌派で次の一句がある。

お互ひにふるさと持たぬどぜう鍋　　福島勲

前述の『海鼠の日』の、「江戸つ子の九代目継がず泥鰌党」の一句は、福島勲をひどく喜ばせた。そして、「言われてみると、私は正しく泥鰌党です」と、手紙に書いてきた。処女句集『祭扇』、俳人協会賞の候補になった第二句集『太箸』、そして今回の『憑神』を読んでみても、福島勲には紛れもない江戸っ子の精神が息づいている。

今回の『憑神』を鑑賞する上で、既刊の二句集の佳吟を拾ってみることにする。特に、俳人協会賞候補となった『太箸』は、私の獄中期間に上梓されたために、精読するのは今回が初めてであった。

処女句集『祭扇』の佳吟は次のとおりである。

太箸の御慶《ぎょけい》なきまま使ひけり

江戸ッ子の九代目継がず浮人形

あるときは冬木の瘤のごと寝まる
指先のことにしぐるる伎芸天
をりからの雨に納めし雛かな
花暮れて阿修羅が骨の笛を吹く
美濃といふ立夏の水の奔る国
大仏のおん手はるかに雁渡る
山側をしづかに掃いて椿寺
凍鶴となるための歩をのこしけり

以上十句であるが、今回、二十年ぶりに読み返してみて、前回は気がつかなかった次の二句が心に残った。

花暮れて阿修羅が骨の笛を吹く
凍鶴となるための歩をのこしけり

第二句集『太箸』の佳吟は、次のとおりである。

人の日や閻魔《えんま》の手形貫ひたる
花冷えや枕の下の湖のこゑ
浮巣にはなれぬ葦屑流れ出す
父情さびしく緋のいろの寒牡丹
鷽《うそ》替《かえ》や水の暮れたる橋ふたつ

葦の水そろりと水鶏《くいな》月夜かな
おのれにも少し飽きたるふぐと汁
みづうみに紅葉のいろの火を焚けり
朱唇《しゅしん》仏湖北しぐれてゐたりけり
天平の塔を入れたる蝌蚪の水
青梅雨や深川めしの砂のこる
たそがれの火の美しき一の酉
正客の雪の深さを言ひにけり
火の奥をみつめてゐたる年の夜
藁灰の中は火のいろ鳥渡る
湖の島の桜が咲きにけり
子規忌かな雑草《いらくさ》もまた花つけて
石鼎《せきてい》の話などして牡丹鍋
浅草の芝居帰りや切山椒
墨堤《ぼくてい》の花にははやき桜もち
神宮の庭掃いてゐる良夜かな
海鼠桶昏さは海につながりぬ
鯖みちの海に展《ひら》けて冬至梅

太箸や日ごろの山に正座して
魚河岸に汐さしてくる初芝居
涼しさや波のかたちに鮎の塩
地のいろにこんにやく煮しめ冬に入る
キユーポラの空に火のいろ去年今年
白魚の目玉泳ぎてゐたりけり
花入れに夕べ水足す健吉忌
花柄のふとんを干して生身魂
雨月の灯大聖堂に灯りけり
行く秋の水脈《みお》曳くもののなかりけり

以上三十三句もある。これらの佳吟の中には、前句集『祭扇』に続く下町の風情の句も多いが、特に次の五句は、福島勲一代の名吟と言って過言ではない。

朱唇仏湖北しぐれてゐたりけり
藁灰の中は火のいろ鳥渡る
涼しさや波のかたちに鮎の塩
キユーポラの空に火のいろ去年今年
行く秋の水脈曳くもののなかりけり

そして、今回の一行詩集『憑神』の佳吟を拾ってみることにする。それは、俳人協会賞の候補となった『太箸』との比較が可能になるからだ。また、一冊の句集に目の覚めるような一句と、佳句が十もあれば、それは句集として成功と言えるからである。

　このような見解は、私が作句を再開してからの三十年間、少しも変っていない。また、日本一行詩大賞の候補作を選ぶ時も、同じ見解に立って予選した。

『憑神』の具体的な作品を上げよう。

　田作《たづく》りや勿体《もったい》なくてまだ死ねぬ
　蒼茫《そうぼう》たる空に冬木の光り合ふ
　風呂吹を吹くやいのちに限りあり
　いのちまた人また朧なりしかな
　静脈の乳房に浮いて麦の秋
　冷麦の終りは氷鳴りにけり
　まつろはぬ神の茅《ち》の輪を潜りけり
　ブリキの金魚浮かせて夏を惜しみけり
　吹かるるはさびしくないか蛇の衣《きぬ》
　葛の花を叩く雨あり沼空忌
　湖の国の雁《かりがね》晴れとなりにけり
　病む雁の水際にきて鳴きにけり
　月光に研ぎ澄まされし雁のみち

この扉開かぬままに冬どなり
亀真似てしばし冬眠でもするか
たのむもの何にもなくて冬至粥
歳晩の暮らしの水を落しけり
底抜けの椅子に坐りて年迎ふ
手塩にかけし亀に逃げられ万愚節
蝌蚪生《あ》るる頭の中の水溜り
青蚊帳《かや》の底に大魚と寝まりけり
白地着ていかにも無欲らしくゐる
手の鳴る方に憑神のゐる夜のプール
詩はこころ忘れて鯊《はぜ》に成り下がる
燐寸の火人を灯して冬ざるる
木の椅子に曜日忘れし冬日差す
人日や見えるものしか見たくなし
眉の根に冬美しくありにけり
尿袋提げて星逢ふ夜なりけり
棲む星の蒼茫として生身魂
振り返ることもなけれど更衣

私に残るものなし古生姜《ふるしようが》
男神こんこん叩き冬ざるる
人日の葱の馥郁《ふくいく》たりしかな
白魚の泳ぎて水に影もなし
うつうつと身近かな亀に鳴かれけり
縁日の亀の子やはり死ににけり
蚊を打つて日の落ちかかる紙芝居
そのときも南瓜の咲いて敗戦日
浅草にレコード探し昼の火事
妻の灯に舟帰り来る雁渡し
開戦の日や立ち食ひの濡せんべい
馬鹿貝や父の血多く流れをり
雪の扉《と》を押せば洩れくるジャズピアノ
花どきのすこし過ぎたる吉野雛
刈られてもなほ火のいろに曼珠沙華
伊吹山《いぶき》いま照り翳《かげ》りして稲の秋
川の灯の子の瞳に灯り地蔵盆
虚仮《こけ》の世や雨に太りし蛞蝓《なめくじり》

念願の秋のごきぶり討ち果す
青饅《あおぬた》や俳句にまたの日などなし
解脱《げだつ》しておたまじやくしの大頭
一雨に暑さつのりぬ広島忌
立つたまま象の眠りて花の昼
ギヤマンに晩夏の水を満しけり
白玉に氷を浮かせ西鶴忌
寒蜆泣いてゐたるが売れ残る
涅槃図のうしろに声のしてゐたり
冬金魚水に遅れて暮れにけり
少年の阿修羅の眉のしぐれけり
火のいろの涼しく夏炉焚かれけり
大年や水族館の回遊魚
青胡桃きのふより空深くなり
浴衣着て踊るつもりのさらになし
みづうみの方より雨の苗木市
逃げ水の向かうに旅をこころざす

驚いたことに佳吟は六十六句あった。『太箸』の佳吟の約倍になる。

一行詩集『憑神』が、以前の句集よりも進化した原因はどこにあるのか、と私は考えた。一つはヒューマンな、そしてユーモアの句が断然増えたことにある。このようなことは、単なる写生からは生まれてこない。つまり「客観写生」からの飛翔である。

二つめは、山本健吉氏の晩年の次の俳句観に通底する。


俳句を方法論、あるいは存在論として捕えようとする気持ちが強かったが、近頃は、それを生命論として捕えようとする気持ちが強くなった。その結果、〝軽み〟とか〝即興〟とかいった方面に心が傾くのである。

あえていえば、この小さな十七音詩型を不死身たらしめているその根本のもの、その生命の灯の謎は、一体、どこにあるのか、ということだ。


山本健吉氏の言う「生命論」とは、私の言う「いのち」と「たましひ」と同じである。福島勲は「いのち」と「たましひ」を乗せた作品を、現在も発表し続けている。

六十六句の佳吟の中から、更に秀吟を抽出してみると、

蒼茫たる空に冬木の光り合ふ
冷麦の終りは氷鳴りにけり
病む雁の水際にきて鳴きにけり
月光に研ぎ澄まされし雁のみち

手の鳴る方に憑神のゐる夜のプール
眉の根に冬美しくありにけり
尿袋提げて星逢ふ夜なりけり
棲む星の蒼茫として生身魂
浅草にレコード探し昼の火事
雪の扉を押せば洩れくるジャズピアノ
伊吹山いま照り翳りして稲の秋
ギヤマンに晩夏の水を満しけり
白玉に氷を浮かせ西鶴忌
少年の阿修羅の眉のしぐれけり
大年や水族館の回遊魚
逃げ水の向かうに旅をこころざす

以上十六句もある。なかでも「憑神」「生身魂」「尿袋」「少年の阿修羅」「回遊魚」の五句は、福島勲の一代の名吟である。

平成十七年「河」九月号に、私は次のように書いた。

夥《おびただ》しい投句用紙に紛れて、どうしたわけか福島勲氏の「星逢ふ夜」と題した出句が手元に届いた。当月集（現・銀河集）作品の大方が魅力的でなかっただけに、私の魂に直接ひびく勲

作品に目を瞠《みは》った。例えば、

棲む星の蒼茫として生身魂

振り返ることもなけれど更衣

尿袋提げて星逢ふ夜なりけり

私が代表となっている、宗教法人「明日香宮《あすかのみや》」の星祭で、ピンポン玉くらいの青い地球を宇宙から幻視した。（略）まさしく私たちの棲む地球は蒼茫という表現がふさわしい。

私の最新句集『JAPAN』に次の一句がある。

星空に地球の浮かぶ子供の日　角川春樹

悠久の宇宙のなかの地球に棲む生身魂。それは他者であると同時に、自分でもある。

生身魂とは人ごとでなかりしよ　能村登四郎

永遠のいのちである魂と有限のいのちの生身魂。室町時代から文献に登場する日本人の「いのち」と「たましひ」の習俗を、見事に詩として昇華した勲俳句の名吟である。

二行目の句も、三行目の句も同じく日本人の「いのち」と「たましひ」を俳句に具現した作品。いままで勲俳句に見られなかった世界が見事に展開している。特に人工肛門になって貯尿袋を持たなければならなくなった人間の悲しみを「星逢ふ夜」と据えることなど、本格俳人でもそうそう詠めるものではない。私の父・源義は、俳句とは「暗」を「明」に転換させる「もどき」にあることをしきりに説いていたが、必ずしも本人の作品として結実したわけではなかった。しかし、福島勲氏は見事なまでの俳句の「もどき」を作品化したのである。

彼とのつき合いも長きにわたるが、ここまで詩の境地がひらけるとは不覚にも想像したことはなかった。この作者の次の句集を私は正座して待つばかりだ。

右の一文を読み返してみると、尿袋のモデルは昨年他界した秋山巳之流かもしれない。「魂の一行詩」は俳句と違って一人称である必要はないからだ。一人称だろうが、二人称であろうが、あるいは三人称であろうが一向に差しつかえない。大事なのは「詩の真実」という一点にあるからだ。

また、「憑神」の句について、平成十九年「河」十月号に、次の一文を書いた。

八月五日。東京中央支部の例会が開かれた。私が特選にとったのは、次の三句である。

手の鳴る方に憑神のゐる夜のプール　福島勲

油照りわが肩すべる鶴の沈黙　長谷川眞理子

晩夏光をんなしづかに椅子を立つ　若宮和代

私を驚かせたのは、福島勲の「夜のプール」の句である。選者の佐川広治も特選にとって、講評で福島勲の「夜のプール」を、父・角川源義の次の句と対比して触れていた。

浮人形なに物の怪の憑くらむか　角川源義

源義最晩年の秀吟である。しかし、福島勲の句のほうが、同じように陰陽道をベースにしながらも、より現代的で洒落ている。季語の「浮人形」と、「夜のプール」を比較すれば明らかだ。「手の鳴る方に」は勿論「鬼」を導きだすための上五である。それを「鬼」ではなく「憑神（つきがみ）」を持ってくることで成功した。「憑神のゐる」は上手く上五と下五を繋ぐ役目を果たしている。

福島勲の一代の名吟と言って過言ではない。

江戸っ子の九代目を継がなかった泥鰌党は、処女句集『祭扇』よりも『太箸』に進化させ、『太箸』よりも更に『憑神』で詩の深化を実証した。福島勲は、今後、限りあるいのちをどのように使い切るのであろうか。

（平成二十年「河」五月号）

あとがき

角川春樹

「角川さんを一言でいえば、漂泊の俳人というのが一番適切な表現だと思う」

こう言ったのは、一九八六年二月に山梨日日新聞の対談で初めて訪ねた折の、飯田龍太である。山本健吉氏も私に対して同じ見解を抱いていた。その頃、大和・吉野・近江・高千穂・熊野・遠野とよく旅をしたが、その現象面でないことは確かである。であるならば、当然、精神ということになろう。事実、飯田龍太は私に対して、「漂泊の思想」という言葉を使った。甲斐の山中から出なかった飯田龍太の思いが何処にあったか不明だが、「漂泊者」である私と対極にあったのであろう。

漂泊とは一所不住を言う。昨年十一月七日に大腸癌で逝った秋山巳之流も、彼が敬慕した芭蕉も、西行も漂泊の人であった。

私も秋山巳之流も私の父源義も、折口信夫という存在を抜きにしては考えられない。折口の学問ばかりか、歌人・釈迢空から計り知れない影響を受けている。

釈迢空の歌を眺めていると、神経が剝き出しに晒されているような、孤独感、寂寥感がにじみ出ていて、長く読むことに耐えられない。北原白秋は釈迢空を「黒衣の旅人」と言ったが、羇旅《きりよ》歌の歌人として迢空が顕彰した高市黒人《たけちのくろひと》と迢空は二重写しになっている。つまり、釈迢空自身は現実的に漂泊者ではなかったが、彼の寂寥感はまさしく「漂泊の思想」そのものと言っていい。精神は一所不住の人であった。

折口信夫（釈迢空）は、西行法師のことを次のように言った。《西行は、芭蕉が出るための前提であったということが出来る》また芭蕉については《世の中の寂しさを知るものは、自分だ――そういう意識を芭蕉は持っている。（中略）芭蕉を私は昔からこう譬えている。通りがかりの人の肩をぽんと叩いて、お前もさびしいなぁ……と、こんなことを言う人だ》と。
西行、芭蕉に連なる「もののふの歌」の伝承は、同時に、人間の根源的な「寂しさ」の系譜である。つまり漂泊とは寂寥感であり、詩の根源はそこから生まれてくる。
平成二十年「河」七月号に若宮和代の、次の句について鑑賞した一文を引用する。

からつぽの日曜日祭笛が聞える　　若宮和代

若宮和代の詩の特性が細やかな日常の中のドラマトゥルギーにあることは、何度も河作品抄批評で述べている。そして、彼女の詩の生まれる根源が、本質的な寂寥感にあることもだ。（…）私は四月の東京例会で次の作品を発表し、トップの得点を獲得した。

花あれば寂寥といふ詩の器　　角川春樹

西行であろうが、実朝であろうが、あるいは芭蕉であろうが、古来、詩人は孤独の中で詩を詠みつづけてきた。寂寥感は常に詩を生みだす根源であった。平成二十年「河」に発表したいくつかの、若宮和代の作品を検証してみることにする。

秋燈のわが身ひとつをつつみけり　　「河」一月号
冬の空今日に閉ぢ込められてゐる　　二月号

焼きたてのパンにはさんでゐる孤独　「河」三月号
北窓を聞き明日もここにゐる　四月号
誰にも会はず復活祭の水を飲む　五月号

ほぼ毎月、河作品抄批評に取りあげられる前述の一連の作品を眺めても、そこから浮かび上がってくるのは、日常の中の寂寥感である。歌人の釈迢空のどの歌も、古代的な寂寥感が詠み手と読み手の間で共振れを起す。次の代表句は、ほんの一例に過ぎない。

吹き過ぐる風しおぼゆ。あなあはれ葛の花散るところ　なりけり　釈迢空
葛の花　踏みしだかれて、色あたらし。この山道を行きし人あり　〃

若宮和代の今月号の「祭笛」の一句も、本年度の作品を並置してみると、同様に日常の中の寂寥感から生まれたことが解る。（略）

定着した日常にあっても、一所不住の漂泊者であることが、充分に可能であることが解ったはずだ。「漂泊の思想」は、寂寥感の中から生まれるものであり、詩のある意味での根源の思想でもある。

平成二十年七月七日

漂泊《ひょうはく》の十七文字《じゅうななもじ》――魂《たましい》の一行詩《いちぎょうし》

著者
角川春樹《かどかわはるき》

発行者
小田久郎

発行所
株式会社思潮社
〒一六二―〇八四二　東京都新宿区市谷砂土原町三―十五
電話〇三―三二六七―八一五三（営業）・八一四一（編集）
ＦＡＸ〇三―三二六七―八一四二

印刷
三報社印刷株式会社

製本
川島製本所

発行日
二〇〇八年十月一日